브라질풍의 포르투갈어

브라질풍의 포르투갈어

오에 겐자부로(大江健三郎) 외

小花

전후일본단편소설선 ❷
브라질풍의 포르투갈어

초판인쇄 · 2001년 11월 20일
초판발행 · 2001년 11월 30일

지 은 이 · 오에 겐자부로 외
옮 긴 이 · 오 경 외
발 행 인 · 고화숙
발   행 · 도서출판 소화
등   록 · 제13-412호
주   소 · 서울시 영등포구 영등포동 94-97
전   화 · 677-5890(대표) 팩스 2636-6393
홈페이지 · www.sowha.com

ISBN 89-8410-184-2
ISBN 89-8410-108-7 (세트)

값 7,000원

차례

좌절

이시카와 다쓰조(石川達三) 지음
오 경 옮김

좌절

　　1912년(메이지 45) 7월 17일, 다다시(忠司)는 도쿄 오이마치(大井町)에서 태어났다. 메이지 시대의 마지막 아이였다. 그가 태어난 지 2주째에 천황이 서거하고 연호는 다이쇼(大正)로 바뀌었다. 그 해 여름은 무척 더웠다.

　　다다시는 우리 형제 중 일곱째 남동생이었다. 어머니는 1902년부터 11년 동안 일곱 명의 아이를 낳았다. 체격이 좋고 느긋한 전형적인 아키타(秋田)계의 미인이었지만 연이은 출산으로 쇠약해져 건강이 조금 좋지 않았다. 그것이 태아에게도 영향을 미쳤던 탓인지 다다시는 다른 형제들보다도 몸이 약했다.

그 해 9월, 아버지가 오카야마현(岡山縣)에서 직장을 얻게 되어 일가(一家)는 아득히 먼 오카야마현 산중의 다카하시(高梁)라는 작은 성시(城市)[1]로 이사했다. 다다시는 생후 2개월도 안 되어 수백 킬로의 긴 여행을 해야만 했다. 다카하시는 당시 인구가 7천 명쯤 되는 인심이 순박한 예스러운 마을로, 사방이 산으로 둘러싸이고 한 줄기 큰 강이 흐르는 조용한 환경이었다.

그 후로 2년 남짓 지나 어머니는 37세의 젊은 나이로 갑자기 세상을 떠났다. 다다시가 아직 생후 2년 4개월밖에 되지 않았을 때다. 이것이 어쩌면 그의 인생에서 최초의 좌절이었을 것이다. 말할 것도 없이 다다시 자신은 그것이 자기 운명에서 좌절이라는 것을 의식할 리 없었고, 생모의 보호를 받지 못한다는 의미도 이해할 리 없었다.

남겨진 일곱 명의 아이들의 양육을 힘겹게 떠맡게 된 아버지는 어머니의 백일재가 지나자 바로 재혼했다. 그리고 어린 다다시는 계모 밑에서 자라게 되었다. 새어머니는 성실하고 애정이 많은 사람이었지만 초혼인 데다 아이를 키워 본 경험도 없었다. 그녀는 지금까지 교직에 몸담고 있었기 때문에 자신에게 맡겨진 일곱 명의 아이들을 훌륭한 사람으로 바르게 키우려고 노력했다. 그것은 자상하고 친절한 교육이긴 했지만 친어머니가 사랑으로 키우는 것과는 어딘가 느낌이 달랐을 것임에 틀림없다. 다시 말해 본능적인 사랑의 따스함과는 다른 지적(知的)인 애정이라고 할 수 있다. 다다시에게 그것은 최선은 아니었지만 아마도 최선에 가장 가까웠을 것이다. 그는 어렸을 때부터 독서를 좋아하고 지능발달은 뛰어났으나 운동 능력은 그에 비해 떨어졌다. 우리 형제 중에서 다다시만 왼손잡이였다. 왼손으로 젓가락을 쥐어 몇 십 번이나 어머니한테 꾸중을 듣곤 했다. 결국 그는 성장해서야 두 손으로 다 글씨를 쓸 수 있게 되었다.

오카야마시의 현립 제일중학교(第一中學校) 4년 과정을 우등으로 수료하자 그는 곧바로 오카야마의 제육고등학교(第六高等學校) 문과에 입학해서 웅변부에 들어갔다. 평상시는 매우 온화한 키가 큰 청년이었지만 웅변대회가 열리면 상당한 웅변실력을 보였다. 달변의 재능이 있다는 것이 그에게는 행운이기도 했지만 불행의 원인이기도 했다. 그 불행은 그가 졸업하기 직전에 우연히 일어난 사건이었다.

제육고등학교 기숙사 내의 문제가 발단이 된 학생들의 소요사건은 오카노(岡野) 교장이 강경책을 써서 경찰이 개입하게 되었다. 다다시는 웅변이 화근이 되어 주모자 중 한 사람으로 몰려 거의 일주일을 경찰서 유치장에서 보냈다. 시대는 쇼와(昭和) 초기여서 좌익운동이 전국적으로 활발하게 일어났으나, 동시에 경찰은 반항적인 인물들을 무조건 좌익분자로 보고 탄압하고 있었다. 다다시는 본의 아니게 '빨갱이'라는 낙인이 찍히게 되었고, 오카노 교장은 주모자로 보이는 6명의 학생에게 단호히 퇴학 처분을 내렸다. 이때 새어머니는 유치장으로 다다시를 찾아가 위문하고 교장에게 탄원하며 백방으로 손을 써 보았지만 효과는 없었다.

다다시가 고등학교 졸업을 한 달 앞 둔 때의 일이었다. 무사히 졸업만 했다면 이 수재는 도쿄(東京)제국대학이나 교토(京都)제국대학에 거뜬히 들어가 이른바 수재 코스로 직행했을 것이다. 이때의 운명의 좌절은 어려서 생모를 잃은 것보다도 그에게는 더욱더 크고 뚜렷한 의미가 있었다. 다다시는 부당하게도 좌익활동을 했다는 죄명을 뒤집어썼기 때문에, 일본의 관립고등학교와 관립대학에서는 그의 입학을 강경하게 거부했다. 이때 다다시는 그의 인생에 주어진 가능성의 절반을 잃게 된 것이다. 시대가 변하지 않고 일본 정치상황이 변혁되지 않는 한, 적어도 관직으로 나가는 길은 막혀 버린 것이다.

퇴학 처분을 받자 당장 다다시는 앞으로 어디서 자신의 학문을 계속할지 고민에 빠졌다. 가능한 것은 사립학교밖에 없었다. 사립학교도 당시에는 학생의 좌익활동을 극단적으로 두려워하였다. 다다시는 형 친구에게 부탁하고 백방으로 뛰어다녀 4월부터 N대학의 예과 3학년에 간신히 입학이 허용

되었다. 그것도 법학부의 가토(加藤) 교수가 다다시의 신병을 책임진다는 조건이 붙어서 가능했다. 그래서 다다시는 고등학교 졸업이 1년 늦어지게 되었다.

이때의 불행과 운명의 좌절이 다다시를 분발하게 만든 것 같았다. 그 후 다다시는 군중을 향해 웅변하는 일을 극력 절제하고 고독한 학문 연구에 시간을 보냈다. 대학에 진학하고 난 후 다다시는, 가토 교수에게 신병을 맡겼다기보다도 오히려 아끼는 제자가 되었다. 대학 2학년 가을에 이미 고등문관 시험 사법과에 합격하여 판검사가 되는 자격을 따고 이듬해에는 또 행정과에도 합격했다. 대학 재학중에 고등문관시험을 2개나 합격하는 사람은 관립 사립을 불문하고 이례적인 수재로 인정받았다. 이 시험의 성공으로 다다시는 냉혹하게 그를 추방한 제육고등학교 교장에게 은근히 복수를 함과 동시에, 관립대학에 진학한 예전의 동급생들에 대한 열등감도 떨쳐 버릴 수가 있었다. 그러나 동시에 이때의 무리한 공부 때문에 원래 좋지 못했던 건강이 한층 더 나빠진 것을 그 자신도 알고 있었다.

대학 졸업과 동시에 다다시는 내무부와 사법부에서 직업을 찾았다. 그러나 그의 희망은 조금도 이루어지지 않았다. 고등학교 때의 그 사건 이후 이미 4년이라는 세월이 흘렀다. 그 사건 자체가 실제로는 좌익활동도 아무것도 아니었으며,

더욱이 그 뒤로도 다다시는 좌익과는 아무런 관계가 없었다. 그러나 부당하게 주어진 '빨갱이'라는 오명은 아직도 벗겨지지 않았다. 그 당시 다다시처럼 청운의 꿈을 빼앗겨 앞길이 막혀 버린 유망한 수재가 전국에 얼마나 있었을 것인가. 다다시에게는 이것이 퇴학 처분에 이은 세 번째 운명의 좌절이었다.

관직에 대한 희망을 잃은 다다시는 은사인 가토 교수의 추천으로 야마우치(山內) 법학박사의 법률사무소에서 일하게 되어 변호사가 되기 위한 공부를 시작했다. 사무소는 도쿄역 앞의 마루(丸)빌딩에 있었다. 그곳에서 다다시는 평생의 선배이자 지기(知己)가 된 후쿠다(福田) 변호사와 책상을 나란히 하게 되었다. 다다시는 문학에 많은 흥미가 있어서 고등학교 시절에는 연극을 공부한 적도 있었다. 그러나 그 후에 더욱 깊은 애착을 가진 것은 하이쿠(俳句)[2]였다. 그리고 후쿠다 변호사도 하이쿠에 재능을 보여, 신문의 하이단(俳壇)[3]에 투고하기도 했었다. 그들은 평생의 하이쿠 벗이기도 했다.

야마우치 사무소에 근무한 지 2년 만에 다다시는 모토지마 가즈코(本島和子)와 결혼했다. 가즈코는 계모의 옛 제자로 어머니가 추천해서 결혼한 것인데, 가즈코의 아버지 모토지마 씨 또한 아버지의 친구이기도 했다. 가즈코는 너무 온순하게 여겨질 정도로 조용하고 부드러운 성격의 미인이었다. 그렇지만 미인박명이라는 옛 말처럼 어딘지 모르게 가냘픈 면이 있었는데, 그것이 또한 그녀의 고전적인 매력이기도 했다.

아내를 얻은 이듬해, 다다시는 야마우치 박사의 허락을 받아 독립해서 자택의 방 하나를 법률사무소로 바꾸어 변호사 개업을 하였다. 이 시점에서는, 예전에 다다시의 운명을 좌절시킨 원인이었던 달변이 이번에는 그 기능을 충분히 발휘할 수 있게 되었다. 다다시는 민사를 담당했고 특히 채권법에 정통했다. 이때 그는 겨우 27세로 일본에서도 가장 젊은 변호사 중 한 명이었다.

결혼하고 이년째 되는 해, 가즈코는 사내아이를 낳았다. 다다시가 생애에 얻은 유일한 자식이었다. 그러나 장남 탄생의 기쁨은 일가의 불행의 예고이기도 했다. 체질이 약했던 가즈코는 출산의 부담을 견디지 못한 때문인지, 시간이 지나도 원래의 건강을 회복하지 못했다. 몇 달 후에 조금 나아져 남편이 권하는 대로 간사이(關西)지방을 여행하기도 했지만, 일주일이 지나 돌아와서는 그대로 자리에 누워 버렸다. 가즈코의 병은 곧 뚜렷한 폐결핵 징후를 보여 그때부터 수년에 걸친 가즈코의 투병생활이 계속되었다. 어린 아들은 엄마의 폐결핵이 전염될까 봐 이미 늙으신 어머니가 몸소 맡아서 키우게 되었다. 중일전쟁이 화북(華北)에서 일어나 상하이(上海), 난

징(南京)에까지 확대되어 갈 무렵의 일이었다.

1937년 12월, 난징 함락 직후에 나는 전장을 시찰하기 위해 중지(中支)⁴⁾까지 군대를 따라갔다가 다음해 2월에 전쟁에서 취재한 작품 한 편을 발표했다. 그런데 그것이 당시의 특별고등경찰⁵⁾의 비위를 거슬러, 어느 날 이른 아침 두 명의 형사가 들이닥쳐 나는 그대로 경시청에 연행되었다. 전장에서 있었던 일본군의 폭행, 군기문란 사실을 그린 것이 신문지법(新聞紙法)⁶⁾에 위배되고 안녕 질서를 어지럽힌다는 것이었다. 나는 연행되어 집을 나설 때 아내에게

"오늘은 아무에게도 알리지 말고 오늘 밤 안으로 내가 돌아오지 못하면 내일 아침 다다시에게 알려라"고 일러두었지만, 아내는 역시 안절부절못하고 곧바로 다다시에게 전화로 호소했다. 다다시는 곧장 경시청으로 형사를 찾아가서 나를 위해 적당한 배려를 부탁해 주었다.

사건은 2월 말에 서류만 검사국에 회부되고 그 해 4월에 최초의 공판이 열렸다. 나를 위해 변호를 맡아 준 것은 다다시와 그의 선배이자 하이쿠 친구이기도 한 후쿠다 변호사, 두 사람이었다. 다다시는 민사만을 다뤘지만 생애에 단 한 번 나를 위해 형사법정에 섰다. 8월에 나는 집행유예로 판결이 났지만 담당 검사는 이에 불복하고 다시 공소 수속을 밟았다.

그 직후 나는 군 보도부의 허가를 얻어 9월부터 11월까지

50일에 걸쳐 무한(武漢)[7]작전에 종군했는데 귀국하자마자 다시 법정에 서게 되었다. 이때 다다시는 약 40분에 걸쳐 눈물 섞인 대 열변을 토하며 나를 위해 변호해 주었다. 법정은 숙연하였고 재판장도 손수건을 꺼내어 눈물을 닦았다. 이것은 법률을 다루는 변호사로서는 다소 지나치게 감상적인 변호이긴 했지만, 법률가로서의 재능과 함께 그의 풍부한 문학적 재능을 증명하는 것이기도 했다. 그 변론이 효과가 있었는지 두 번째 판결도 1심과 마찬가지로 검사의 요구는 기각되었다.

중일전쟁이 나날이 확대되어 점차 수렁에 빠진 듯한 상태가 되자 일반사람들의 소비생활이 궁핍해져 갔다. 의복과 식량 부족에 겹쳐서 의약품까지도 부족하게 되었다. 이런 시기에 자식을 키우는 부모, 병석에 누운 사람은 모두가 불행했다. 나을 수 있는 병자도 낫지 못하고 죽어 갔다. 다다시의 아내 또한 불행을 당한 사람이었다. 그녀는 다다시의 간호를 받으면서 점차 수척해져 갔다. 그러나 가즈코는 병이 깊어질수록 더욱더 마음이 부드럽고 아름다워지는 여자였다. 가즈코는 소녀 때부터 기독교 교회에 다녔는데, 병상에서 움직일 수 없게 되고 나서 다시 가톨릭의 세례를 받았다. 다다시가 기독교를 좋아하지 않았기 때문에, 가즈코는 남편이 없을 때 신부님을 집으로 오게 하여 교리를 듣고 혼자뿐인 병상에서 조용히 세례를 받았던 것이다. 가즈코의 마음은 이 무렵부터 이미 현세의 행복을 버리고, 남편의 사랑에 매달리기보다는 하느님의 손에 의존하여 하느님 곁으로 가기 위한 마음의 준비를 하고 있었던 것이다.

다다시는 이런 아내를 깊이 사랑하고 있었다. 몇 년에 걸쳐 가즈코가 병상에 누워 있었는데도 그는 한 마디 불평도 하지 않았다. 직장에서 돌아오면 아내의 베개 머리맡에 앉아서 그 풍부한 재능과 지혜를 쏟아 재미있는 이야기를 들려주어 병상에 있는 아내를 즐겁게 해 주려고 했다. 이즈음 다다시의 법률에 대한 학식은 더욱더 깊어졌고 은사인 가토 교수의 요청도 있어서, 모교인 N대학 법학부 강사가 되어 매주 몇 시간씩 채권법 강의를 맡아 대학에 나가고 있었다. 또한 법조계에서도 점차 이름이 알려지고 인망도 있어서 사건 의뢰인도 많아졌다. 북쪽으로는 가라후토(樺太)[8]의 산림사건에서부터 남쪽으로는 규슈(九州)의 상속 문제까지 맡게 되어 장거리 출장도 자주 다녔다. 벼슬길에 오를 길은 이미 막혀서 그 방면에서는 야망을 펼칠 방법도 없었지만, 재야법조계에서는 그가 앞으로 매우 뛰어난 기량을 십분 발휘할 것으로 친구들도 믿고 있었고, 자신도 은근히 기대하고 있었던 것 같았다.

다다시는 주량은 세지 않았지만 술을 매우 좋아하고 하이쿠를 즐기고 농담을 곧잘 해서 사람들을 즐겁게 했지만, 어떤 면에서는 자식을 끔찍이 위하는 아버지이기도 했다. 혼자뿐인 아이는 엄마의 따뜻한 사랑도 받지 못한 채 할머니 손에서 자랐다. 다다시도 그것을 안쓰럽게 생각하여 틈이 나면 아이의 선물을 들고 만나러 갔다. 지금 그의 자식을 키워주는 새어머니는 예전에 다다시가 생모를 여의었을 때 역시 이렇게 그를 키워준 분이었다. 다다시도 그의 자식도 2대에 걸쳐서 생모와는 인연이 별로 없었다. 그리고 이 불행한 부자(父子)는 30년이라는 간격을 두고 아버지의 새어머니가 손수 돌보아 키우는 이상한 운명이었다.

1942년 1월, 나는 해군에 징용되어 보도원 자격으로 프랑스령 인도로 출발했다. 출발할 때 나는 아내에게

"아마 내가 없을 때 가즈코의 장례를 치르게 될 것 같은데 나 대신 잘 부탁해"라고 말해 두었는데, 내 예감은 그대로 적중했다.

도쿄의 4월, 벚꽃이 한창인 무렵 다다시의 아내는 짧은 생애를 마감했다. 이제 겨우 갓 서른이었다. 이 사랑하는 아내의 죽음은 다다시의 생애에서 네 번째 운명의 좌절이었다. 당시에는 폐결핵 환자에게 필요한 치료도 불가능했고 필요한 영양도 충분히 섭취할 수가 없어서, 다다시는 가즈코의 병이 악화되는 것을 그저 지켜보는 것 외에는 달리 방도가 없었다.

가즈코를 입관하고 나서 도와주는 사람들이 그녀의 오랜 병상을 뒷정리하자, 베개 밑에서 가톨릭 교회에서 발행한 신문과 팸플릿이 몇 개나 나왔다. 중병의 가즈코는 병상에서 조용히 그것을 계속해서 읽고 있었는데, 이것이 장례식에 모인 사람들의 눈에는 하느님의 나라에 들어가기 위한 그녀의 애처로운 노력의 흔적으로 보인 모양이었다. …도쿄가 처음으로 공습당한 것은 그 직후였다.

그 후 다다시는 1년 가까이 독신생활을 했다. 그 고독했던 1년이 그에게는 생애에서 가장 충실한 활동 기간이기도 했다. 변호사 일도 점점 바빠져서 조수와 학생을 한 사람씩 두고 니혼바시(日本橋) 근처에 있는 빌딩에 법률사무소를 열었다. 또한 N대학에서는 강사에서 조교수가 되어 두 강좌를 담당하게 되었다. 그 동안에 춘양당(春陽堂)서점에서 그의 최초의 저서인 『채권법 총론』이 간행되었다. 즉, 다다시는 변호사이자 동시에 법률학자로서도 점차 두각을 나타내고 있었다.

다다시는 혼자 지내는 무료함을 견딜 수 없을 때면 종종 우리 집으로 술을 마시러 왔다. 집사람을 기분 좋게 부추겨서 맛있는 음식을 대접받거나 밤늦게까지 농담을 해 가며 우리들을 웃기곤 했다. 나는 법률 문제에 얽힌 다다시의 잡담이 굉장히 재미있었고, 그 이야기 속에서 법률적인 지식을 꽤 배웠다. 나는 법률을 배운 적이 없기 때문에 법률에 관해서는 다다시가 나의 고문이었다.

그 후 다다시는 친구와 선배의 권유로 재혼하게 되었다. 결혼식은 한겨울인 2월에 학사회관에서 거행되었는데, 이미 그 무렵에는 건물에 난방도 되지 않았고 피로연에 술을 내놓을 수도 없는 시기였다. 뭔가 썰렁한 결혼 행사였다. 화려하지도 않고 흥겹지도 않은 결혼피로연은 마치 장례식 후의 소연(小宴)처럼 침울했다. 그 일이 그들 당사자의 불행을 예언하고 있었던 같기도 했다.

신랑 신부는 이즈(伊豆), 시모다(下田) 쪽으로 3박 정도 여행을 떠났는데, 불과 그 사흘 동안에 다다시는 새 아내에 대한 열의도 애정도 잃어버린 채 귀경했다. 아내는 그의 마음에 맞지 않는 여자였다. 그녀는 게으르고 우둔했다. 나태한 여자는 게으름 때문에 자신에게 주어진 하루의 시간을 주체하지 못하고 경대 앞에 앉아서 반나절을 허비하는 꼴이었다.

8월에 다다시는 이 아내와 이혼했다. 불과 반년, 그것도 그녀를 소개해 준 선배들에 대한 의리를 지켜 겨우 지탱해온 반년의 인연이었다. 다시 혼자가 된 다다시는 일에 지치면 우리 집에 놀러왔다. 집사람은 장남을 낳고 산후조리를 하고 있었다. 다다시는 집사람 베갯머리에 앉아서 부엌에서 손수 갖고 온 맥주를 자작으로 마시면서 미소를 머금고, 그가 근작을 적어 둔 종이 한 장을 집사람에게 보여 주었다.

가을도 더워라, 조강지처 아닌 아내를 버리노라 (秋暑
し 糟糠ならぬ妻を捨つ)

아내는 비참한 심정의 다다시에게 잠시 동안 아무 말도 하지 못했다. 생각건대 이 결혼의 실패는 다다시에게는 다섯 번째 운명의 좌절이었다.

그러나 어쨌든, 이 두 번째 결혼은 오래 가지는 못했을 터였다. 다다시는 그 무렵부터 자기 건강에 불안을 느끼고 있었다. 학생 시절의 과도한 공부와 그 후에 계속된 격무가 그의 건강을 해치고 있었다. 병은 서서히 그의 폐를 침범하고 있었다. 첫 번째 아내 가즈코를 침범한 병이 감염되었는지도 몰랐다. 마치 가즈코는 죽었지만 가즈코의 병균만이 아직 남편의 몸 속에서 살고 있는 듯했다. 결핵은 패전 직전의 국내 정세에서는 거의 불치병이었다. 필요한 약은 구할 수 없었고 필요한 영양을 섭취할 수 있는 식품도 전혀 살 수 없었다. 배급되는 쌀에는 비료로 쓰는 콩깻묵이 섞여 있었다. 신선한 야채도 사흘에 한 번 정도 적은 양이 배급될 뿐이었다. 육류, 버터, 달걀, 과일, 어느것 하나 만족하게 구할 수가 없었다. 겨울이 되었는데도 병실엔 난로도 없고 전기도 가스도 제한되어 있었다. 폐를 침범당한 사람은 죽을 수밖에 별 도리가 없었다.

이것은 다다시의 생애에서 결정적인 좌절이었다. 생애의

좌절이고 의지의 좌절이었다. 다다시의 어떠한 의지도 어떠한 희망도 여기에서 좌절되고 말았다.

그러나 다다시는 그 후의 반년 정도를 용케 병든 몸과 계속 싸웠다. 폐 환자 특유의 기침을 하면서도 종종 법정에 나가 의뢰인을 위해 변호를 하고 또 대학 강의에도 빠지지 않고 나갔다. 우리들은 그에게 몇 번이나 전지요양을 권유했는지 모른다. 그러나 다다시는 여윈 창백한 볼에 대담한 웃음을 띠며,

"괜찮아요. 별일 없어요…"라고 말할 뿐이었다.

어쩌면 이 무렵부터 다다시는 이미 자기 수명을 알고 그 운명에 순응하여 따를 마음이었는지 모른다. 아직 젊은 데도 외출할 때에 지팡이를 짚고 있었던 것은, 걸을 때 숨막히는 것을 막기 위해서였던 것으로 생각된다. 이듬해 2월 다다시는 구마모토(熊本)현에 있는 의뢰인을 위해서 구마모토시의 법정에 나갈 예정이었다. 우리들은 먼 길의 여행을 극력 말렸으나 그는 뿌리치고 출발했다.

구마모토의 숙소에 도착한 날 밤 다다시는 크게 각혈을 했다. 밤이 깊어 의사도 부르지 못하고 숙소 사람들에게도 알리지 않은 채, 그는 하얀 세면대 안에 엄청난 양의 피를 토하면서 혼자서 진땀을 닦고 그 고통을 견뎠다. 그리고 다음날, 아무 일도 없었던 것처럼 태연히 법정에 나가 예정대로 변론을

했다. 다다시의 육체를 지탱하고 있는 것은 강렬한 의지뿐이었다. 양쪽 폐는 이미 침범당해 호흡은 헐떡이는 것 같았다. 그러나 그런 강렬한 의지도 오래 갈 수는 없었다. 귀경한 다음날부터 그는 병상에 누웠고, 외출은 거의 불가능하게 되었다.

다다시가 병상에 누운 후부터 어머니를 잘 아는 젊은 부인 한 사람이 신변을 돌보는 일을 맡아 헌신적으로 부지런히 일해 주었다. 그녀는 미네코(峯子)라는 고독한 여성이었다. 미네코는 자신의 종교적인 신념으로 이 병자에게 봉사하려고 결심한 듯했다. 다다시가 만년에 누린 평안은 미네코의 노력 덕분이었다.

우리는 남동생 다다시를 위해서 때때로 치즈나 달걀 등을 보내 주었는데, 미네코는 그것을 대단히 기뻐하며 한 방울의 버터도 버리지 않도록 주의해서 환자에게 먹였다. 어느 날 아내는 상인에게 부탁해서 닭고기 한 마리를 살 수가 있었다. 나는 곧 그것에 서투르고 변변치 못한 시(歌)를 덧붙여 써서 다다시에게 보냈다.

영계 가슴 고기, 병든   (若鷄の 胸のししむら いたつきの
그대 생명의 양식되어라   なれが命の かてとなりてむ)

그러나 겨우 한 덩이의 고기 조각으로 그의 목숨을 건질 수는 없었다. 이미 사이판 섬, 데니얀 섬도 미군에게 점령되었고, 1944년 초가을 무렵에는 야간에 도쿄에 공습경보가 울리는 일도 드물지 않았다. 우리들은 B29라는 은색으로 빛나며 날카롭고 폭이 좁은 폭격기의 모습을 이미 몇 번이나 보았다.

병상에서 일어나지 못하게 되고 나서 다다시는 두꺼운 노트에 일종의 수기를 쓰기 시작했다. 그것은 오직 한 명의 아들을 위해서 남겨 줄 아버지의 유서였다. 아이는 아직 4살 남짓밖에 되지 않았다. 일찍이 어머니를 여읜 이 아이는 곧 아버지도 잃게 될 것이다. 고아가 될 자식을 위해서 그가 성장했을 때 자기 아버지와 어머니가 어떤 사람이었고 어떤 삶을 살았는지를 알려 주지 않으면 안 된다고 생각했던 것이다. 그것은 아버지로서의 의무이며 홀로 남은 아이에게 쏟는 최후의 애정이기도 했다.

이 노트를 쓰는 것은 체력을 잃은 다다시에게는 상당히 힘든 일이었다. 그러나 이 일이야말로 그의 생애 마지막 일이었으며 최후의 강한 의지이기도 했다. 수기의 내용은 다다시와 가즈코가 처음 만난 때부터 시작해서 두 사람의 결혼생활 모습, 그 가정의 분위기, 그리고 한 명의 사내아이의 출생에 이르고 있었다. 이윽고 수기는 어머니의 병과 죽음을 자세히 설명하고 그 후의 아버지 다다시의 삶, 그리고 아들에게 부탁하는 아버지의 여러 가지 바람을 사랑과 눈물로 쓴 것이었다. 마지막 부분은 아들에게 하는 아버지의 유언이기도 했다.

이 노트를 끝마치기까지 다다시는 아마 두 달쯤의 시간이 필요했을 것이다. 쓸 수 있을 때 쓰지 않으면 안 된다. 자신의 목숨이 끝나는 것과 이 수기를 마치는 것, 어느쪽이 더 빠를 것인가.…그런 조급함이 그를 몰아치고 있었다. 그리고 이 수기를 써 나간 노력이 어쩌면 그의 생명을 얼마쯤 단축시켰을지도 몰랐다.

마침내 수기를 다 쓴 뒤 다다시는 이제 아무것도 하지 않았다. 다만 병상에 누워 늦가을의 청명한 먼 하늘을 바라볼 뿐이었다. 이따금 그 하늘에 공습경보가 높이 메아리치며 울려 퍼지면 이웃 사람들은 방공활동으로 동분서주하는 모양이었지만, 그는 꼼짝도 하지 않은 채 그 웅성거림을 조용히 듣고 있었다. 다다시의 수명은 끝나려 하고 있었다. 국가의 명맥 또한 다하려 하고 있었다. 그로부터 얼마 지나지 않아 미군기의 소이탄(燒夷彈) 공격을 받아 니혼바시(日本橋) 근처의 집 수백 채가 불탔다. 이 무렵부터 초등학교 아동들의 집단 소개(疏開)[9]를 실시하게 되어, 겨울에 들어선 우에노(上野) 역에서는 매일 몇 천 명이나 되는 초등학생들과 그 어머니들이 생이별을 하는 비참한 광경이 계속되었다.

병이 악화되면서 다다시는 불면증에 시달렸다. 그것은 단순히 육체적인 불면증이었을까, 아니면 짧았던 자신의 생애를 회상하고 잦은 운명의 좌절, 의지의 좌절 등을 더듬어 생각하느라 잠을 이루지 못했던 것일까. 다다시는 의사에게 부탁하여 수면제로 겨우 밤에 안정을 취하고 있었다. 의사는 50세 전후로 풍채가 신통치 않은 온후한 사람이었으나 매일같이 다다시를 문병했다. 그러나 지금에 와서는 의사도 손을 쓸수가 없어 해열제나 수면제를 주거나 설사를 그치게 하는 약을 투약하는 정도밖에 할 수 없었다. 다다시의 결핵균은 이미 목을 침범하고 장까지 침범했던 것이다. 이 불치병에 걸린 환자를 왕진하고 짧은 대화를 주고받는 동안에 의사는 직업적인 관계를 뛰어넘어 친한 친구가 되어 있었던 듯하다.

12월 중순이 지나고 혹한의 계절이 왔다. 어느 날 다다시는 의사에게

"선생님, 밤새도록 잠을 잘 수 없어 괴로운데 수면제를 조금 세게 해 주실 수 없습니까?"라고 말했다.

이 온화하고 오히려 조금 부끄러운 듯이 부탁하는 환자의 표정을 의사는 가만히 지켜보았다. 그리고는 조용히 고개를 끄덕였다.

해질 무렵, 다다시는 수면제가 들어 있는 하얀 봉지를 받았다. 봉지에는 그 복용방법에 대해서 아무런 주의도 씌어 있

26

지 않았다. 밤이 되어 다다시가 그 약을 얼마만큼 먹었는지는
아무도 모른다. 그저 알 수 있는 것은 그날 밤에 다다시가 매
우 조용히 잠들었다는 사실뿐이다. 한밤중에 또 B29기 한 대
가 도쿄 하늘에 침입하여 공습경보가 울렸다. 간호를 맡고 있
던 미네코는 일어나 전등불을 어둡게 하고 불시의 사건에 대
비하는 몸차림을 하고 있었지만, 환자의 숨소리는 조금도 흐
트러지지 않았다. 다음날 아침 8시쯤 미네코가 알아차렸을
땐 다다시는 이미 숨이 끊어져 있었다. 여느 때처럼 반듯하게
베개 위에 머리를 눕히고 야윈 두 손을 야윈 가슴 위에 맞붙
이고 조용하게 숨져 있었다. 겨우 33세의 나이로 다다시의 운
명은 실로 애처롭게 좌절되어 끝나 버린 것이다.

　　연락을 받고 의사는 곧바로 달려왔다. 의사는 이미 차갑게
식은 다다시의 맥박을 찾고 그 죽은 얼굴에 자신의 얼굴을
가까이 대고 응시하더니 곧 고인의 손을 쥔 채로 엉엉 소리
내어 울었다. 의사가 환자의 죽음을 이렇게까지 슬퍼한다는
것이 오히려 이상했다. 거기에는 뭔가, 생전에 의사와 환자
두 사람만의 묵계와 같은 것이 있었는지도 모르겠다. 다다시
는 수면제를 빌어 일종의 안락사를 원했고, 의사는 그의 마지
막 희망을 눈치 채고 약효가 강한 것을 주었는지도 모른다.
의사는 그 다음날 다다시의 친척들 속에 섞여 출관[10]까지도
전송해 주었다.

장례식은 아자부(麻布) 광림사(光林寺) 본당에서 엄숙히 치러졌다. 고인의 은사이신 N대학의 가토 교수도 참석하여, 특별히 고인을 위해서 N대학 교수의 칭호가 추증(追贈)[11]된 사실을 보고했다. 또 다다시와는 오랜 하이쿠 벗이며 법조계의 선배인 후쿠다 변호사는 다다시를 위해 고별시 한 편을 영전에 바쳤다.

　　미천한 나는 살아, 얼어붙은 꽃을 바칠 줄이야

　　(下々のわが生きて　凍花さゝぐとは)

　　다다시의 칠일재(初七日)[12]가 끝나고 나서 그를 마지막까지 곁에서 간호해 준 미네코가 나를 찾아왔다. 그녀는 다다시의 유품으로 오랫동안 사용해서 낡은 육법전서 한 권을 나에게 주었다. 이것은 내가 특별히 원한 그의 유품이었다. 생전에 다다시가 가장 깊이 마음을 쓴 것은 죽은 아내 가즈코와, 그녀가 낳은 한 명의 아들과, 그리고 육법전서임에 틀림없다. 형제는 많았지만 다다시를 가장 깊이 사랑한 사람은 나였던 것으로 생각하기 때문에, 내가 이 육법전서를 받아서 애장(愛藏)해야만 한다고 생각했다.

　　미네코는 그 밖에도 다른 한 권의 두꺼운 일기장을 꺼내어 나에게 건네주었다. 그리고 이것은 특별히 다다시가 나에게 부탁하는 것으로, 그의 남은 아들이 성인이 되었을 때 전해 달라는 그의 유언도 나에게 전해 주었다. 이것이 다다시가 죽음의 끝에서 쓴 그 수기였다. 나는 그것을 받으면서 마치 다다시의 살아 있는 영혼을 받은 듯한 느낌이 들었다.

그러나 그로부터 얼마 후, 다다시의 아들 게이치(敬一)는 자식이 없는 나의 형 부부가 정식으로 양자로 입적해서 그들이 키우기로 했다. 즉 형 부부가 게이치의 양부모가 되었다. 나는 내게 맡겨진 다다시의 수기는 이제 내가 보관할 것이 아니라, 부모로서 책임을 지게 된 형 부부가 이 수기를 보관해야 할 것이라 생각했다. 게이치에게 그 출생의 진실을 알리고 친부모의 모습을 전해 주는 일은 양부모로서는 미묘한 감정도 있을 것이다. 그것은 형 부부의 배려로 행해져야 할 일이다. …나는 그렇게 믿고 그것이 고인의 유지를 받드는 것으로 생각해서 다다시의 수기를 형에게 맡겼다.

그로부터 수개월 후, 1945년 5월의 대공습으로 형 집은 잿더미로 변하여, 다다시가 그토록 병고를 참고 견디며, 그토록 염원을 담아 써 넣은 그 수기 또한 불타 없어져 버렸다. 다다시의 생애는 몇 번인가의 운명의 좌절, 의지의 좌절의 연속이었지만, 그가 죽고 나서도 필사의 노력을 기울여 쓴 그 수기를 아들에게 보여 주고 싶다는 그 마지막 의지 또한 좌절되어 버렸다. …

그러나 그럼에도 불구하고 전쟁 후 18년이 지나 다다시의
아들은 훌륭한 청년으로 성장했다. 게이치는 아버지보다도
더 늠름했고 키도 컸으며 건강했다. 또한 매우 명석해서 국립
도쿄대학을 우수한 성적으로 졸업했다. 이처럼 성장한 아들
의 모습을 생전의 다다시는 상상조차도 못했을 것이다. 이 점
에서 비로소 나는 다다시가 그 아들에게 전한 하나의 의지,
즉 무형의 의지가 처음으로 성취된 것이라고 생각했다.

　　　　　　　　　　　　　　　　　　　　(1964년 1월)

1) 성시(城市) : 제후의 성을 중심으로 발달한 도시.

2) 하이쿠(俳句) : 俳諧連歌의 첫 句가 독립한 5·7·5의 17字로 된 짧은 시.

3) 하이단(俳壇) : 하이쿠를 짓는 사람들의 사회.

4) 중지(中支) : 예전의 중부 중국의 약칭. 현재의 중국 華中에 해당됨.

5) 특별고등경찰 : 일본 구 경찰 제도에서 정치·사상관계를 다루던 경찰.

6) 신문지법(新聞紙法) : 일간신문 정기간행잡지의 단속을 목적으로 한 안보경찰에 대해서 규정한 법률. 1909년 제정되어 1949년 출판법과 함께 폐지됨.

7) 무한(武漢) : 중국 호북성(湖北省)의 성도(省都).

8) 가라후토(樺太) : 사할린.

9) 소개(疏開) : 공습 등을 피하기 위해 집중되어 있는 인구나 건조물을 분산하는 것.

10) 출관 : 출상하기 위해 관을 집 밖으로 내감.

11) 추증(追贈) : 국가의 공로자 등에 대하여 그 사후 관위(官位) 등을 추서하는 것.

12) 칠일재(初七日) : 사후 칠일째의 기일.

작품 소개

이 작품은 『전후단편소설선』(戰後短篇小說選, 岩波書店編輯部, 2000. 3) 제3권에 실린 이시카와 다쓰조(石川達三, 1905~1985)의 「挫折」(1964. 1)을 번역한 것이다.

이시카와 다쓰조는 「창맹(蒼氓)」이라는 작품으로 제1회 아쿠다 가와상(芥川賞)을 수상한 작가이다. 「창맹」은 브라질 이민정책을 통해서 본 당시의 일본 정부의 농촌대책을 비판한 작품으로, 그의 본격적인 문학활동은 이 작품에서 비롯되었다. 이시카와 다쓰조는 부조리임을 알면서도 침묵해 버리는 사회적인 사건을 중심으로 문제의식을 갖고 작품을 통해서 끊임없이 사회의 부조리에 저항했던 작가라고 하겠다.

「좌절」은 이와 같은 작가적 양심이 잘 표출된 작품이다. 주인공 다다시(忠司)는 메이지(明治) 시대의 종말을 상징하는 존재로서 태어났다. 그러나 종말과 함께 시작되는 새로운 탄생은 생모의 죽음을 동반하며, 작가는 이를 다다시의 인생에서 최초의 좌절로 규정 짓는다. 탄생과 죽음이라는 인간에게 있어 가장 근원적인 문제가 어린 다다시의 생에 첨예한 문제로 대두되고, 이 최초의 좌절은 인간에게 있어 부조리라는 근원적인 문제임을 암시하고 있다. 이후 주인공 다다시의 생애는 '몇 번이나 거듭되는 운명의 좌절, 의지의 좌절의 연속'이었다. 그가 조우한 좌절 중에 가장 큰 영향을 끼쳤던 것은 '기숙사 문제'였다. 이 사건이 발단이 되어서 다다시는 뜻하지 않게 쇼와(昭和) 당시의 좌익탄압의 여파에 휩쓸려 부당하게 '빨갱이'로 몰리게 된다. 그로부터의 다다시의 인생은 관직에의 '꿈의 좌절', 아내와의 사별, 33살 젊은 나이에 폐결핵으로 요절하는 '생의 좌절' 등 좌절의 연속이었다. 그리고 그가 사랑하는 아들에게 남겨 주기 위해 자신의 목숨을 깎아 가며 쓴 '수기'도 공습에 불타 버린다. 이로써 다다시의 인생은 생전에 그리고 사후에까지 좌절의 연속으로 이어진다.

그러나 작가는 부조리투성이인 인간의 삶을 마냥 차가운 눈빛으로만 방관하는 것이 아니라 따뜻한 시선으로 수용하고 있음을 알 수 있다. 즉 다다시의 생에 있어 마지막 무형의 의지의 표상이었던 아들이 그의 바람대로 늠름하고 총명한 성인으로 성장했던 것이다.

부조리로 인한 다다시의 생의 좌절은 그를 둘러싼 인간관계, 즉 의사와 가토(加藤) 교수를 비롯해 미네코(峯子) 등 따뜻한 인간미를 지닌 사람들에 의해 중화되고 희석된다. 어쩔 수 없는 사회적인 부조리 속에서도 긍정적인 시야로 인간을 대하려는 작가의 시선이 이들을 통해 나타나고 있으며, 결국 다다시의 생은 '좌절'이라는 제목과는 달리 아들을 통한 의지의 성취로 마감되는 해피엔딩이다.

손바닥 풍경

마루오카 아키라(丸岡明) 지음
오 경 옮김

손바닥 풍경

밤 10시의 급행 열차로 우에노(上野)를 출발하여 목적지인 이치노헤(一戸)에 아침 9시 정각에 도착했다.

각자 가방과 륙색에 넣은 낚싯대를 들고 플랫폼으로 내려갔다.

일본화와 서양화 화가가 두 명, 작곡가 한 명, 사진작가 한 명, 거기에 스기(杉), 이렇게 남자 다섯 명이다. 사진작가만 낚싯대 대신 사진기 2대를 넣은 가죽 가방을, 손에 든 가방 외에 어깨에 매고 있었다.

사진작가의 아내와 스기의 아내 요코(洋子)는 한 침대차에 자리를 잡을 수 없었기 때문에, 다음 칸에서 플랫폼으로 내려왔다.

일행을 초대한 후쿠오카(福岡) 초(町)[1]의 관리들은 플랫폼으로 마중 나와서 재빨리 몇 사람의 짐을 받아들며

"안녕하십니까. 피곤하시지요."

라고 싹싹하게 말을 걸었다.

어젯밤 그들은 기차를 탄 후 위스키를 마셨고, 스기는 더 조심하기 위해 수면제를 먹고 누웠지만 잠을 잔 것은 세 시간 정도로, 2시에는 잠이 깨어 그 이후로는 좁은 공간에 갇혀서 뜬눈으로 지샜다.

이제는 먼 옛날 일이 되었다. 스기가 아직 초등학생이었을 때의 일이었다. 도카이도센(東海道線)의 고즈(國府津)와 야마기타(山北) 사이에서 일어났던 일로 기억하고 있다. 그 무렵에는 아직 도카이도센이 아타미(熱海)를 지나지 않았다.

곤히 자고 있던 침대칸의 승객이 누군가의 칼에 찔려 죽었는데 기차가 야마기타에서 정차했을 때, 바퀴를 점검하러 온 역무원이 기차바닥에서 새고 있는 핏방울을 발견하였다.

신문에 며칠이나 계속해서 그 기사가 실렸다. 피해자는 중년 남자였다. 없어진 것은 아무것도 없고, 남자의 과거를 조사해 봐도 목숨을 잃을 만한 원한을 산 일도 없어서 왜 살해되었는지 원인을 전혀 파악할 수 없었고, 범인은 끝내 잡히지

않고 끝났다.

그 살인 사건으로 아직 초등학생이었던 스기는 강한 충격을 받았는데, 그 후 기차 침대칸을 탈 때마다 그 일이 생각났다.

침대칸의 짙은 녹색 커튼과 붉고 작은 번호가 붙은 표지는 그 사건이 있었던 무렵부터 지금도 같은 것인 듯했다. 왜냐하면 어젯밤에도 그 녹색 커튼을 보고, 이미 먼 옛날의 기억 속에 뒤섞여 있을 터인 그 일이 떠올랐기 때문이다.

범인이 어떻게 자취를 감췄는지도 모른다. 그것이 기분 나빴다. 그보다 더, 아무 이유 없이 승객이 살해당한 사실이 무섭게 여겨졌다.

원인을 전혀 알 수 없고, 게다가 그런 식으로 종결되는 일이 일어나는 인생을 이해할 수 없었다. 지금도 그 사건이 생각나는 것은 아직도 납득이 가지 않기 때문일 것이다.

사진작가는 사진기를 들고 몇 장인가 플랫폼에 선 동료들의 모습을 찍었다.

역 앞에는 후쿠오카 관광협회의 포스터를 붙인 자동차 몇 대가 기다리고 있었다. 일행은 그 차들을 나눠 타고, 급행이 정차하지 않는 이웃 후쿠오카까지 갔다.

스기가 이와테현(岩手縣)에 온 것은 전쟁중에 하나마키(花

卷) 근처에 사는, 여성 독농가(篤農家)를 방문하여 짧은 글을 쓰기 위해 모리오카(盛岡)에 한 번인가 온 적이 있었다.

3월이었던 것으로 기억한다. 저녁 무렵 모리오카역에 내리자 개찰구 밖 벤치에 가쿠마키(角卷)[2]로 어깨를 덮고 고무장화를 신은 여자들이 있었다. 가쿠마키의 선명한 붉고 푸른색이 매우 이국적인 풍속으로 느껴졌다.

역 밖은 눈으로 덮인 시가지였다. 정해진 숙소도 없이 나왔기 때문에 머물 만한 여관을 찾기 위해 잠시 동안 눈길을 걸었다.

스기는 방한도구를 채워 넣은 배낭을 짊어지고 무거운 스키화를 신고 있었다….

—스기와 그 일행이 나누어 탄 자동차는 이치노헤의 거리를 나와 이윽고 마베치강(馬淵川) 근처에 다다랐다.

사진작가의 아내는 전쟁중에 후쿠오카에 소개(疏開)되어 있었는데, 후에 소설 『마베치강(馬淵川)』을 써서 '나오키상(直木賞)'[3]을 수상했다. 그 지방에서 강을 '마베치강'이라고 부르니까 소설의 제목도 그렇게 읽는 편이 옳을 것이다.

후쿠오카에 왜 초대받게 되었는지 스기는 그 이유를 몰랐다. 그저 『마베치강』의 작가가 그 강에 민물고기가 많다고 권하기에 가 볼 마음이 들었던 것이다. 화가 두 명도, 퉁소의 명수이기도 한 작곡가도 평소 스기들과 함께 바다나 강에 낚시하러 가는 낚시 친구로, 누구나 다들 같은 마음에서 일정을 조정해 놓고 동행한 것 같았다.

강이 흐르는 건너편 기슭은 갈색으로, 깎아지른 듯하고, 주위의 낮은 산과 언덕은 북쪽 지방의 늦봄의 신록으로 빛나고 있었다. 낚시를 좋아하는 동료들은 강만 보고 있어도 기분이 좋아져서 짙은 쪽빛을 띤 깊은 강물을 차창 밖으로 바라보며,

"어떤 종류의 물고기가 있을까?"

"은어는 아직 잡을 수 없겠지"라고 서로 소곤거리며, 조수석에 있는 젊은 관리에게

"은어는 아직 잡을 수 없겠죠?"

라며 새삼스럽게 물어 보기도 했다.

자동차는 다리를 건너 거리로 들어서자 바로 나오는 후쿠슈관(福集館)이라는 오래된 여관 앞에서 멈췄다.

현관을 들어가서 복도를 지나 계단을 내려가 앞으로 강이 보이는 큰 방에서 그들은 우선 쉬었다.

마중 나온 조(町)의 공무원들과 읍장, 총무를 맡은 사람들과 다시 인사를 나누고 명함을 교환했다.

그날은 조(町) 동북쪽에 있는 오리즈메다케(折爪岳)라는 산의 시산제(山開き)[4] 날이었다. 게다가 올해는 그 오리즈메다케와 마베치강의 묘진가후치(明神ヶ淵) 근처에 있는 바센쿄(馬仙峡)라는 이름의 계곡 일대가 현립(縣立) 공원으로 지정된

해이기도 했다.

이 시산제 날에는 후쿠오카초 전체가 가게문을 닫고, 묘진 가후치의 절벽 위에 있는 소나무 숲에서 매년 조(町)의 유지들이 모여 술을 축하하는 풍습이 있었다. 소설 『마베치강』의 기념비는 이 소나무 숲 한쪽 구석에 서 있다. 그래서 그 저자인 사진작가의 아내가 조(町)의 관광협회로부터 초대를 받고, 아울러 몇몇 친구와 지인을 데리고 오도록 의뢰를 받았던 것이다.

어리석게도 스기는 그제서야 비로소 그 사실을 알았다. 당사자인 여류작가가 그런 사실을 잘난 척 떠벌리지 않았기 때문이다. 다른 동료들도 스기와 마찬가지로 무슨 일인지 잘 모르고 있었던 것 같다.

퉁소의 명인인 작곡가는 정원용 게타를 신고 장미와 작약, 등꽃이 무리지어 피어 있는 뜰로 나가 강가의 모래사장 쪽으로 모습을 감추었다.

강가의 모래사장에서 기생개구리 소리가 맑게 들려 왔다. 작곡가는 아마 강의 상태를 보러 갔을 것이다.

큰 방의 도코노마(床の間)⁵⁾ 쪽에 밥상이 차려져 있어 일행은 늦은 아침식사를 했다.

간사 한 명이 밥상 곁으로 와서,

"식사가 끝나시면 목욕이라도 하시고 배정된 방에서 잠시 쉬십시오. 점심때는 묘진가후치의 시골식 야외파티에 참석하시고, 그 다음에 오리즈메다케로 안내하려고 합니다. 산 정상 바로 앞까지 자동차가 가니까 모두 아주 편안하실 겁니다. …산 정상에서는 니노헤(二戸), 구노헤(九戸) 두 군(郡)에 걸친 넓디 넓은 원시림은, 그 전망이 웅대해 도쿄에서 오신 여러분들께서도 반드시 매우 기뻐하시리라 생각합니다. 오리즈메에서 돌아오는 길에는 천연기념물로 지정된 남신암여신암(男神岩女神岩)으로 안내하겠습니다. 낚시는 내일 마베치강 상류에서 충분히 즐기시리라 생각하는데, 어떻습니까? 낚시를 하시지 않는 분들은 도와다호(十和田湖)에 모시고 갈 예정입니다. 또한 오늘밤은 이 여관 근처에 자리가 마련되어 있으니까 거기서 조촐한 연회를 하려고 합니다….”

스기 일행은 젓가락을 내려놓고 박수를 쳤다.

“낚시는 결국 안 될 것 같군요.”

라고 도수 높은 근시안경을 쓴 일본 화가가 말했다.

“오리즈메라는 산에만 가고, 그 후에는 강에서 낚시를 하면 되지 않을까요.”

서양화가가 대답했다.

식사를 끝내고 스기는 목욕하러 갔는데, 큰 방 바로 위에 배정된 다다미 여섯 장 크기의 방에서 옷을 유카타(浴衣)[6]로 갈아입고 한참 동안 요코와 창가에서 강을 바라보고 있었기

42

때문인지, 목욕탕에는 이미 아무도 없었다. 어쩌면 다른 동료들은 목욕을 포기한 것인지도 모른다.

욕탕에는 욕조가 큰 것과 작은 것 두 개가 있었다.

"물이 미지근한 것 같으면, 큰 욕조에서 마음대로 퍼 쓰세요."

라고 욕탕으로 안내해 준 여종업원이 말했다.

조금 전 간사가 오늘 하루의 스케줄을 설명해 줄 때도 그랬지만, 이 여종업원의 말투도 사실은 스기가 좀 알아듣기 어려운 심한 동북지방 사투리였다. 스기의 친구 중에 하치노헤에서 여관을 경영하는 시인이 있었다. 오늘 아침 이치노헤 역에 도착한 이래 그 시인친구와 비슷한 사투리를 몇 사람한테나 들어서, 그 친구의 대리인이 몇 명이나 나타난 것 같은 착각이 들었다.

욕탕의 회고 큰 타일에 자리잡고 앉아서 뜨거운 물을 좌악 어깨에서부터 뒤집어쓰자, 먼 옛날 가라후토의 시스카(敷香) 촌에 갔던 기억이 문득 되살아났다. 그 기억은 여태껏 한 번도 생각난 적이 없었다.

⋯스기는 아직 대학생이었다. 여름 방학 전에 요코와 결혼하고 방학이 되자 홋카이도(北海道)로 여행을 떠났다.

삿포로(札幌)에는 중학교 시절의 친구가 있었다. 그 친구는 고고학을 공부하였고, 지금은 삿포로에 있는 만돌린 클럽 (mandolin club)의 지휘자를 맡고 있다.

삿포로에 이르자, 숙부 한 분이 가라후토의 도요하라(豊原)에 계시는 것이 생각나서, 와쓰카나이(稚內)에서 배를 타고 사할린까지 가 보았다.

요코는 스기의 변덕을 놀리며 차례차례 방문하는 곳의 풍물을 즐기고 있었다.

숙부는 도요하라의 왕자제지(王子製紙)의 공장장이었다.

사택의 거실에는 여름인데도 스토브가 준비되어 있었는데 실제로 그 스토브의 신세를 졌다. 백계 러시아인(白系露人)[7]의 양복점을 방문하기도 했다.

도요하라까지 와 보니 그곳도 홋카이도와 그다지 다름이 없어 보여, 내친 김에 더 북쪽으로 가 보고 싶어졌다. 돈은 도쿄로부터 전신환으로 송금받았다.

도요하라에서 북쪽을 향하여 시리토리(知取)로 가서 거기서 하루를 묵고, 다음날은 그 당시 철도의 종점이었던 미나미니토이(南新問)까지 갔다. 미나미니토이에서는 시스카까지 해변의 단단한 모래밭을 차로 달렸다.

시스카는 툰드라지대 위에 생긴 마을이었다. 모피가게가 마을에 몇 개나 있고, 짐받이에 탄 우락부락한 사내들이 말에게 거칠게 채찍질하며 거리를 질주하는 그런 곳이었다.

호로나이강(幌內川) 건너편의 오다스 숲으로 퉁구스족 추장을 방문했다. 오록코[8]의 텐트 모양을 한 작은 집에도 갔다.

호로나이강을 따라 삼십 리 정도 더 북쪽으로 가면 소련과의 국경에 이를 것이다. 스기는 그 지점까지 가 보고 싶었지만 여관 주인아저씨가 말려서 그만두었다. 아키타야(秋田屋)라는 여관이었다. 뜨거운 물을 좌악 어깨에서부터 뒤집어쓰는 순간, 지금 그 아키타야의 욕탕에 와 있는 듯한 기분이 들어 결혼 당시의 일이 생각났던 것이다.

스기는 대학생 신분으로 결혼한 것에 대해 정체를 알 수 없는 불안을 느끼고 있었다. 그 불안을 극복하기 위해서라도 끝없이 북쪽을 향해 여행을 계속해야만 할 것 같은 생각이 들었다.

국경에 못 가게 되었기 때문은 아니지만, 작은 기계선(機械船)을 전세 내서 가이효섬(海豹島)[9]에 갈 계획을 세우고 있는 같은 대학의 학생이 시스카에 와 있다는 말을 듣자, 곧장 그 학생을 찾아가 끼워 달라고 부탁했다. 저녁 무렵 시스카를 떠나 다음날 아침 일찍 가이효섬 앞바다에서 배가 멈췄다. 밤새 기계 소리가 울려 퍼지던 선창에서 네모난 작은 구멍을 아래로 빠져 나와서 배 위로 나왔다.

짙은 안개가 근처 바다를 뒤덮어 섬 그림자가 안개 속으로 어렴풋이 비쳤다가 사라지곤 했다.

바다오리(海鳥)[10]가 가이효섬에서 날아 올라 뱃머리 위에서 선회하는지, 무수히 많은 새 소리가 다가왔다가는 다시 멀어져 갔다.

물개 짖는 소리가 새들의 울음 소리에 섞여 우오, 우오 하고 무수히 서로 겹쳐서 낮게 울려 퍼졌다.

스기는 욕조에 몸을 담그고, 귀청 어딘가에 남아 있을지도 모르는 바다오리 소리와 물개 짖는 소리를 듣기 위해 눈을 감았다.

그러다가 갑자기 그러한 상념들을 떨쳐 버리기라도 하듯 욕조에서 일어나 선뜻 목욕탕에서 나와 버렸다.

방으로 돌아오자 스기는 자리에 누웠다.

아내 요코는 여류작가의 방에 있었는데 그쪽에서 여자들의 웃음 소리가 새어 나왔다.

꾸벅꾸벅 졸다가 아주 잠깐 졸았는가 싶었는데 가까이에 앉아 있던 요코의 목소리에 잠이 깨었다. 꿈을 더 좇으려 해 봤지만 잠이 깨 버린 순간 그 꿈이 뚝 사라졌다.

곧 묘진가후치의 축하 파티에 간다더라고 요코가 말했다.

옷을 입고 현관에 나가자, 서양화가가

"꽤 낡은 것 같군. 피라미야."

라고 말했다.

각자 다시 여러 대의 자동차에 나눠 타고 묘진가후치의 소나무 숲으로 갔다.

이미 버스 한 대가 서 있었고 사람들이 많이 있었다. 좁고 긴 판자를 말뚝에 박은 ㄷ자 모양의 임시 테이블이 있고, 그 위에 맥주랑 오렌지 주스 병이 즐비하게 놓여 있었으며, 일을 거드는 여자들이 찬합을 나르고 있었다.

스기 일행은 우선 소설 『마베치강』의 기념비를 보러 갔다. 비는 그 소나무가 있는 광장의 한쪽에 서 있었고, 구비진 마베치강이 까마득히 아래로 바라다보였다.

비에는 "묘진의 소(沼)가 맑은 것도 슬퍼라(明神の淵の澄めるも悲しけれ)"라는 작가의 글이 새겨져 있었다.

스기는 여자 3대의 생애를 그린 이 소설을 머리에 떠올리며 쪽빛 슬픈 강물을 바라보았다.

"전설이랑 옛날부터 전해져 온 이야기에 미신 같은 이야기까지 여러 가지가 있어요."
라고 『마베치강』의 작가가 작은 소리로 스기에게 말했다.

야외 파티장으로 쓰는 광장 옆 소나무 숲에는 당집인 듯한, 기둥을 붉게 칠한 정자가 있었다.

후쿠오카초에 사는 한국인이 자비로 기념비와 정자를 세우고 정자의 기둥은 조선식으로 붉게 칠했다는 이야기를 스기는 들은 기억이 있었다. 언제였던가 여류작가가 스기에게 말해 주었다.

파티장의 테이블에 앉자, 읍장이 중앙에 서서 축하 연설을 했다. "금년은 기쁘게도 오리즈메다케, 바센쿄 두 곳이 모두 현립(縣立)자연공원으로 지정되었고, 도쿄에서도 일부러 많은 분들이 오셨기 때문에 차린 음식은 별다른 것이 없지만 그 대신 온마음을 다해 거듭 축하하고자 합니다"라고 말했다. 이어서 불려 나온 『마베치강』의 작가가 초대받은 답례 인사를 했다. 그 고장 신문사며 방송국의 카메라맨이며 영화반이 와서, 그 정경을 분주하게 필름에 담았다.

축하행사는 그것으로 끝나고, 이어서 총무들이 맥주와 술을 돌렸다. ㄷ자형의 테이블이 마베치강 쪽을 향해 있어서 그곳에 돗자리를 깔고 가구라(神樂)[11]의 사자춤(獅子舞)이 시작되었다.

오래 전부터 전해오는 이 지방 어딘가의 신사(神社)에 속한 예능일 것이다. 양손으로 껴안듯이 북채로 치는 큰북에, 준비해 온 작은 병에서 기름을 가죽에 떨어뜨리고 준비를 시작했다. 하야시(囃子)[12]는 그 큰북을 치는 사람이 한 명, 춤추는 사람은 조수를 한 명 거느리고 있었다. 이 세 사람 모두 평소에는 밭일을 하는 사람들 같았다.

"차린 것은 없지만 자, 많이 드십시오."

그런 의미의 말을 예의 사투리로 말하면서 총무가 스기 앞

48

에 찬합을 내밀었다.

피라미랑 황어를 꼬치에 끼워 구운 것이었다. 스기가 그것을 하나 집어서 이 알 밴 민물고기를 판별하려는 듯 바라보자,

"잡어(雜魚)입니다."

라고 설명했다.

우루이(ウルイ)[13] 줄기 절임은 산뜻한 녹색이었으며 머위와 말린 청어(ミガキニシン)조림은 과연 동북지방의 산간 마을다운 맛이었다. 도회지와는 다른 단단한 구운 두부와 검은 곤약(コンニャク)조림. 이런 것들을 맛있어 하는 것도 나이 탓일까 하는 생각이 문득 스기의 뇌리를 스쳤다.

밀가루를 반죽하여 꼬치에 끼워 구운 다음 된장에 골고루 묻힌 꼬치구이. 팥밥으로 만든 크고 둥근 주먹밥. 그런 식의 갖가지 진수성찬이었다.

마지막으로 소쿠리에 검붉게 빛나는 앵두가 가득히 담겨서 차례가 돌아왔다. 스기 옆에 있던 요코는

"어머, 예뻐라. 도쿄 것과는 다르네요."

라며, 소쿠리에서 한줌 집어들었다.

검붉은 모조 앵두가 장식된 밀짚모자. 소녀가 쓴 밀짚모자를 스기는 연상했다.

그러자 그 모자와, 아까 욕실에서 나와서 꾸벅꾸벅 졸았을

때 꾼 꿈이 뭔가 관련이 있는 것처럼 생각되었다.

욕탕에 가기 전에, 스기는 방의 창가에 서서 강을 바라보고 있었다. 요코가 그 옆에 와서,

"어머, 저기 앵두가 열려 있네."

라고 말했다.

정원 울타리에 심어 놓은 벚나무 잎 뒤로 노랗고 연붉은 색의 앵두가 열려 있었다.

스기는 처음으로 자연 그대로의 나무에 열린 앵두를 보았다.

그것이 욕실에서 나와서 꾼 꿈속에서 되살아난 것일까.

일단 머리 속에서 사라진 꿈을 다시 생각해 낸다는 건 극히 어려운 일이었다. 한줌의 앵두에서 모조 앵두가 장식된 밀짚모자를 연상했지만, 그 밀짚모자를 쓴 소녀와 꿈의 주제가 뭔가 관련이 있을 것 같은데, 무언지는 알 수가 없었다.

스기의 인생을 엉뚱한 방향으로 이끌었을지도 모르는 여자의 얼굴이 하나, 둘 시야에 떠올랐다. 그녀들 중 한 명이 한순간 꿈속에서 수상쩍은 모습을 드러낸 것 같았다.

그러나 그 여자들과 앵두 장식이 달린 밀짚모자가 어떤 의미로 관련이 있는 것일까. 있을 수도 없는 일이지만, 오히려 그 있을 수도 없는 일 속에 꿈의 주제와 강하게 연결되는 뭔가가 존재하는 것처럼 생각되었다.

50

"술을 마시는 사람은 남자들뿐이고, 여자들은 아직 이런 곳에 나오지 않네요. 아가씨는 도와주는 사람들뿐이잖아요."

여류작가가 스기에게 말했다.

스기는 앵두 씨를 뱉고, 고개를 끄덕이며 여전히 그 꿈을 생각하며 웃었다.

매년 시산제 축하에서는 이 소나무 숲에서 모닥불을 피우고 잡어나 민물송어를 꼬치에 끼워 모닥불에 구워 먹곤 한다. 민물송어는 마베치강에 발전소가 생긴 이래 묘진가후치에서는 잡을 수 없게 되었지만, 지금은 그 강 깊은 곳에는 터주대감 같은 커다란 잉어가 있다.

"미안하게 됐어요." 하고 여류작가는 민물송어를 못 잡게 된 것을 스기에게 사과했다.

"모닥불에 직접 구운 생선은 정말 맛있어요."

총무에게도 그 같은 말을 했는지, 간사 한 분이 오늘 아침에 강에서 그물로 잡았다는 커다란 잉어랑 잡어를 깊숙한 소쿠리에 담아서 우리에게 보여 주러 왔다. 아가미 부분을 잡고 잉어를 들어 올리자, 잉어는 기운차게 파닥거렸다.

이 야외 파티장에서 오리즈메다케 정상 근처까지 자동차로 거의 한 시간이 걸렸다.

일단 마을로 돌아와서 마베치강의 지류인 시라토리강(白鳥

川)을 조금 거슬러 오른 다음, 산에 오르기 시작하는 것이다.

줄곧 조수석에 앉아 있던 조(町)의 총무가 후쿠오카초로 이어지는 구노헤(九戶) 성터에 대해 말해 주었다. 그림을 그리는 사람이라는데 아직 젊지만 비트족 턱수염을 기르고 있었다.

덴쇼(天正) 19년이라고 하니까, 서기로 치면 1591년이다. 지금으로부터 대략 400년 전이 된다. 그 해에 센노 리큐(千利休)[14]가 자살하고, 도요토미 히데요시(豊臣秀吉)는 조선에 출병을 명령했다.

구노헤성에는 구노헤 마사자네(九戶政實)가 살고 있었다. 그는 조만간 중앙군이 이 성도 공격해 올 것이라 예측하고 있었을 것이다. 왜냐하면, 그 전해에 히데요시는 오다와라성(小田原城)을 함락시키고 거의 천하를 통일했기 때문이다.

산노헤성(三戶城)에 있던 난부 노부나오(南部信直)는 구노헤 마사자네 일당이 봉기하여 주위의 여러 성을 계속 습격하고 있다고 보고했다. 가모 우지사토(蒲生氏鄕)와 아사노 나가마사(淺野長政) 군대가 니혼마쓰(二本松)에서 북상했다. 쓰가루 다메노부(津輕爲信)와 아키타 사네스에(秋田實季)의 군대도 난부 노부나오군과 함께 구노헤성을 포위할 태세를 취했다. 히데요시측의 군세는 육만 오천의 대군이었다고 한다.

구노헤성은 그 후 난부 노부나오가 거처하는 성이 되었다.

이어서 그의 아들 도시나오(利直)도 후에 모리오카(盛岡)로 옮기기까지 이곳에 있었다.

이야기를 요약하면 이상과 같다.

스기 일행은 처음 듣는 얘기라 좀처럼 요점을 파악하기 어려웠다. 다만 그런 이야기 속에 진한 향토애가 스며 있음을 느꼈을 뿐이다.

스기는 이야기를 듣다 지쳐서 자동차가 산길에 접어들고 나서야 10분 정도 잠이 들었다. 잠을 깨니 이미 산 정상에 가까이 온 듯 주위가 초원뿐인 길을 달리고 있었다. 아이들을 데리고 온 등산객이 몇 쌍이나 있었다.

다 올라와서, 읍(邑)에서 지은 '산속의 집'이 있는 곳에서 자동차가 멈췄다. 산막 옆의 광장에서는 트럭이 그대로 무대 대신 사용되어, 여자가 스피커에서 울리는 레코드에 맞춰 춤을 추고 있었다. 4, 50명 정도의 남자들이 자리를 깔고 앉아서 그것을 구경하고 있었다.

스기는 식후에 약 먹는 일을 깜박한 것이 생각나서, '산속의 집'에 들어가 냉 우유를 얻어서 약을 먹었다.

카레라이스라든지 중국식 국수 등 가벼운 식사를 할 수 있는 준비가 되어 있었다.

오리즈메다케는 해발 850미터다. '산속의 집'이 있는 곳은 아직 정상 바로 앞으로, 조금 더 걸어가야 정상에 도달한다.

스기는 올 2월에 3주 정도 입원했다. 당뇨병과 협심증 때문이었다. 약도 그 때문에 먹고 있는데, 이렇게 활짝 갠 햇볕을 쐬며 정상까지 걸어가는 것은 조금 주의가 필요한 일처럼 생각되었다.

그래서 스기는 누구보다도 뒤처져서 천천히, 천천히 걸어갔다.

도중에 한 계단 낮게 내려간 곳에, 그곳에만 나무가 무성한 움푹하게 팬 땅이 있었다.

뒤처져 걷는 스기를 염려해서 풀밭의 은방울꽃 등을 따면서 뒤따라오던 젊은 관리가, 이곳은 맑은 샘물을 베풀어 주는 신(神)이 모셔져 있다고 했다.

무엇을 시작할 셈인지, 그 수풀 가장자리 풀밭에 돗자리를 놓고, 조릿대가 붙은 대나무 두 개에 요쓰데(四手)[15]를 걸쳐 세워 놓고, 그 옆에서 흰옷을 입은 남자와 여자가 이제부터 뭔가를 할 것 같은 준비를 하고 있었다.

"저게 뭘까요?"

스기는 다리를 쉬면서 은방울꽃을 든 관리에게 질문했다.

"미코(巫子)[16]와 간누시(神主)[17]겠죠?"

미코라고 부르기에는 나이가 너무 많은 듯했다. 마흔 살 정도의 여자였다. 여자는 흰옷의 앞자락을 풀어헤치고 일어선 채 한쪽 다리에 나일론 스타킹을 신으려 하고 있었다.

산 정상에는 마이크로웨이브(microwave)[18]를 발사하는 흰 건물이 있었다. 정상에는 사람들이 많았는데, 모두 전망이 탁 트인 동쪽에 모여 있는 듯했다. 나무가 없는 야산이기 때문에 올라갈 곳의 모습을 잘 알 수 있었지만, 스기는 점차 숨을 몰아쉬게 되었다.

열 살쯤 된 남자아이가 아버지 손을 잡고 스기를 앞질러 갔다. 아이는 몸이 가벼워 피곤을 모르는지, 이번엔 아버지 뒤로 돌아가 허리를 밀듯이 하고 올라갔다.

…스기는 병원에 입원했을 때, 병원에서는 9시가 소등시간이기 때문에 평소의 습관과는 전혀 시간대가 맞지 않아서 우선 그 점이 고통이었다. 9시에는 도저히 잘 수 없기 때문에 소등시간을 좀 봐 달라고 해서, 12시가 되면 서둘러 수면제를 먹고 자려고 했다. 그래도 곧바로 숙면을 취하지는 못했다.

아침에는 6시에 간호사가 체온을 재러 왔다.

2월의 6시는 아직 해가 뜨기 전으로, 도쿄의 하늘은 짙은 보랏빛 스모그 같은 것으로 뒤덮여 있었다.

도쿄 타워가 병실 창문 오른쪽으로 보였다. 탑의 붉은 전등이 아직도 켜져 조용히 명멸하고 있었다.

언덕 위에 멀리 꼭대기만 보이는 오쿠라 호텔의 차갑게 빛나는 연푸른 네온은 저녁때에는 선명하게 눈에 보이지만, 새벽녘에는 매우 희미했다.

같은 창에 텔레비전 탑이 왼쪽으로 하나 더 보였다. 그 탑의 중간 부근에 공중에 떠서 사람이 내려가고 있었다.

요코는 스기가 입원했을 때, 항상 3시에 병원에 와서 6시에 저녁식사 하는 것을 지켜보고 돌아갔다. 결혼한 지 벌써 30년이 다되어 간다. 병실에는 문병객들이 가지고 온 꽃이 조금이긴 했지만 끊이지 않았다.

30년 가까이 함께 지내며 다다른 곳이 이 장식 없는 병실 한 칸이었나 하는 생각이 들었다. 스기가 그런 생각을 하는 동안 아마 요코도 같은 생각을 했을 것이다.

그러나 스기는 창문 왼편으로 보이는 아카사카미쓰케(赤坂見附) 부근의 텔레비전 탑 중간에 사람이 매달려 있는 것 같다는 사실을 요코에게는 말하지 않았다.

"저기 좀 봐. 저 탑 중간쯤에 말이야, 뭔가 매달려 있지? 사람이 매달려 있는 게 아닌가 싶은데, 어때?"

"네? 사람이 매달려 있다고요? 어디에? 그래요, 뭔가 매달려 있는 것 같네요. 그런데 설마, 사람일 리 없잖아요? 언제부터?"

"어제도, 그저께도. 여기 왔을 때부터, 저 탑에 뭔가 매달려 있는 것 같았어."

"그럼, 사람이 아니겠죠. 그런 일이 있을 수 있나요?"

대화는 그것으로 끝이 날 것이다. 이러한 결말을 처음부터 알고 있기에, 스기는 아내 요코에게도 간호사에게도 텔레비전 탑 이야기는 입에 담지 않고 퇴원했다.

　─스기는 가슴이 답답해졌기 때문에, 동행하면서 뒤를 따라오는 관리에게 아무런 신경도 쓰지 않고 잠시 걸음을 멈추고 쉬기로 했다. 쉬고 난 뒤에 스기는 단숨에 정상까지 올라갔다.

　일행들은 요코를 중간에 세우고 일렬로 늘어서서, 정상에서부터 멋지게 펼쳐진 광대한 전망을 즐기고 있었다. 멀리 어렴풋하게 보이는 부근이 하치노헤(八戸)라고 했다. 스기는 가까스로 정상까지 와서는 다시 쭈그리고 앉아서 쉬었다.

　앞에 전망이 보이는 경사면에는 가족동반 행락객들이 몇 쌍이나 있었다.

　'처녀 총각들의 모임'이라고 플래카드처럼 흰 천에 가로로 써서, 그것을 장대 양끝에 세우고 포크댄스를 즐기고 있는 젊은 남녀 무리도 있었다. 맨 처음에 그 가로글씨를 천 뒤쪽에서 읽었을 때, 스기의 눈에는 처녀(娘)라는 글자가 늑대(狼)로 보여 혼자 서글프게 웃었다.

　오리즈메다케에서 돌아오자, 이대로 조(町)의 관광협회에서 골라 준 스케줄대로 남신암여신암을 보러 갈지, 마베치강 상류로 낚시하러 가기 위해 안내를 받을 것인지, 스기는 망설였다.

"어떻게 할까."

라고 옆에 앉아 있는 작곡가에게 묻자,

"어차피 피라미나 황어일 테니까, 오늘은 그만두는 편이 좋겠어."

라고 답했다.

남신암에 가려면 다시 마을까지 되돌아가 여관 바로 앞에서 왼쪽으로 꺾어서 가야 한다.

세상에는 색다른 풍경이 있기 마련이지만, 이 남신암여신암은 탑처럼 우뚝 솟은 불가사의한 바위였다. 자동차는 앞쪽으로 이 두 바위가 보이는 전망대가 있는 곳까지 갔다.

거기에는 주홍색을 칠한 작은 도리이(鳥居)[19]가 있고, 야시키가미(屋敷神)[20]와 같은 돌을 조각한 신사가 있으며, 남녀궁(男女宮)이라고 쓴 팻말이 서 있었다. 일행들은 그 앞에서 한 차례 웃고 남신암 바로 위로 산등성이를 따라 올라갔는데, 그 산등성이의 좌우도 깎아지른 듯이 솟아 있었고, 남신암은 둘레가 이백 미터나 되는 둥근 기둥과 같은 바위였다.

높은 곳에 오르면 현기증이 나는 스기는 산등성이를 건너는 것조차 어쩐지 으스스했고, 더구나 남신암 꼭대기에서는 다리가 얼어붙어서 자유롭게 그 근처를 걸어다닐 수 없을 정도였다.

그곳에 가자, 조리(草履)²¹)를 신은 요코와 여류작가가 남자들보다 대담하여 산등성이에서 바위 정상까지 조리 신은 발이 미끄러지면서도, 손을 짚어가며 네 발로 소나무 뿌리를 잡고 기어오르듯이 올라갔다. 그리고 그 여세를 몰아 열 평 남짓한 바위 정상에서는 소녀처럼 꽥꽥 소리를 지르며 이리저리 뛰어다니곤 했다. 마베치강은 그 남신암여신암의 밑둥치 근처에서 소(沼)가 되어 흘러가고 있었다.

—스기는 지난해 유럽에 있는 동안, 3층보다 높은 방에서는 살지 않도록 주의했다.

몽마르트 근처의 호텔에 있을 때는 방이 5층이었기 때문에 도로에 면해 있는 외부로 통하는 문은 항상 열쇠를 잠가두었다.

밤중에 잠을 깨 그만 휘청휘청하고 뛰어내릴지도 모르는 불안감이 있었기 때문이다.

로마에서 여객기로 도쿄로 돌아올 때, 바티칸에 가서 성(聖) 바오로 사원의 옥상에 올라가 보았다.

성자상(聖者像)이 늘어선 지붕 가장자리에서 아래의 원형 광장을 보니, 대리석 광장의 바닥 모양과 중앙의 분수, 주위의 회랑에 늘어선 돌기둥, 그리고 분수 건너편에 길게 뻗은 곧은 길 등이 기하학의 도형처럼 정연하게 자리잡고 있어, 스기의 몸을 빨아들이려고 강하게 압력을 가해 오는 것을 느꼈다. 스기는 차라리 결연히 몸을 날려서 옥상에서 뛰어내려 버리려고 생각했다.

스기의 경우, 묘하게도 높은 곳에 서면 다리가 얼어붙는 것은, 아무래도 자신이 처한 현실에서 탈출을 꾀하려는 격렬한 욕망이 견딜 수 없을 정도의 힘으로 덮쳐 오기 때문인 것 같았다.

몽마르트의 호텔 방에서 문에 열쇠를 잠궈 놓고 있었던 것도, 마음 깊은 곳에 있는 그 욕망이 언제 고개를 들고 무의식 중에 그 바람을 실행하는 일이 있을지도 모른다고 생각했기 때문이었다.

그렇다 해도 도대체 어떤 남자가 처음으로 이 바위 위에 온 것일까, 하고 스기는 생각했다.

"아니, 바보 같은 짓을 했지 뭡니까." 하고 조(町)의 총무가 스기에게 말했다.

"우리들이 어렸을 땐, 여기 와서 물구나무서길 하곤 했습니다. 무섭지만 되도록 앞쪽에 가서 물구나무서는 것이 자랑이었습니다. 물구나무를 서면 덴구(天狗)[22]가 이 산 저 산을 건너가는 게 보인다고들 해서요. 작년엔 또 이와테(岩手)대학 학생이 암벽등반을 하여 아래서 곧장 여기까지 올라왔다고 합니다."

"자네, 그걸 봤나?" 하고 관리가 이야기 중간에 끼어들었다.

"절벽처럼 보이지만, 의외로 도중에 쉴 만한 곳이 있어서 요, 쉬엄쉬엄 3시간이 좀 못 돼서 올라왔습니다. 여름이 되면 요, 마을 젊은이들이 달밤에 여기 와서 술잔치 같은 것을 합 니다."

스기는 다른 사람들보다 한 발 먼저 이 바위에서 내려가기 로 했다.

맨 처음 이곳에 온 남자는, 하고 산등성이를 돌아가면서 다시 생각했다. 평소 어지간히 따분했던 남자였을까, 자신이 처한 환경에서 해방되길 강렬히 원하던 남자였음에 틀림없 다. 그런 남자가 아니었다면 굳이 이런 위험한 바위 위로 길 을 헤치며 올라와 볼 생각은 들지 않았을 게다.

이곳에도 옛날부터 그런 남자들이 꽤 있었음에 틀림없다. 구노헤 성주인 구노헤 마사자네는 6만 5천의 대군에 포위되 어 허망하게 멸망하였지만, 그 또한 자신이 처한 환경을 견딜 수 없어 자신의 환경으로부터 탈출을 시도했다가 불행하게 도 감쪽같이 덫에 걸려 버린 남자였을 것이다.

이런 생각에는 스기를 위로해 주는 무엇이 있었다.

(1963년 8월)

1) 조(町) : 행정구역상의 구분, 지방자치단체 중 하나. 우리나의 경우
   도시에서는 洞, 여기서는 우리나라의 읍에 해당.

2) 가쿠마키(角卷) : (담요로 만든) 어깨걸이. 도호쿠(東北)지방 여자가
   씀.

3) 나오키상(直木賞) : 일본의 소설가 나오키 산주고(直木三十五 :
   1891~1934)의 대중문학에서의 선구적인 업적을 기념하기 위해서
   1935년 문예춘추사가 창설한 상.

4) 시산제(山開き) : 그 해 처음으로 등산을 허용함. 또는 그날의 행사.

5) 도코노마(床の間) : (일본식 건물의) 객실 상좌에 바닥을 조금 높여
   꾸민 곳. 벽에는 족자를 걸고 꽃이나 장식품을 놓아 둠.

6) 유카타(浴衣) : 목욕 후나 여름철에 입는 무명 홑옷.

7) 백계 러시아인(白系露人) : 1917년 10월 혁명 후 국외로 망명한, 소
   비에트정권에 반대하는 러시아인.

8) 오록코 : Orokko. 퉁구스족의 한 부족으로, 주로 사할린과 연해주에
   거주했다.

9) 가이효섬(海豹島) : 사할린 남동쪽 앞바다에 있는 작은 섬. 세계적
   인 물개 서식지.

10) 바다오리(海烏) : 펭귄을 작게 만든 것 같은 새.

11) 가구라(神樂) : 신에게 제사지낼 때 연주하는 무악(舞樂).

12) 하야시(囃子) : 노가쿠(能樂)나 가부키(歌舞伎) 등에서 박자를 맞

추며 흥을 돋우기 위해서 피리 북 등으로 반주하는 음악.

13) 우루이(ウルイ) : 백합과의 다년초로 어린 잎은 식용이 된다.

14) 센노 리큐(千利休) : 아쓰지(安土) 모모야마(桃山)시대(1568～ 1600)의 茶道의 대가. 千家流 茶道의 시조. 오다 노부나가(織田信 長) 도요토미 히데요시(豊臣秀吉)를 섬기며 총애를 받았지만, 히데 요시의 노여움을 사 1591년에 자결함.

15) 요쓰데(四手) : 옷감, 작은 비단 보자기 또는 새로 지은 기모노 등을 싸는 데 사용하는 두꺼운 종이로 표면에 아름다운 채색, 무늬가 그 려져 있다.

16) 미코(巫子) : 신이나 신사에 봉사하는 미혼 여성.

17) 간누시(神主) : 신사(神社)의 신관(神官).

18) 마이크로웨이브(microwave) : 극초단파(極超短波).

19) 도리이(鳥居) : 神社 입구의 문.

20) 야시키가미(屋敷神) : 대지 안에 모신 신. 地神.

21) 조리(草履) : 일본 짚신.

22) 덴구(天狗) : 얼굴이 붉고 코가 높으며 신통력이 있어 하늘을 자유 로이 날면서 심산에 산다는 상상 속의 괴물.

작품 소개

이 작품은 『전후단편소설선』(戰後短篇小說選, 岩波書店編輯部, 2000. 3) 제3권에 실린 마루오카 아키라(丸岡明, 1907~1968)의 「掌の風景」(1963. 8)을 번역한 것이다.

마루오카 아키라는 게이오대학(慶應大學) 재학중에 「마담 마르탄의 눈물(マダム マルタンの涙)」이라는 작품으로 문단에 등단했다. 심리주의적인 수법과 섬세한 감성묘사가 그의 문학적인 특징이라고 하겠다.

소설 「손바닥 풍경」은 답답하고 일상적인 틀에 갇힌 주인공의 심리묘사를 담담하게 그리고 있다. 손바닥 풍경이란 결국, 지극히 일상적이고 변화가 없는 생활의 장(場)을 상징하는 것이다. 주인공 스기(杉)는 여류작가의 권유로 마베치강(馬淵川)으로 아내를 동반한 일행과 함께 낚시를 떠난다. 열차 안에서 스기는 어린 시절에 목격한 미궁으로 끝난 열차 살인사건을 떠올린다. "원인을 전혀 알 수 없고, 게다가 그런 식으로 종결되는 일이 일어나는 인생을 이해할 수 없었다"라는 말처럼, 스기의 인생은 본인의 의도와 이해와는 상관없이 달리는 열차였다. 기대했던 민물송어 낚시도 수포로 돌아가고, 스기는 산길을 걸으며 입원 당시를 떠올린다. 병원 창문으로 보이던 텔레비전 중계탑 가운데 매달려 있던 사람은 지금도 스기만의 비밀로 간직하고 있다. 그는 이 이상스런 상황을 아내에게 말했을 경우의 대화내용을 예상하고는, 아내의 너무도 진부한 일상적인 사고방식에 입을 다물어 버린다. 스기의 아내는 건강하고 극히 현실적인 소시민이었다. 스기는 그러한 아내와 30여 년을 살아오면서 특별한 불만은 없었다. 다만 때때로 느끼는 따분함이 성 바오로 사원의 옥상에서 느낀 자살충동과 함께 몰려오는, 현실에서의 탈출에 대한 격렬한 욕망으로 스기를 뒤흔들곤 하는 것이다.

구노헤(九戶) 성주인 구노헤 마사자네(九戶政實)의 멸망은 현실에서의 도피를 꾀한 마사자네의 일탈이었다고 생각하며, 스기는 동질감이라 할 어떤 위로를 받는다.

메아리와의 대화

오하라 도미에(大原富枝) 지음

오 경 옮김

메아리와의 대화

콘크리트 담장이 아침햇살에 기괴하게 긴 그림자를 만들고 있는 문 가까이에 우도(宇ど)는 작은 옷가방을 안고 서 있었다.

문 안에는 넓은 통로가 구내 안쪽까지 똑바로 통해 있는데, 훨씬 더 안쪽에서 가끔 검은 사람 그림자가 가로질러 가는 것이 보일 뿐 고요했다.

문 안쪽의 오른편에 있는 수위실에 근무하는 젊은 경찰들이 줄곧 그가 있는 쪽을 보고 있었다. 우도는 그들과 등을 지고 서 있었다. 우도가 바라보는 곳은 전차의 종점으로, 통근하는 사람들이 새카맣게 몰려 있다가는 전차 안으로 빨려 들

듯이 달려갔다.

스기야마(杉山)가 가석방된다는 뉴스를 듣자, 우도는 그 날 밤 안으로 십오 킬로의 산길을 걸어 마을까지 와서, 목마(木馬)[1]를 끄는 요시기치(佳吉) 집에 맡겨 두었던 자전거로 작은 역까지 달려가 간신히 첫차를 탈 수 있었다.

도쿄에 도착한 것은 다음다음날인 오늘 아침으로, 스기야마의 출소시간까지는 꽤 여유가 있었다. 전에 두 번 면회 왔을 때 지나갔던 통용문(通用門) 앞에서 벌써 삼십여 분이나 그렇게 우도는 서 있었다. 이제부터 몇 십 분이나 더 서 있어야 할지도 몰랐다. 이십 명이 넘는 전범(戰犯)들이 출소하는 아침인데도 이 문이 아무 일 없이 고요한 것을 그는 의아해하지도 않았다. 그는 머리가 이상해지기 시작했던 것이다.

발자국 소리가 가까이 들리더니 젊은 경찰이 누구를 기다리고 있느냐고 말을 걸었다.

"아, 그럼 정문이군. 정문으로 돌아가시오"라는 젊은 경찰의 말을 듣고 높은 담을 따라 걸어가 휙 모퉁이를 돌자, 많은 사람들이 새까맣게 무리지어 있는 것이 보였다.

우도는 놀라서 발을 멈췄다. 카메라맨처럼 보이는 사람들도 언뜻언뜻 보이고, 빨갛고 작은 깃발을 세운 신문사의 자동차도 맞은편에 몇 대나 정차해 있는 것 같았다.

우도는 안색이 바뀌었다.

사람들이 무얼 하러 모여 있는지 그는 알 수가 없었다. 그를 선 채로 꼼짝못하게 만든 것은 아무도 모르는, 아니 스기야마만은 알고 있는 우도의 비밀스런 죄였다.

"아, 그럴지도 모른다. 스기야마 일행이 전쟁중에 저지른 범죄를 사람들 앞에서 사죄할지도 모른다."

신문이 그것을 사진 찍어서 실을 것인가.

우도는 전신이 소스라치게 놀라며 그런 일을 생각해 보았다.

그렇다면 자신은 어떻게 하면 좋을까? 그는 사람들이 모여 있는 곳에는 다가가지 못하고 떨면서 가만히 서 있었다. 시간이 흐를수록 초조하고 무서웠지만 도망치는 건 더 무서웠다.

그런데 시간이 되어 당초(唐草)무늬의 높은 철문이 무겁게 좌우로 크게 열리자, 스기야마 일행이 싱글벙글하면서 넓은 통로를 똑바로 걸어왔다. 사람들이 환성을 질렀다.

우도는 멀리 숨어서 이제부터 무슨 일이 일어날까 하고 숨죽이며 바라보았다.

신문기자들은 재빨리 그들을 둘러싸고 질문하며 마이크를 내밀어 녹음하고, 카메라맨들은 무릎을 꿇기도 하고 웅크리기도 하며 셔터를 눌러 댔다.

스기야마 일행은 웃으면서, 기다리던 사람들과 악수를 하기도 하고 이야기를 나누기도 했다. 어느 누구도 두려워서 부들부들 떨거나 눈을 내리뜨지 않았다.

사람들도 그들을 비난하려는 기색은 전혀 보이지 않았다.

만족스러운 듯이, 사람들의 시선과 질문을 받고 부드럽게 머리를 숙이기도 하고 악수하기도 하는 그들은, 마치 뭔가를 치하받고 있는 영웅처럼 보이기까지 했다.

우도는 천천히 조심스럽게 그쪽으로 다가갔다.

뭔가 자신이 잘못 생각하고 있었던 것 같다는 것을 우도는 조금씩 알게 되었다. 깊은 산속에 틀어박혀만 있던 수년 동안에 뭔가 자신이 이해할 수 없는 시간들이 흘렀던 것 같았다. 어딘지 뭔가 잘못된 것 같았다.

우도는 한숨 돌리자, 머나먼 깊은 산중에서 허둥지둥 도쿄까지 찾아온 자신에게 당혹했다. 하고 싶은 말이 많았는데, 지금 영웅처럼 치하받는 스기야마를 보자 무슨 말을 해야 할지 몰랐다.

예전의 상관이었던 스기야마 중위가 새로 지은 양복을 입고, 친척인 듯한 남자와 인사를 나누고 어머니인 듯한 노인과 이야기하며 웃는 얼굴을, 우도는 멀리서 열심히 바라보고 있었다.

싱싱하게 젊고 키가 큰 해군중위였던 스기야마는, 지금은 다른 사람처럼 늙어서 피부색이 검어지고 뼈만 앙상한 몸매가 되었지만, 자못 행복하다는 듯이 사람들에게 둘러싸여 있었다.

우도는 그에게 다가가 어떻게 말을 걸어야 좋을지 몰랐다.

그러자 불안하여 멍해졌다. 몸 안에 뻐끔히 구멍이 뚫린 듯 그 안으로 전차 소리와 자동차 경적 등 잡음이 한꺼번에 흘러들어 갔다.

스기야마가 인파와 함께 자신의 앞을 지나쳐 갔다. 우도는 황급히 뒤쫓아 갔지만 말을 걸진 못했다. 말없이 잠시 스기야마의 뒤를 쫓아 걸었다.

스기야마는 역 쪽으로 걸어갔다. 전차를 타고 어딘가로 가려는 것이겠지. 우도는 간신히 조심조심 외쳤다.

"스기야마 중위님."

스기야마는 살짝 뒤돌아보고, '어?' 하며 깜짝 놀란 듯 말했다. 안색이 변하여 웬일인지 갑자기 주위를 둘러보는 것 같았다. 그러자 스기야마는 이상하게 작고 초라해졌다.

도심에서, 초라한 육친과 마주쳤을 때와 비슷한 어떤 비참한 기분과 수치스러움이 우도를 보는 스기야마의 눈 속에 서려 있었다.

그를 이처럼 비참하게 만든 일로 우도는 뭔가 나쁜 짓을 한 사람처럼 주저주저했다.

"—뭐야, 자네, 왔나?"

우도는 입 속에서 우물쭈물 인사말 같은 것을 중얼거렸다.

스기야마는 얼굴을 붉히고 우두커니 서 있었다. 당황한 듯 그의 뒤에서 걸음을 멈추고 이쪽을 보고 있는 여자들을 바라보았다.

"아키야마(秋山), 자네, 잠깐 여기서 기다리게. 어머니를 전차에 태워 드리고 오겠네."

우도는 도로에 우두커니 서서, 교외전차 역으로 들어가는 스기야마를 지켜보았다. 엄청난 인파 속으로 그가 사라져 버린 후에도 우도는 그 자리에 못 박힌 듯 서 있었다.

길가는 사람들이 그와 부딪치기도 하고 힐끗힐끗 쳐다보기도 했지만, 우도는 아무도 의식하지 않고 불상처럼 우두커니 서 있었다. 스기야마가 다시 돌아올 때까지. 길 한쪽 편으로 몸을 비키지도 않고 도로 가운데 우두커니.

"야아, 실례했네, 언제 나왔나, 지금도 산에 있나? 건강한가?"

스기야마는 곧 근처의 찻집으로 들어갔다. 시끌시끌한 레코드소리가 울리고 있어 우도의 귀가 갑자기 귀머거리가 되어 버렸다. 그러자 그의 몸 깊은 속에서 '드드드드' 하고 전기톱으로 판자를 자르는 소리가 났다. 그 소리를 사이에 두고 스기야마의 목소리가 아주 멀리서 희미하게 들렸다.

"—의리 있는 사람이군. 자네도."

우도는 우물쭈물 사죄하는 듯한, 말을 더듬는 듯한 웃음을 지었다.

　내가 스기야마를 만나고 싶은 것은 의리 때문이 아니라고 생각했다. 그럼 무엇이냐고 물으면 우도는 대답할 말이 없었다.

　스기야마 속에 그 죄가 아직도 살아 있었다. 그 죄를 만나려면 스기야마와 만나는 수밖에 없었다.

　이제부터 스기야마는 어떻게 할 것인지, 어디에서 어떻게 살아갈 것인지, 그리고 그 죄란 것도 이 사람과 함께 어떤 식으로 살아갈 것인가?.

　앞으로도 만나고 싶으면 만날 수 있는 건지, ―그런 것을 우도는 알고 싶었기 때문이었다.

　스기야마에 대한 은혜라든지 속죄 같은 것과는 상관없이, 우도는 그 죄와 만나고 싶었다. 어쩌면 이삭이 그것을 명령하는 것인지도 몰랐다.

　"이삭이⋯."

　갑자기 우도는 소리내어 중얼댔지만, 너무나 낮고 공허한 목소리여서 스기야마에게는 들리지 않았고, 그래서 스기야마는 우도와 거의 동시에 말했다.

　"거 참, 그때부터 십 년이 되었군. 자네도 늙었고."

　"―너무나 많은 사람이 있어서 난 무서웠죠."

　우도는 주위를 두리번거렸다.

"많아? —일전에 A급 패거리들이 나왔을 때는, 저기에 책상을 놓고 접수처를 만들었다더군. 예전의 가신(家臣)들이 모닝 코트 따위를 입고 와서 말이야. 세상이 이렇듯 상당히 이상해졌으니까 늙은이도 아직 쓸모가 있을지도 모른다고 생각하는 녀석들이겠지만—."

우도는 역시 어리둥절해서 안정되지 않는 모습이었다.

"—그런데 나, 오늘은 약속이 있네, 자넨 지금부터 어떻게 할 건가?"

"저요, 아니 저는 중위님을 만나는 일 외에 다른 일은 없는데….."

자신이 나타난 것이 스기야마에게는 성가시게 느껴질 뿐이로구나, 라고 우도는 생각했다.

스기야마 중위님은 나를 만나고 싶지 않았던 것이다. 혐의가 풀려 석방이 되었고, 남에게 죄를 지은 한 패라는 따위는 이미 잊어버렸다, 잊고 싶은 게다. —그날 밤, 스기야마 중위님은 어쩔 수 없이 공범자가 되어 버린 것이다. 그날 밤부터 스기야마 중위님은 나를 꺼리게 된 것이다.

우도는 그런 것들을 멍하니 생각하고 있었다.

스기야마는 확실히 넌더리를 내고 있었다. 그날 밤부터 우도가 보이기 시작한 겁먹은 친애의 정은, 당시에도 그를 진저리치게 했다.

서로 비밀을 나눈 상관과 부하라는 관계에는, 그가 싫어하는 육친을 대할 때의 비참함 같은 것이 따라다녔다. 성가셨다.

그날·밤까지, 두 사람 사이에는 그 어떤 특별한 관계도 없었다. 스기야마는 우도의 직속 상관일 뿐이었다. 그것이 —

스기야마는 생각을 잘라 버리듯 갑자기 일어났다. 옛날과 똑같은 냉담한 말투로

"그럼, 자네 나를 따라가겠나? 나는 상관없으니까 —."

— 전차는 높은 둑에 끼인 강과 같은 선로 위를, 둑의 풀이 닿을락말락하게 달렸다.

전차 안은 꽤 북적댔다. 두 사람은 손잡이를 잡고 서 있었다. 두 사람의 얼굴이 어둡게 차 창에 비치고 있었다. 우도의 입술은 실룩실룩 경련하듯이 움직였다.

그는 이삭에게 말을 걸고 있다. 산에서도 매일 그렇게 했듯이 — (이 죄 때문에 스기야마 중위님이 나를 만나길 꺼리는 거라면, 이봐 이삭, 그건 중위님의 오해야! 스기야마 중위님은 나랑 자네가 지금은 얼마나 사이좋게 지내는지 모르는 거다 —)

우도는 스기야마에게 하소연하고 싶은 것이 많았다. 스기야마와 헤어진 후 십년 동안 우도는 산에서 살고 있었다.

산속 친구들은, 모두 마음이 좋은 사내들뿐이었다. 모두가 우도를 좋아했고, 한때는 인기가 있었다. 그런데 지금 그는

외톨이가 되어 버렸다. 어느새 친구들 사이에서 떨어져 나와 이제 그들 사이에 낄 수 없게 되어 버렸다. 어쩌다 이렇게 돼 버렸는지 우도는 납득이 가지 않았다.

산속 친구들은 결코 박정한 인간들은 아니었다. 정말 형편 없는 술주정뱅이라도, 약간 팔푼이라도, 일단 친구가 되면 결코 버리거나 따돌리거나 하지 않았다.

그것은 산이 너무나도 크고 깊어 어깨가 움츠러질 듯이 고요하고, 그리고 공기는 미칠 정도로 깨끗하기 때문일지도 모른다. —이런 깊은 산속에서는 큰 바다 한가운데와 마찬가지로, 인간이란 실로 작고 무력한 존재였다. 모두들 그걸 잘 알고 있었다.

우도가 사는 마을은 촌(村) 중에서도 가장 끝인 험한 산비탈에 있었다.

뒤쪽은 바위산 절벽이 이어져 사람은 다니지 않았다. 자주 있는 일이지만, 헤이케(平家) 가문의 도망자들이 자리잡고 살던 마을이라는 전설이 있고, 집들은 산기슭에서부터 한 채씩 순서대로 높게 산중턱까지 이어져 있었다. 우도는 위에서부터 다섯 번째 집의 차남이었다. 마을에 들어오는 사람들을 어느 집에서나 쉽게 발견할 수 있도록 경계하기 위한 배치라고 했다.

늦가을에는 모든 집들의 처마밑에, 옥수수 더미가 볏가릿대에 걸려 있어 석양에 고요히 황금빛으로 빛나고, 사람 그림자 하나 없이 먼 산의 도끼 찍는 소리만이 메아리치고 있었다.

스무 채의 집 가운데서 열 여섯 채까지가 '야마나카(山中)', 세 채가 '아키야마(秋山)', 나머지 두 채가 '야마시타(山下)'라는 성씨였다. 우도는 '아키야마 우노스케(秋山宇之助)'라는 이름이었으나 사람들은 모두 그를 소년시절부터 '우도'라고 불렀다.

그래서 그는 어른이 되어서도, 혼잣말을 할 때에도 자신을 가리켜 '우도는…' 하고 스스로 부르는 것이 습관이 되어 버렸다.

우도는 출정 전에 이미 어엿한, 아니 유능한 하라오시(腹押)였다. '하라오시'란 글자 그대로 큰 통나무를 배(腹)로 밀고 가서 한껏 회전하는 전기톱에 갖다 대는 일을 하는 직공으로, 제재(製材)에서는 매우 중요한 기술자였다.

몸의 컨디션이 좋고 마음도 평정을 유지해서 아랫배에 느긋하게 힘을 모으지 않고서는 해 낼 수 없었다. 이 일은 겉으로 보이지 않는 곳에 작업상의 에너지와 기술이 필요했다.

출정하기 전 그는 기슈(紀州)의 신구(新宮)에 본사가 있고, 이 지역에서는 큰 공장인 S제재회사에서 '하라오시'로 일하고 있었다. 그래서 귀향하자 곧 원래 다니던 공장에서 다시

오라고 사람이 왔으나, 우도는 아무래도 그럴 수 없어 깊은 산의 이동제재(移動製材) 무리 속으로 들어가 버렸다.

이동하며 나무를 베는 사람들은 10에서 15마력의 모터와, 38에서 42인치의 둥근 톱 한 대로 산속 이곳저곳을 전전하며 작업하는, 일종의 산속의 집시였다.

그들은 부모자식, 형제에 소수의 타인을 섞은 한 무리이거나, 마음을 서로 잘 아는 죽마고우인 마을 남자들끼리로, 10명이 안 되는 인원으로 구성되어 있었다.

산등성이를 넘어 산맥의 습곡(褶曲)에서 습곡으로 분수령이 되어 있는 깊은 산의, 우뚝 높이 솟은 나뭇가지가 끝없이 이어지는 원시림과 백년이 넘는 식수 조림 속을, 그들은 작고 민첩한 동물들처럼 바지런히 이동하고 부지런히 판자를 뽑아서는 내보낸다.

그들이 이동한 뒤에는 축축한 톱밥이 흩어져 산처럼 쌓여 버려져 있고, 맑은 물을 끌어온 작은 샘은 맑고 깨끗했다.

샘물 바닥의 낙엽 사이로 납작한 납작보리와 쌀알이 하얗게 붙어서 가라앉아 있었는데, 그 하얀색은 정말이지 고독한 인간의 생활을 느끼게 하는 다정한 느낌으로 가득 차 있었다.

침엽수의 톱밥 냄새가 오싹할 정도로 차가운 산 기운 속에 감돌고, 햇빛은 무성한 나뭇가지가 서로 겹친 사이로 여과되어 옅은 녹색의 액체처럼 그 부근에 퍼져 있었다.

땅을 파고 기둥을 세운 작은 오두막을 남겨 두는 경우도 있었는데, 그것은 언젠가 이곳에 다시 와서 작업할 경우를 위한 것이었다.

사실, 그들의 일터는 불규칙하게 순환했다. 풀을 찾아 이동하는 사막의 유목민들보다도 훨씬 더 불규칙한, 커다랗게 찌그러진 원을 그리며. ─그들을 이동시키는 것은 자연의 계절이 아니라 이 산골의 경제 흐름이었다. 그것은 불규칙하기는 했으나 나름대로 법칙을 가지고 있었다.

우뚝 솟아 마치 웅장한 대 사원의 둥근 기둥과 같은 원시림의 나무 줄기의 두께, 나뭇가지의 높이, 그 까마득한 아래쪽 지상에서 꿈틀거리는 작은 인간군의 부지런한 생활은, 다람쥐, 토끼, 족제비의 생활과 마찬가지로 소박하고 무력했으나, 인간만이 갖는 비극적인 근면함이 있었다.

이 산맥 안의 계곡에는 이렇게 이동하며 제재하는 집단의 건장한 사내들이 수없이 노래를 부르며, 고함치듯 떠들썩하게 이야기하고 계곡이 흔들리도록 웃어대면서, 또 촌스러운 시시한 농담과 저속하고 추잡한 짧은 이야기를 즐기면서, 묵직한 와이어 로프와 모터 엔진을 목마에 싣고, 으랏차 으랏차하고 박자를 맞춰 개미처럼 긴 그물을 끌고 이동했다.

그들은 각각 사업주들이 있었지만, 오본(お盆)[2]과 연말 이

렇게 두 번 정도밖에 사업주들의 얼굴을 볼 수 없었다.

팀과 다른 팀이 서로 부딪히는 일은 거의 없었다. 산은 넓고 절벽과 계곡은 수없이 많았다. 나무들은 격리하는 절대적인 힘이 되어 언제나 사람들 앞을 가로막고 서 있었다. 그 나무들은 메아리 이외에 인간냄새가 나는 것은 모두 전파하기를 거부했다. 건장한 산 사내들의 왕성한 후끈한 체취조차 이곳에서는 곧바로 나무들이 내뿜는 차가운 산 기운에 감쪽같이 사라져 버렸다.

우도가 이동제재에 투신했을 때에 있던 사람들은, 물론 그가 그곳에서도 유능한 하라오시임을 의심하지 않았다.

하지만, 그는 더 이상 하라오시가 아니었다. '마에도리(前取)'라고 해서 하라오시와 반대로 당겨 빼는 사람이었다.

둥근 톱이 잘라내는 판자를 당겨 빼는 역할인데, 장시간 간단한 동작을 반복할 수 있는 인내력과 지속적인 주의력이 필요하기는 했지만, 특별한 기술을 요하는 일은 아니었다. 임금도 하라오시에 비해 일당 100엔의 차이가 있었다.

"—나는 부상으로, 배에 전혀 힘을 줄 수 없게 돼 버렸어, 하라오시는 이제 할 수 없어!"

우도는 마에도리에 만족하고 불평하는 일도 없었다.

대체로 산 사람들은 신체의 손상에 대해서는(다른 일에 대해서도 그랬지만) 체념하는 데 익숙해져 있었다. 산이라는 일

터는 기계공장보다 더 복잡하고 불규칙한 위험을 가득 안고
있었다.

험준하고 붕괴되기 쉽고 미끄러지기 쉬운 발판. 큰 통나무
는 한두 사람의 힘으로는 꿈쩍도 하지 않지만, 생각지 못한
때에 미끄러지기 시작하면 거칠게 달리는 말처럼 소란을 피
웠다. 그 위험스러움은 공장의 톱니바퀴나 피대(皮帶)에 결코
뒤지지 않았다. 아니, 기계가 갖는 위험에는 대강의 법칙이
있지만, 산속에서 일할 때 닥치는 위험은 미리 예측할 수 없
는 복잡한 우연성이 있었다.

자신이 베어 쓰러뜨린 큰 나무둥치에 처자가 깔려 죽은 나
무꾼도 있었고, 자신이 끄는 목마에 하반신이 치여, 허리와
넓적다리의 뼈와 살이 바스러져서 일생을 벌레처럼 꿈틀거
리며 사는 남자도 있었다.

그들은 다친 몸으로 나름대로 할 수 있는 일을 가까스로
죽을 때까지 계속했다. 참고 견디는 것이 그들의 인생이었다.
포기하기 위해 참는 것이 아니라 견뎌내기 위해 참고 살아가
는 것에서 자신들의 존엄성을 발견하는 것일까 하는 생각이
들 정도였다.

—우도도 지금 그런 산속 사람들의 윤리 속에서 살고 있
었다.

우도의 머리 속에는 작은 포탄 파편이 들어 있었다. 배에서 허벅지에 걸쳐서도 살이 찍어 당겨져 오그라든 큰 흉터가 있다. 포탄의 파편은 몇 번이나 엑스레이를 찍은 결과, 수술해서 빼내는 건 큰 위험이 따르지만 그대로 두어도 별 이상은 없을 거라는 결론이 나왔다. 흐린 날에는 약간의 두통이 생기기도 하지만, 그는 머리의 상처에 대해선 대체로 잊고 지낼 수 있었다.

동료들은 그의 부상이 어떠한 것인지 구체적으로는 몰랐다. 배에서 넓적다리까지 난 큰 흉터를 찬찬히 보고 "그런데 우도, 자네 다리 사이의 그 물건은 무사한가?"라고 물었다. 우도 또한 진지하게 "그야 여보게, 이 정도로 큰 상처니 그 물건도 무사하다고 할 수는 없지"라고 대답했다. 우도는 늘 독신이었다.

그렇다고 해서 동료들은 우도 앞에서 여자 얘기하는 걸 꺼리지는 않았다. 여자 이야기는 날씨 이야기처럼 건강하고 당연한 것이었다.

산에 들어오면 길면 반년, 짧아도 3개월은 틀어박히게 된다. 식량 조달이나 기름을 사러 교대로 마을에 나가지만, 그래도 3개월에 한 번 여자를 보는 것은 운이 좋은 편이었다.

산막의 밤, 이로리[3] 곁에서는 반드시 한 번은 여자 이야기에 빠지는 것을 잊지 않았다. 우도는 잠자코 싱글벙글 듣고 있었다.

그런데, 어느 때부터 그는 스스로 적극적으로 나서서 이야기하게 되었다. 그가 10년 가까이 전전했던 북중국(北支), 중지(中支), 인도네시아의 여자들 이야기로, 특별히 자신과 관계가 있었던 여자들의 이야기만이라고는 할 수 없었다.

샛강 둑의 덤불 뒤에서 눈과 눈을 마주쳤을 뿐, 그것도 상대방 소녀의 눈은 증오와 공포로 인해 유리로 된 눈처럼 얼어 있었다는 식의 담백한 이야기도 섞여 있었다.

그가 이야기를 시작하자 모두 조용히 경청했다. 원래 그는 눌변이었기 때문에, 이야기는 모처럼 재미있는 곳에서 갑자기 건너뛰고 생략되기 일쑤였다. 타민족 여자들의 습관이나 몸짓에는 우도 자신도 지금도 아직 납득하지 못하는 점이 있었기 때문에, 모두에게 이해할 수 있도록 이야기할 수도 없었다. 단편적이고 어색해서 빈말로라도 정서가 감도는 식의 이야기는 되지 않았다.

그런데도, 사내들이 우도의 이야기에 감동한 것은, 그가 말한 여자의 아주 작은 몸짓에, 문득 숨이 막힐 것 같은, 정말로 여자 그 자체가 숨쉬고 있는 것을 생생하게 느낄 수 있었기 때문이다.

산 사내들은 그의 이야기를 들으면서 자기들이 직접 여자의 육체를 손으로 만지는 것처럼 느꼈고, 따뜻한 숨결을 귀

언저리에서 안개처럼 느낄 수가 있었다. 잠잠히 이야기에 빠져 있던 사내 중 한 명이 갑자기 벌떡 일어나더니, '우와—' 하고 짐승처럼 울부짖으며 산막 밖의 어둠 속으로 뛰쳐나가기도 했다.

그런 이야기를 한 후에 우도는 산막 밖의 어둠 속에서 방뇨하면서, 나는 꾹 참을 거야, 참고 견딜 거야 라고 마음속으로 신음하듯이 생각했다.

"참지 않으면 어쩌겠어! 역시 참을 수밖에 없겠지? 그래!" 낮고 작은 목소리를 내어 중얼댔다. 어둠에게 묻듯이 자신에게 물어 보았다.

—대륙에서 A섬 골짜기까지 끌려다닌 끝에 이런 몸이 되어 버린 데 대해 우도 역시 원한이 없을 수는 없었다. 내 탓이 아니야! 하고 생각하고 있다. …그러나, '그 죄'는 다르다. (그것은 내가 한 짓이다! 나 혼자 한 짓이다!)

작업장의 크기만큼 베어 뚫린 좁은 밤하늘을 올려다보고 별이 보이거나 하면 그날 밤의 일을, 그 바다에서 생긴 일을 떠올렸다.

그런 식으로 마음의 표면으로 떠오르는 일은 극히 드물었지만, 그렇지 않을 때에도 '그 죄'는 그의 마음 깊은 곳에 숨어 있어서 여러 가지 불만에 대해 제동을 거는 역할을 했다.

예를 들면, 산 사내로서의 우도가 가장 괴롭고 억울한 것은, 두 번 다시 '하라오시'가 될 수 없다는 것이었다. 그러나 동료들은 한 번도 그가 푸념하는 것을 들어 본 적이 없었다.

그렇지만 우도는 알고 있었다. 그 묵직하게 배에 전해지는 통나무 목재의 무게를 꽉 껴안고 조용조용히 밀고 가서 한껏 회전하고 있는 둥근 톱에 맞물리게 할 때의, 부르르르 하고 감전된 것처럼 배에 전해 오는 그 통나무 목재의 떨림, 그리고 고요히 온몸이 맑아지는 그 일순간의 유쾌함을—

큰 통나무가 쫙 하고 비명을 지르며 갈라질 때 우도의 온몸 깊은 곳에서도 무언가가 찢어졌다. 그것은 비명이 아니라 유쾌함의 절정에서 나오는 숨이 끊어질 듯한 절규일지도 몰랐다.

육체, 생명, 힘, 그리고 피 같은 것이 온몸에서 가차없이 잡아 찢겨져, 뜨거워지고 들끓어서 새 생명, 새 힘, 새 피가 차례차례로 생겨나는 것 같은 느낌이었다.

그곳에 나타나는 새 판자의 단면은, 실로 싱싱하고 앳되고 아름다웠다. 그것은 여자를 안는 것보다도 우도에게는 훨씬 애절하고 관능적인 생생한 느낌으로 몽땅 그대로 온몸에 남아 있었다. 긴 세월 전쟁터에서도 파괴되지 않은 채. 그래서 그는, 하라오시에 대한 미련은 여자를 향한 마음과 같이 남에게, 특히 동료들에게 들키는 것을 매우 부끄러워했다.

우도는 마을에도 거리에도 내려가고 싶어하지 않았다. 거울을 보는 일도 없이 샘물에 얼굴을 비추면서 손으로 더듬어 수염을 깎을 뿐이었다.

크리 햇이라는 모자를 쓴 소녀와 S산 계곡에서 우연히 만난 것은 여름이었다.

S산은 원시림인 국유림으로 여자를 볼 수 있는 곳은 아니었지만, 여름방학에는 두세 번 학생 등산대가 왔다. 그중 한 계곡에서 우도는 그 해 늦봄부터 늦가을까지 일을 하고 있었다.

그날은 와이어 로프를 설치하러 나간 마지막 날로, 우도만이 뒤에 남아서 작업을 점검하고 실수가 없음을 확인하고 계곡으로 내려오는 도중이었다.

그곳은 전나무와 솔송나무의 원시림 지대로, 교목이 교차하는 나뭇가지들은 가장 아래에 있는 것마저도 머리 위 까마득히 수십 척 저편에서 그물 천장을 만들고 있었다.

석남, 감탕나무, 물푸레나무, 산벚나무, 오엽철쭉 같은 여러 가지 관목들과 큰 풀고사리 잎이 땅을 덮고 있었다.

그 수풀과 교목의 첫 가지들 사이의 공간에는 담쟁이덩굴이 큰 뱀처럼 구불구불 감겨 있고, 정글은 호수처럼 고요한 엷은 녹색의 대기를 가득 채우고 있었다.

'야호—' 소리지르며 등산대의 한 무리가 내려왔을 때, 우도는 그들과 맞닥뜨리는 것이 부담스러웠기 때문에 관목 수풀 속의 바람에 쓰러진 나무에 앉아 그들이 지나가길 기다렸다. 그는 이미 오랫동안 동료들 이외의 사람을 보지 못했다. 사람들이 왠지 무서웠다. 상대방도 자신을 보면 기분 나빠 할 것이라고 생각했다.

노랫소리가 가까이 들리고 후텁지근한 공기의 술렁임이 우도가 앉아 있는 수풀 저편을 지나갔다. 우도는 무심결에 미소지었다. 고생한 적 없는 것 같은 젊은이들의 흰 셔츠와 차양이 좁은 펠트모자, 젊은 여자들의 웃음 소리도 섞여 있었다. 관목 수풀과 멀리 떨어져서 언뜻언뜻 보이다가 이윽고 멀어졌다.

바람에 쓰러진 나무에 걸터앉아 양다리를 크게 벌리고 무릎에 팔꿈치를 댄 양손을 넓적다리 사이로 축 늘어뜨리고, 고개를 숙이고 작업화 끝을 응시하면서 우도는 귀를 기울이고 있었다.

밝고 눈부신 광선이 자신 속으로 비쳐 들어왔다. 따스한 만족감이 마음속에 감돌았다. 그것은 작은 몸놀림으로도 사라져 버릴 것 같았기 때문에 우도는 가만히 있었다.

갑자기 수풀 속에서 소리가 났다. 눈을 들어 보니 3미터 정도 떨어진 수풀 근처에 하얀 물체가 보였다. 모자다, 빨간 무늬의 어깻죽지도 조금 보였다. 여자가 웅크리고 앉아 있는 것이라고 직감하자, 나쁜 예감이 그의 몸 속을 오싹 하고 스쳐 지나갔다. ―절대 내가 있는 걸 눈치채게 해서는 안 된다고 생각하니 전류에 감전된 것처럼 괴로웠다.

쏴아, 쏴, 쏴, 하고 수풀 속 잎사귀 끝에 쏟아지는 세찬 물소리가 들렸다. 그 소리는 정말 귀엽고 건강하며 생기가 넘치는 다정함을 머금고 있었다. 우도는 마음속으로는 자신도 모르게 미소지었지만 얼굴은 귀신처럼 무서운 얼굴이 되어 있는 것을 자신이 알고 있었다.

몇 십 초였을까 몇 분이었을까, 그 동안이 그에겐 정말로 길었다. 도저히 참을 수 없었다, 조금 더 있다간 자신이 뛰쳐나가든가, 소리를 지르는 것은 아닐까 하고 계속 두려워했다.

소녀는 일어섰다. 여학생이었다. 고등학교 3학년 정도 될까? 그녀는 하얀 모자를 벗고 이마의 머리를 쓸어 올리고 나서 다시 모자를 쓰고 배낭을 흔들어 위로 올렸다. 그리고 서둘러서 친구들 뒤를 달려갔다.

"기다려 ―" 하고 외치는 높고 맑은 목소리가, 비 오는 날은 폭포가 되는 자갈길을 구르듯이 내려갔다. 높은 목소리를 낼 때 여자들이 의식적으로 내는 달콤한 목소리였다. ―그가 본 것은 배낭 끈으로 양쪽에서 조여 더욱 불룩해 보인 그녀의 가슴과, 발그레한 혈색을 띤 뺨뿐이었다.

그녀가 쭈그리고 앉아 있던 곳으로 걸어갔다. 석남나무 아래쪽 잎들과 땅을 덮고 있는 콩과의 일년초 한 무더기가 반질반질하게 젖어서 빛나고, 조그맣게 말은 하얀 종이가 버려져 있었다. 종이의 흰빛이 눈이 시렸다. 우도는 그것을 주워들고 무의식적으로 코끝으로 가져갔다.

뺨 근처에 따스한 온기가 일렁거리는 것 같았다. 소녀의 체내에서 나온 숨이 막힐 듯한 온기가 아직 그대로 그곳에 감돌고, 천진스런 갓난아기에게도 느낄 수 있는 어린 에로티즘이 살포시 우도를 감쌌다. 현기증이 나는 것 같아 우도는 곁에 있는 큰 솔송나무에 등을 기대고 눈을 감았다.

작업중, 우도가 자신의 등뒤에 뭔가가 있는 것 같은 느낌이 든 것은 언제부터였던가?

처음에는 안개가 퍼져 있는 정도의 느낌밖에 없었다. 산에서는 짙은 안개가 갑자기 골짜기에서 솟아나 순식간에 산중턱까지 퍼져, 마치 백마 떼처럼 빠르게 산등성이를 향해 이동하기도 한다.

안개는 우도의 뒤에서 조금씩 뭉쳐지는 것 같았다. 겹치고 겹쳐져 하얀 인형 같은 물체가 되어 거기에 서 있는 것 같다고 우도는 생각했다. 우도가 그것을 사람의 모습이라고 생각하게 되자 그것은 하얀 모자를 쓰고 있는 것 같았다. 언젠가 여름에 그 여자아이가 쓰고 있던 모자라고 우도는 생각했지만 그 소녀와는 아무런 관계도 없다,고도 느꼈다. 그건 여자가 아니라 남자라고 생각했던 것이다.

우도는 그 남자의 일이 신경 쓰여서 견딜 수가 없었다. 뒤돌아서 누군지 확인하고 싶어서 견딜 수 없었다.

그러나 그는, 작업중에 뒤를 돌아다보거나 할 정도로 한심스런 장인(匠人)은 아니었다. 둥근 톱은 쉴 새 없이 판자를 잘랐다. 한순간이라도 톱이 움직이는 리듬에서 벗어나는 행동은 있을 수 없었다. 판자가 완전하게 다 잘라지면, 그는 그것을 집어 자기 옆에 쌓아 놓았다. 자연히 상반신을 반 회전하기 때문에 뒤를 보려고 하면 볼 수도 있었다. 그러나 의식해서 뒤를 돌아보는 그 일순간의 몇 초가 기계의 리듬을 깨뜨리는 것이었다.

'마에도리'의 중요한 임무 중에는 하라오시가 일단 원래의 위치로 물러나서 다시 조용 조용히 통나무를 밀면서 오는 그 움직임을 가만히 지켜보고 있어야 하는, 공간적인 작업과 심리적인 작업이 포함되어 있었다. 그 동안 다른 생각을 해선 안 되었다. 그것을 어기는 것은 작업 전체의 리듬을 엉망으로 만드는 것이었다.

우도는 그것을 너무나 잘 알고 있었다. 그의 몸이 숙지하고 있는 일이었다. 그런데도 그는 아무리 해도 자기 뒤에 가만히 와 서 있는 무언가를, 그 느낌을 자신의 눈으로 확인하지 않고는 견딜 수 없게 되었다. 몇 날 며칠이나 저항한 후에 아무래도 그는 그 유혹을 이길 수가 없었다.

과감하게 우도는 뒤를 돌아보았다. 하지만 거기엔 아무것
도 없었다. 안개조차 흐르지 않았다. 그런데 그가 기계 쪽으
로 몸을 돌리자 그 사람 그림자, 그 느낌은 분초도 두지 않고
곧바로 그의 뒤에 서 있는 것이었다. 마치 명령받은 부서에
임하는 병사처럼.

어느 날, 하라오시가 결심한 듯 말했다.

"우도, 자네 무슨 일 있나? 어디 아프기라도 한가?"

우도는 꿈에서 깨어난 듯 하라오시를 보았다.

"아니, …난 아무렇지도 않은데."

우도는 기분이 언짢은 듯 대답했다.

하라오시가 조심스럽게 말하는 걸 우도는 알고 있었다. 하
라오시는 선배인 우도의 화려한 경력에 경의를 표하고 있었
다. 그럼에도 불구하고 그것에 억지로 항의하고 있었다.

하라오시와 마에도리는 둥근 톱을 사이에 두고 마주보고
있기 때문에, 상대방의 동요는 아무리 작은 것이라도 두 사람
사이를 잇는 둥근 톱을 통해서 서로 잘 알게 되어 있다.

두 사람은 작업장의 중심점으로, 어수선하고 무질서하게
움직이는 것처럼 보이는 잡일에 이르기까지 두 사람 사이에
팽팽하게 친 한 줄의 선을 중심으로, 하나의 질서, 하나의 리
듬에 의해 다스려지고 있었다. 그 리듬에 혼란이나 느슨함이

있으면 사고가 일어나기 쉽다.

때문에 하라오시는 작업장의 질서와 리듬에는 민감하다. 마에도리에게 동요가 있으면 하라오시의 허리가 뜻대로 되지 않는다. —그것은 우도가 속속들이 알고 있는 일이었다. 예전의 그는, 유능한 하라오시로서 그 점에서는 나이 많은 기술자들이라도 용서하지 않았다.

우도는 지금 그런 일들이 한꺼번에 떠올랐다. 무의식중에 그는 비굴하게,

"—오늘은 목재가 좀 단단하지 않나?"라고 말해 버렸다.

조금만 더 참았더라면 그런 창피를 더 당하지는 않았을 텐데, —

우도는 참담한 심정이었다. 우도도 오늘의 목재가 딱딱하다고는 생각하지 않았던 것이다. 그보다도 이것은 말해서는 안 되는 사항이었던 것이다.

단단한 목재는 다소 톱질하기가 나쁘다. 물론 그것도 그저 기분뿐이지만. 하라오시와 마에도리의 손놀림에서만 알 수 있는 미미한 반응이다. 그러한 때에 두 사람은 흘끗 눈을 마주본다. 한껏 회전하고 있는 은색의 큰 톱 위로

눈과 눈이 이야기하고, 작업의 호흡이 그것에 따라 조절된다. 그뿐인 것이다.

"그렇게 단단하지는 않다고 생각하는데, 난—."

하라오시는 그 말밖에 하지 않았다. 우도는 수치심으로 온 몸이 확 달아올랐다.

그날부터 우도는 자신과 하라오시의 사이가 점점 멀어지는 기분이 들었다. 이전에는 통나무를 사이에 두고 마주서면 상대방 모공에서 솟아나는 땀까지 느껴질 정도였는데, 지금은 상대방이 무슨 생각을 하는지 도무지 알 수가 없었다.

아니, 우도는 하라오시를 무서워하기 시작했다. '저 녀석은 날 쓸모없는 놈이라고 생각하고 있는 게 틀림없어' —라고.

한편, 하얀 사람의 모습은 우도의 뒤에 나타났다 사라졌다 했다. 아니, 우도가 있을 거라고 생각할 때 언제나 있었다. 그저 가만히 서 있었다.

우도는 도대체 그가 자신에게 무엇을 왜 바라는지 그것을 알 수 없었다. 그것만 알면 그는 어떤 곤란한 일이라도 반드시 그것을 해 주었을 것이다. 그것을 모르기 때문에 우도는 그가 마음에 걸려 견딜 수 없었다.

작업중에 우도는 자주 뒤를 돌아보게 되었다. 이크, 하고 생각한 것은 뒤를 돌아보고 거기에 아무것도 없다는 것을 확인한 다음이었다. 실수했군 실수했어, 빌어먹을, 식은땀이 배어 나왔다.

동료들과의 사이가 점점 멀어져 가는 것이 우도에게는 느껴졌다. 두꺼운 방한복처럼 단단한 공기층으로 친구들로부터 격리되어 버렸다. 그는 그것을 어찌할 수가 없었다.

―어느 날 밤, 동료들 중 가장 나이가 많은 잡역부인 야타(弥太) 노인(아직 오십 안팎이었지만, 모두들 그렇게 불렀다)이

"병원에 가 보는 게 어때? 우도."

하고 낮은 목소리로 말했다.

그때 두 사람은 오두막 토방에 있었다. 휴대용 라디오를 듣고 있는 화롯가의 동료들과는 떨어져 있었지만, 우도는 모두의 귀가 일제히 라디오를 떠나 자신들의 이야기를 향해 귀를 기울이는 것처럼 생각되었다. 조용히 라디오 소리만이 공허하게 울렸다.

우도는 야타 노인을 본 후 모두를 흘낏 둘러보았다. 사람들은 모르는 체하고 담배를 피우거나 물푸레나무로 지팡이를 만들거나 감탕나무로 파이프를 조각하고 있었다. 마치 그 일들에 열중하고 있는 것처럼―

그는 그들 모두가 미리 짜고 자기에 대한 악의에 찬 음모를 꾀하고 있는 것이라 생각했다.

"난, 아무데도 아프지 않아요. 병원에 갈 일 없는데요!"

울분을 참을 수 없다는 듯 불쑥 내뱉고 오두막을 뛰쳐나갔다.

"이삭 자식!"

우도는 혼잣말로 투덜대면서 샘물 옆에 있는 큰 팽나무 밑으로 걸어갔다. 밤중의 샘물은 새까맣게 가라앉아 어두운 하늘을 비추고 있었다.

장갑처럼 두꺼운 피부를 가진 커다란 양손바닥으로 우도는 팽나무가지를 쓰다듬었다. 단단한 표피 바로 밑을, 목질과의 사이를, 새롭게 빨아들이고 있는 나무의 생명이 찌릉찌릉 울리는 것처럼 손바닥으로 전해져 왔다.

언제나 자신의 뒤에 살짝 와 서 있는 남자는 그 녀석이다. 그렇다, 그 녀석이다. —A섬에서 자기가 죽였던 그 남자다. 이삭이라고 우도는 깨달았다.

오늘 밤, 자신의 입에서 말이 되어 튀어나왔기 때문에 갑자기 그렇게 결정되어 버렸다. 그 녀석이다. 그 녀석이었던 것이다.

그 녀석은 날 찾아서 전 세계를 헤매고 다녔음에 틀림없다. 그리고 드디어 찾은 것이다. "나는 결국 그 녀석에게 발각되고 만 게 아닌가!" 우도는 소리내어 중얼거리고 있었다.

엄밀하게 말하면 우도의 살인은 과실치사라고 할 수 없는 것도 아니었다. 그러나 그 어느쪽이든 살해당한 이삭에게는 마찬가지인 것이다.

이삭의 얼굴은 그가 스파이라는 혐의를 받고 체포되어 올

때까지 몰랐다. 당시 우도는 섬의 해군특별경찰대에 있었다. 어느 날, 그 섬 유지가 찾아와서 촌장과 마을의 주요 인사들이 육군에 끌려갔으니 석방운동을 해 달라고 호소했다. 그 지역은 원래 해군 관할이었던 것이다.

육군에 항의하여 용의자들을 인도받아 스기야마 중위가 취조를 담당했는데, 그 세 명중에 이삭이 있었다. 우도는 그 사전조사를 명령받았다.

서른 둘이라고 했지만 이삭은 남방인 특유의 나이 들어 보이는 얼굴이어서, 쉰 살 정도로 보이는 작은 몸집에 궁상맞은 남자였다.

×월××일 밤, 섬 앞 바다에 출몰해 있던 국적불명의 잠수함의 발화신호(發火信號)에 따라 스파이 활동을 했다는 것이 혐의였다.

처음부터 우도는 이삭을 증거불충분으로 석방될 사람으로 생각하고 있었다. 스기야마가, "바보 같은 육군 자식들, 의심에 눈이 멀어 완전히 미쳐 버렸군." 하고 말하는 것도 들었다.

우도는 군대 내에서 토착어가 능숙한 하사관이었지만, 두 사람의 대화를 완전히 이해하지는 못했다.

이삭은 5일 정도 육군에 잡혀 있는 동안 꽤 혼이 난 모양인지 조심스럽게 입을 다물고 대답도 하지 않았다. 몸도 상당히 쇠약해 있다는 사실을 나중에 알았다.

그는 멍하니 생각에 빠져 있는가 싶더니, 질문에서 빗나간 이해하기 어려운 자신들의 생활에서 행해지는 행사들에 대해 자세하게 쉴 새 없이 지껄이기 시작했다. 그날은 그들 마을의 축제였다는 것이다. 무죄를 증명하기 위해 그날 있었던 의식과 기도, 술잔치와 언쟁까지, 아침부터 새벽까지의 알리바이를 이야기했다. 공포 때문에 한 번 말하기 시작하면 입이 다물어지지 않는 것 같았다. 호통을 쳐서 이쪽의 질문에 대답하게 하려고 하면 이번엔 조개처럼 입을 다물어 버렸다. 갑자기 또 뭔가에 홀린 듯 지껄이기 시작했다. 지쳐 있기 때문에 흥분하고 흥분해서 더욱 지쳐, 울었다 떠들었다 일어섰다 앉았다 했다. 일부러 조사를 방해하려는 것 같아서 우도는 점점 화가 나기 시작했다,

1945년에 접어들면서 이 작은 섬에 고립되어 있는 우도 일행은 정확한 정보를 알 수가 없었다. 적기는 매일 왔지만 아군 비행기는 전혀 모습을 드러내지 않았다.

식량은 부족하여 영양상태는 점점 나빠졌다. 그리고, 이런 고립상황 속에서도 아니, 그렇기 때문에 더욱 육군과 해군은 사이가 나빴다. 우도는 부상이 나은 지 얼마 되지 않아서 걸핏하면 화를 내곤 했다.

—어떤 계기로 이삭을 때렸는지 아무래도 생각이 나질 않는다. 뭔가 사소한 일로 우도는 울컥해서 구석에 있던 판자

조각으로 이삭을 때렸다. 이삭이 비틀거리며 엉덩방아를 찧는 것을 다시 쫓아가 때렸다.

이삭은 넘어질 것 같은 자세로 버티다가, 손을 들어 방어하면서 묘하게 천천히 반바퀴 돌더니 방 귀퉁이에 놓인 나무 상자 모서리에 머리를 박고 쓰러졌다. 피가 심하게 흘렀다. 상처는 생각보다 크지 않았기 때문에 출혈은 곧 멈췄지만, 이삭은 머리를 감싼 채 아프다고 호소했다. "뭐야, 찰과상 아냐?" 우도는 심각하게 생각하지 않았다. 일부러 아픈 척하는 것처럼 보였기 때문이다.

다른 민족이 아니었더라면 좀더 순수하게 상대방의 입장이 되어 줄 수 있었을 것이다. 우도뿐만 아니라 병사들은 모두 토착민을 이유도 없이 불사신처럼, 적어도 자신들보다도 동물에 가깝고 그만큼 튼튼한 동물이라고 확신하고 있었다. 다만, 이삭은 일본인과 아주 비슷하게 생겼다. 볕에 그을린 가난한 일본 농민을 닮았다.

인간은 왜 자신을 닮은 것에 대해서는 잔인하고 심술궂게 되는 것일까? 특히, 열등한 부분이 닮은 사람인 경우에 더 심하게 대하는 까닭은 무엇일까? 우도는 그때, 백인들과 싸우라는 명령을 받고 이런 작은 섬에 감금되고 몰아넣어져, 이젠 지는 일밖에 남지 않은 게 아닌가 하고 불안해 하는 자신들, 누런 피부색과 낮은 코, 광대뼈가 나온 자신이, 자신과 닮은 토착민을 위압적으로 취조하고 있다는 사실이 견딜 수 없어, 이삭에 대해서도 심술궂어지는 것을 멈출 수가 없었다.

몇 년 후, 우도 자신은 생각하고 싶지 않았지만, 그럴수록 더욱 그것만을 떠올리는 것은 이삭이 고통을 호소한 뒤에 보여 준 자신의 심술이었다. 이삭은 도저히 일어나 있을 수 없으니 눕게 해 달라, 눈앞이 캄캄해지는 것 같다고 호소하는데도, "기어오르지 마, 너, 여기가 어딘지 알고 있나, 군대야, 군대!"라고 소리치며 허락하지 않았다.

이삭은 갑자기 뭔가를 조금 토해 냈다. 그러고 나서 쭉 뻗어 버려서 구두 끝으로 쿡쿡 찔러도 일어나려 하지 않았다. 우도는 물을 길러 갔다. 물이 있는 곳은 꽤 떨어져 있다. 그는 산 중턱에서 별로 당황하는 기색도 없이 천천히 걸어갔다.

돌아왔을 때, 이삭의 상태는 한눈에 이대로 두면 안 되겠다고 생각될 정도로 변해 있었다. 우도는 당황하여 의무실로 달려가려다가 다시 생각하더니 고개를 숙이고 이삭을 안고 앉았다. 의무실은 물이 있는 곳보다 훨씬 더 떨어져 있었다. 그를 붙잡았던 건 의무실이 멀어서라기보다도 죽어가는 인간을, 의무실에 갔다 오는 동안 분명 죽어 버릴 것으로 보이는 인간을 혼자 내버려 두고 갈 수 없다는, 단지 그뿐인 그러나 뿌리깊은 생각 때문이었다. 아무튼 그는 이삭 곁에 있어 주고 싶었다. 이것은 무의촌에서 자란 우도가 죽은 사람에게 해 줄 수 있는 가장 자연스러운 예의였다.

만약에 우도가 정식으로 재판을 받는다면, 그때 의무실에 가려다 만 일은 중대한 의미를 가졌을 것이다. 검사는, 그때 이미 피고는 뒤에 서술한 것과 같은 시체의 처리를 생각해 낸 것이라고 말할 것임에 틀림없다. 그 말에 반발하는 일은 우도로서는 할 수 없었을 것이다.

그러나, 우도는 법률에 대해 모르고 그런 사고방식에도 익숙하지 않았기 때문에, 그 일에 대해서는 한 번도 양심에 가책을 느껴 본 적이 없었다.

스기야마 중위는 그날, 임무 때문에 외출했다가 저녁이 되어서야 돌아왔다. 그 사이는 30분 정도였지만 우도는 어머니를 기다리듯 이삭을 안은 채 열심히 중위를 기다렸다.

복도까지 마중을 나오자 스기야마는 밖에서 사용하던 활기 있는 경쾌한 어조로,

"어떤가? 그 녀석은?"

우도의 얼굴은 보지도 않고 물었다.

"예, 눕혀 뒀습니다."

"응?"

스기야마는 걸음을 멈추고 뒤돌아서 우도의 눈을 가만히 응시했다. 우도도 스기야마를 응시했다. 입술이 실룩실룩 경

련을 일으켰다. 스기야마는 아무 말 없이 성큼성큼 유치장 안으로 들어갔다. 이삭의 가슴에 손을 대고 있었다. 그대로 가만히 있었다. 스기야마의 얼굴은 어두워서 보이지 않았다. 긴 무릎을 꿇고 기도를 올리는 자세를 한 스기야마의 넓은 등을 우도는 보고 있었다.

스기야마는 그런 다음 이삭의 옷을 벗기고 조사했다. 가슴에서 옆구리에 걸쳐서 자줏빛으로 멍든 몽둥이 자국이 보였다. 스기야마는 머리에 난 상처는 알아채지 못했다. 일어서더니 "멍청한 놈." 하고, 우도의 얼굴에 정면으로 내뱉듯이 격렬하게 비난했다.

스기야마는 격렬한 걸음걸이로 자기 방으로 들어갔다. 우도도 따라갔다.

"—어쩔 셈인가?"

조용하고 냉담한 목소리였다. "산에 묻겠습니다." 우도는 쉰 목소리밖에 나오지 않았다. "안 돼, 개들이 파헤쳐." 스기야마는 화가 난 듯 내뱉고 방안을 가로질러 갔다. 창가에 서서 어두워지는 밖을 보고 있었다. 스기야마의 한쪽 구두 뒤꿈치가 딱, 딱 바닥에 울리는 것을 우도는 멍하니 듣고 있었다.

—단 한 시간 사이에, 자신이 저지른 일도, 자신이 이렇게 살아 있는 것도, 여기가 남방의 작은 섬이라는 것도, 그 모든 것이 의식에서 멀어져 가는 것같이 멍하고 공허한 기분이었

다. 무릎이 부들부들 떨리는 것이 불쾌했다.

이삭의 시체는 마대에 넣어 그날 밤늦게 달이 질 때를 기다려 바다에 가라앉혔다. 바다까지는 1킬로가 채 안 되었지만 시체가 이렇게 무겁게 느껴진 적은 없었다. 밤이 되자 본토의 가을처럼 으스스 추워졌다. 하지만 두 사람은 땀으로 흠뻑 젖어 있었다.

배 안에 한쪽 발을 디딘 스기야마가 시체의 발 쪽을 들면서 처음으로 입을 열었다. "준비됐나?" 무릎까지 물에 들어간 우도는 마대를 끌어안고, "예." 하고 대답했다. 호흡을 맞추고 탄력을 붙여서 시체를 배에 집어넣자 배가 심하게 흔들렸다. 우도는 물 속에 양손을 짚고 꿇어 엎드렸기 때문에 흠뻑 젖었고 뱃전에 이마를 세게 부딪혔다. 두 사람의 거친 호흡이 어둠을 흐트러뜨렸다.

앞바다에는 밤새도록 고기를 잡는 작은 배가 나와 있었다. 띄엄띄엄 떠 있는 등불들을 피해서 우도는 노를 저었다. 말라리아에 걸려 발작하듯 다리가 떨렸다. 그의 발 앞에는 이삭의 시체가 누워 있고, 그 맞은편에서 스기야마가 이쪽을 향해 두 다리를 크게 벌리고 그 가랑이에 두 개의 낚싯대를 세우고, 허리를 낮춘 모습이 새까맣고 커다랗게 보였다. 우도는 눈을 고정시켜 노려보듯이 스기야마만을 응시하고 있었다.

고깃배의 등불이 점점 오른편 뒤로 돌아갔다. 스기야마가 한 손을 들어 신호를 보냈다. 마대에는 자루가 떠오르는 걸 막기 위해 두 개의 쇠막대기를 동여맸다.

"떠오르는 걸 완벽하게 막으려면 시체의 배를 갈라야 하는데, 난 못하겠어—."

스기야마가 중얼거렸다. 그랬구나, 하고 우도는 생각했다. 그리고 그것을 말한 스기야마에게 갑자기 몹시 화가 났다. 특히, 왠지 그 '완벽하게'라는 말이 몸서리쳐질 만큼 싫었다.

시체는 쇠막대기가 동여매져 있어 더욱 무거웠다. 자루 안에는 작은 몸집의 궁상맞은 이삭이 아니라 다른 무언가가 들어 있는 것 같았다. 두 사람은 이제 녹초가 되도록 지쳤다는 걸 느꼈다.

배를 전복시키지 않고 마대 자루를 바다에 가라앉히는 일은 이제 두 사람의 힘으로는 할 수 없을 것 같았으나, 그럼에도 불구하고 그 일을 할 수밖에는 없었다. 두 사람은 온몸을 쥐어짜는 듯한 노력으로 가까스로 뱃전의 높이까지 그것을 들어올렸다.

뱃전에서 살짝 바다에 던져 넣자는, 적어도 두 사람이 희망한 조용하고 조심스런 방법은 도저히 불가능한 일이었다. 양쪽 다리를 벌려 배가 전복되는 걸 막아 가면서 두 사람은 혼신의 힘을 다해 시체를 바다에 던졌다. 큰 물소리가 나고 심하게 흔들리는 배 바닥에 동시에 엉덩방아를 찐 두 사람의 머리에서 물보라가 쏟아져 내렸다.

해안으로 돌아와서 배를 끌어올릴 때에도, 걷기 시작하고 나서도, 두 사람은 입을 열지 않았다. 낚싯대를 들고 스기야마는 성큼성큼 앞으로 갔다. 역시 낚싯대와 어롱을 들고 우도는 뒤를 쫓아갔다. 스기야마의 뒷모습은 새까맣게 커다랗고, 마치 아무 일도 없었던 것처럼 모래를 힘차게 밟으며 걸어갔다.

그 널찍하고 굵은 등에, 우도는 증오 비슷한, 애정 비슷한 충동이 일어나는 것을 걸음마다 억누르고 있었다.

아 젊은 상관과 자신과의 관계가 이 하룻밤 사이에 완전히 달라져 버렸다는 걸 느끼고 있었다.

어째서 이런 묘한 기분이 된 것일까? 이제까지 중위를 좋아한다고 생각한 적은 없었다. 반대로, 많이 배우고 미남인데다 여자에게 인기가 있는 젊은 장교에게 우도는 다른 하사관들이 갖는 반발심을 갖고 있었다.

군대에 들어간 다음, 먼저 해병단에서 허리뼈가 부러지는 게 아닌가 할 정도로 얻어터진 뒤부터 우도는 될 수 있는 대로 저항을 피하면서 살아왔다. 하사관이 된 다음에는 다른 하사관들과 마찬가지로 병사들을 때리고, 상관에게는 요령 있게 굴어 왔다.

—그런데 지금, 갑자기 스기야마 중위와의 사이에 생긴 묘

한 이 기분은 인간들 사이에서만 일어날 수 있는 감정이었다. 우도는 어떻게 처리하면 좋을지 난처했다. 두 볼에 눈물이 흘러 떨어졌다.

살인을 저지른 그가 당연히 사로잡히게 될 고민은, 이 기묘한 고민과 슬쩍 바꿔치기 한 것처럼 되어 버렸다. 우도는 일주일간 영창에 들어갔다. 그 사이에 스기야마가 이삭의 탈주, 도망에 따른 수사원(搜查願)을 각 부서에 배포한 사실도 그는 몰랐다.

이삭을 살해한 사실이 표면에 드러날 경우, 우도보다 스기야마가 더 곤란한 상태에 빠진다는 것, 특히 육군과 좋지 않은 관계로 매우 괴로운 입장이 된다는 것을 우도도 알고는 있었다. 그 무례하고 잔혹한 시체 처리는 우도보다도 스기야마 자신을 구하기 위한 것이었다.

하지만 그렇다고 해서, 우도는 스기야마가 지불한 희생을 조금이라도 깎아서 생각하지는 않았다. 소박하고 정직한 벌목꾼인 그가 그날 밤을 경계로 하여 숨을 되돌리고 있었다. 살인이라는 돌이킬 수 없는 과오 때문에, 그는 군대라는 특별한 세계에서 본래 자신으로 산다는, 경험이 없는 사람은 상상할 수도 없는 고통을 견디게 되었던 것이다.

스기야마 앞에서 우도는 항상 허둥거렸다. 스기야마가 자신을 싫어하고 피하는 걸 잘 알기 때문이었다. 이 호남자인 젊은 장교가, 산골 출신의 하사관인 자신에게 이전부터 아무런 관심이 없다는 걸 잘 알고 있었다.

실제로 우도가 스기야마에게 품어 온 관심의 십분의 일도 스기야마는 이 부하에게 가진 적이 없었다. 스기야마는 거의 우도를 알지 못했다. 이 둔하고 성실한 부하의 마음속에 싹튼, 나날이 깊어 가는 자신에 대한 친애라기보다는 사모와 같은 감정을, 스기야마로서는 상상도 하지 못했다.

패전이 이 고통에서 우도를 해방시켜 주었다.

호주군에 의해 무장 해제된 그들은 섬 한구석의 반도에 모여 포로생활을 시작했다. 동시에 전범(戰犯) 규명도 시작되었다.

주민들로부터 이삭의 행방불명이 제소되었지만 스기야마가 배포한 수색원(搜索願)은 그 추궁을 중지시켜 주었다. 더 중대한 건 백인들에 대한, 즉 미국군인에 대한 전범자 추적이 급했기 때문이었다.

우도는 자수하고 싶었지만 스기야마가 "너, 날 죽일 셈이야? 하기야 난 그 일이 아니라도 사형이지만." 하고 웃었다. 우도를 볼 때 스기야마가 항상 보여 주었던 냉담한 심술궂음이 그 웃음 속에도 있었다. 하지만 패전까지는 보여 주지 않았던 따뜻함도 포함되어 있어서 스기야마는 그것을 숨기려

하고 멋쩍어하는 것 같았다. 우도는 결국 자수도 자살도 하지 않았다.

그때부터 스기야마가 전범으로 모로타이로 보내질 때까지의 아주 잠깐 동안 두 사람은 서로 멋쩍은 듯한, 정다운 감정을 마음 깊은 곳에 공유했다. 낮에는 아무리 작은 일이라도 스기야마를 위해 해 줄 수 있는 일이 없을까? 하고 마음을 쓰고, 밤이 되면 우도는 담요를 깨물며 스기야마를 위해 몰래 울었다.

사형을 면한 스기야마가 일본에서 복역하기 위해 송환되어, 우도가 면회하러 간 것은 1947년이었다.

치렁치렁한 짙은 머리카락을 가진 싱싱한 사관이었던 스기야마는 초라한 까까머리로 쇠고랑을 차고 미군의 허술한 죄수복을 입고 헌병에게 이끌려 면회실로 들어왔다. 전화 박스보다도 좁게 칸막이가 쳐진 면회소의 삼중 철망을 사이에 두고, 그런 스기야마와 우도는 대면했다.

밖으로 나오자 갑자기 구역질이 치밀었다. 억제하고 억제해도 우도의 앞가슴을 뒤틀며 구역질이 치밀어 올랐다. 스기야마와 대면하는 동안 우도는 왠지 뭐라고 표현할 수 없는 싫은 느낌이 들었다. 그것은 오랫동안 그가 품어 왔던, 옛 상관에 대한 사모와 그리움의 감정만큼 강렬했다. 그리고 또한 언젠가 그가 이삭을 대했을 때 느꼈던 혐오감과도 어딘가 많이 비슷했다. 통용문으로 향하는 넓은 길을, 우도는 억세게 보이는 어깨에 고개를 떨구고 구역질로 괴로워하며 걸어갔다.

─섬에서 전쟁 범죄를 추궁당했을 때, 스기야마는 자신이 목을 벤 B29 승무원의 시체를 파러 가야 했다.

스기야마와 그때 처형에 참가했던 하사관과 일부 병사들이 젊은 호주군 장교에게 이끌려 산 위에 있는 처형장으로 올라갔다.

언덕 위의 초원에는 일본의 억새를 닮은 풀이 그 일대에 무성하게 자라고 있었고, 일년 전에 시체를 묻은 무덤과 그때 생긴 웅덩이에 물이 괴어 파란 하늘과 구름을 조용히 비추고 있었다. 시체가 보이기 전까지는 모두 함께 팠지만, 시체가 보이기 시작하자 스기야마는 혼자서 파겠다고 말하고 우도조차 거들지 못하게 했다.

쇠고기 통조림 같은 썩은 살이 아직 뼈를 감싸고 있었다. 스기야마는 그것을 물웅덩이에다 씻고는 가만히 풀 위에 깔아 놓은 모포 위에 늘어놓았다. 조용한 가운데 정신이 아찔해질 정도로 역한 썩은 냄새가 퍼지고, 파낸 구멍에 내려가서 뼈를 안고 올라오는 스기야마의 숨을 참는 거친 숨결만이 들렸다.

대충 뼈를 다 파 올렸을 때쯤, 미군 장교 다섯 명이 떠들면서 언덕으로 올라왔다. 그 소리는 정숙한 식장에 거침없이 걸어 들어오는 인간의 무례함과 모독감을 느끼게 했다. 모두는 책망하듯이 두려워하듯이 승리자들을 맞이했지만 장교들은 큰소리로 떠들기를 멈추지는 않았다.

장교 중 한 사람이 희고 큰 손수건으로 코를 막으며, "sit down, sit down" 하면서 크게 손을 흔들고, 스기야마를 모포 위에 뼈들과 나란히 앉게 했다.

스기야마는 긴 무릎을 똑바로 구부려 앉고 그 위에 양손을 올려놓았다. 모든 사람들에게 보일 정도로 그 손이 떨리고 있었다.

"그들을 살해한 자는 누구냐?"

"접니다."

"왜 죽였나?"

"상관의 명령입니다."

다른 장교가 스기야마에게 카메라를 들이댔다. 스기야마의 얼굴은 이 몇 십분 사이에 달라져 버렸다. 그 얼굴은 이 몇 십 분 사이에 정말로 형벌을 받고 있었다.

"여길 봐!" 장교가 소리쳤다.

스기야마의 눈은 안간힘을 쓰며 장교를 응시했다. 고통스러울 정도의 정적 속에서 찰칵하고 금속의 스프링 소리가 났다. 희미한 소리였다.

장교들은 다시 왁자지껄 떠들어대면서 시체의 악취에서 벗어나려는 듯 언덕을 내려갔다. 우도 등은 한 발짝도 움직일 수도 말을 할 수도 없어 내내 서 있었다.

스기야마는 고개를 떨구고 앉아 있었다. 누군가가 도와주지 않으면 일어서지 못하는 게 아닌가? 하고 모두 그를 걱정스럽게 쳐다보았다. 그러나 그들은 뿌리가 나 땅에 박힌 듯이 꼼짝 않고 있었다. 스기야마는 강한 저항감을 밀어내기라도 하듯 느릿느릿 일어섰다. 잠깐 비틀거렸지만 반듯하게 섰다가 다시 몸을 웅크리고 뼈들을 싸기 시작했다.

우도는 그때서야 카메라라는 기계와 그것을 들이대던 장교의, 사진이 잘 찍혔으면 좋겠는데, 하고 자신의 기분에만 집착하던, 태평하다고 말해도 좋을 듯한 젊은 얼굴에 갑자기 화가 났다. 그것은 법정에서 필요한 물건이었을 것이다. 그러나 우도는 장교가 귀국해서 이 사람 저 사람에게 만족한 듯이 웃으면서 그 사진을 보여 주며 설명하고 있을 모습이 눈에 떠올랐다.

"상관의 명령으로,라고 말했지만, 그러나 내가 말이야, 언젠가 대위한테 말한 적이 있었어. 놈들을, 언제까지 살려 두실 겁니까?라고."

"그때, 우리는 그 포로들이 있는 유치장 앞을 걸어가고 있었지. 매일매일 무차별 폭격을 당했는데, 그날도 해안에서 토착민의 카누가 뒤집어지고 많은 토착민 아이들이 배가 갈라진 채 죽은 저녁 무렵이었지. —난 토착민을 도와 그 아이들을 뒤처리해 주고 돌아왔던 참인데, 벌컥 화가 났어."

"그, 소년 같고 농민의 자식 놈 같은 포로 셋이 벌써 몇 십일째 우리의 부족한 식량을 축내며 살고 있다는 사실이 용서가 되질 않았어. —그때 화가 난 나머지 내가 그런 말을 하지 않았더라면 대위는 누군가 다른 놈에게 명령했을 거야, —곧 처리하지, 그렇게 말했어. 그때 대위는. 그렇게만 말했을 뿐인데…."

"그 셔터 소리 말이야, 천둥 소리처럼 날 때려눕혔어, 내 속에 완전히 울려 퍼졌지. 그때, 난 죽었어, —어차피 사형을 당했겠지만 이미 시체나 다름없었어."

나중에 스기야마는 우도에게 이런 이야기를 했다.

그 산의, 미칠 것 같은 썩은 냄새를 우도는 지금 떠올리고 있었다.

전쟁재판 같은 것은 우도에겐 물론 모르는 일이다. 스기야마가 받고 있는 형벌은 그가 저지른 죄에 합당한 것일지도 모른다. 그러나 그런 식으로 해서 '전쟁'이라는, 괴물처럼 무섭고 싫은 커다란 죄악이 사라질 수 있을까?

이 재판으로 이제 다시는 결코 어디에도 누구에 의해서도 이 지상에 '전쟁'은 일어나지 않게 되었는가?

그런데 나는 어째서 이렇게 구역질이 멈추질 않는 것일까? 면회실에서 왜 그렇게 싫은 기분이 들었을까?

스기야마에게 품은 혐오감이 지금은 반대로 우도 자신을 책망하게 만들었다. —우도는 아무것도 보지 않고 곧장 산으로 돌아왔다.

—그 후 삼년째 되는 가을, 우도는 한 번 더 스기야마를 만나러 갔다. 한국에서 전쟁이 시작되고 있었다. K시의 영화관에서, 나무가 없는 한국 산들이 눈 깜짝할 사이에 형태가 바뀔 정도로 폭탄에 날아가는 것을 보고 있다가, 그는 비틀거리며 그곳을 나와 도쿄로 와 버렸다. 스기야마가 있는 곳 외에는 어디에도 갈 곳이 없을 것 같은, 절박한 공포에 사로잡혀 있었다.

연락선을 타고 혼슈(本州)로 건너오자, 히메지(姬路)역에서도, 도요하시(豊橋)역에서도 길게 탱크를 가득 실은 군용열차를 보았다. 그것은 우도가 두 번째 소집되었을 때 도중에 본 풍경과 매우 비슷했다. 출동하는 미군병사들을 실은 열차가 마주 스쳐 지나갈 때, 그는 무서움을 견딜 수 없어서 눈을 꼭 감고 있었다.

그러나, 스기야마는 우도가 처음 왔을 때처럼 기뻐하지는 않았다. "일부러 오지 않아도 돼. 힘들지 않나, 먼 데"라고 말했지만, 그 말과는 어울리지 않는 뭔가 심술궂은 불쾌한 눈으로 그를 보았다. 역시 헌병이 옆에 서 있었다. 우도는 헌병이 거기에 있는 것이 뭐라 말할 수 없이 무섭고 싫어서 참을 수 없었다. 한국전선에서 사용된 폭탄의 폭풍이 우도 속에서 신음소리를 내고 있었다. 그 일에 대해서 우도는 아무래도 스기야마와 이야기해야 될 것만 같은 생각이 들었다. 폭탄 파편이 남아 있는 그의 머리는 그것밖에 생각하지 않았다. 그러나, 헌병이 있기 때문에 그는 한마디도 할 수 없었다.

산에 돌아가자 우도는 완전히 과묵한 사람이 되었다. 이미 그의 머리 속에 이삭이 살기 시작했다. 이삭만이 살고 있었다.

이제 하루 종일 우도는 누구와도 말을 하지 않게 되었다.

원래 말이 없는 사내였지만 이 침묵은 이상하게 눈에 띄었다. 사실은 그는 하루 종일 떠들어대고 있었기 때문이다. 이삭은 그를 미워하지는 않았다. 원망하지도 않았다.

우도는 지금은 이삭을 믿고 의지하고 있었다. 하루 종일 그와 이야기를 계속하고, 하루가 끝날 때면 이야기하느라 지쳐 있었다.

밤에 오두막에서 라디오를 들을 때 다른 모든 사람들이 웃어도 그는 웃지 않았다. 좀 뒤늦게 깜짝 놀란 얼굴로 웃었다. 그 다음 중얼중얼 이삭에게 말을 걸었다. 고개를 숙이고─

그날 아침, 우도의 일터에 잡역부인 젊은이가 자기 자리인 것처럼 시치미를 떼고 서 있었다. 우도가 그를 밀어젖히려 하자,

"이제 그만 쉬시죠, 한창 팔팔한 이 몸이 대기하고 있으니까요!"

젊은이는 큰소리로 기세를 북돋우려는 듯 양손을 탁탁 마주치고 둥근 톱 앞에서 우람한 양다리를 짚고서 웃었다. 망아지처럼 큼직한 하얀 이를 갖고 있었다.

왠지, 우도는 그 건방진 소년을 밀어내고 자신의 일터인 마에도리의 위치에서 열심히 일할 수가 없었다.

그러나 우도는 동료들 중 누군가가 그의 정당한 자리를 지켜 주기 위해 이 풋내기를 혼내 줄 것이라고 믿었다. 그는 모두의 얼굴을 둘러보았다. 그러나 동료들은 우도가 자신들을 쳐다보기 직전에 눈을 내리깔고 바쁜 듯이 일했다.

—아무도 부끄러워하지 않았다. 우도만 혼자 눈언저리를 붉히고 중얼중얼대며 제품들을 묶는 곳으로 걸어갔다. 어제까지 그 젊은이가 일하던 자리였다.

전차가 높은 차도 위를 달릴 때, 신문사의 높은 건물이 보였다.

그러자 스기야마는 그 뒤쪽에 있다고 들은 고급 요릿집을

생각해 냈다. 그곳의 여주인은 어느 해군 중장의 첩으로 당시에는 유명했다. 여자들을 데리고 남방지역에 나가 있던 사람이다. 뚱뚱하고 웬만해서는 눈도 꿈쩍하지 않는 여자로, 차례차례로 토지의 이권을 얻어냈다. 그 이권 중 허가에 관한 일로 스기야마는 그녀와 충돌했다. 그 직후에 남해의 끝 작은 섬으로 전근가게 되었다. 우도도 거기에 얽힌 사정을 알고 있었다. 스기야마는 문득 그에게 그것을 이야기하고 싶은 유혹을 느꼈다. 그러나 침묵하고 있었다.

그녀의 일식 요릿집은 겉모습만으로도 일류 손님들이 드나드는 것 같은 공들인 흔적이 역력했다.

'나는 내일부터 넝마주이가 될 거야'라고 그는 생각했다.

가석방 선고로부터 오늘까지 일주일밖에 없었다. 외출이 허가되어 그는 매일 취직자리를 알아보기 위해 뛰어다녔다. 학생에서 병사로, 전범으로 10년, 바깥 세상에 연줄이 없었던 그에게, 이 실업자가 넘쳐난다는 도쿄에서 쉽사리 일자리가 생길 리가 없었다.

어제, 숙부의 소개로 그가 찾게 된 일자리는 어느 종이재생회사의 운반꾼 자리였다.

그 일은 출판사나 관청을 돌며, 반품하는 책이나 인출한 종이류를 회수해 오는 것이었다. 그나마 그 자리도 오늘 가 봐야 알 수 있었다.

116

스기야마는 갑자기 우도가 부담스럽게 느껴졌다. '이 자식이 무슨 생각으로 날 따라오는 걸까?' 그는 혼자이고 싶었다.

스기야마는 가만히 우도를 관찰하다가 아연실색하며 말했다.

"어이, 자네, 그 머리는 또…, 도대체 몇 살이 되었나?"

스기야마가 놀란 것은 우도의 윤기 없는 흰머리투성이의 머리가 아니라, 부옇게 물기를 띤 듯 하얀 눈빛이었다. 희미하여 잘 안 보이는 듯 크게 뜨고 있는 그 눈, 윤곽이 흐릿한 듯한 막연한 얼굴이었다.

(1957년 2월)

1) 목마(木馬) : 산지에서 목재운반에 사용되는 도구인데 구조는 썰매 비슷하고 사람이 끔.

2) 오본(お盆) : 7월 또는 8월 15일에 지내는 제사.

3) 이로리 : 방바닥 마루바닥 등을 네모지게 파내고 난방 취사용의 불을 피우게 만든 장치.

작품 소개

이 작품은 『전후단편소설선』(戰後短篇小說選, 岩波書店編輯部, 2000. 2) 제2권에 실린 오하라 도미에(大原富枝, 1912~1999)의 「こだまとの對話」(1957. 2)를 번역한 것이다.

오하라 도미에는 가톨릭작가로, 대표작 『엔이라는 여자(婉という女)』에서는 인내하는 강한 여성상을 그렸다.

작품 「메아리와의 대화」는 제2차 세계대전 당시에 벌어진 우연한 실수로 인한 살인사건이 복선이 되고 있다. 주인공 우도(宇ど)는 원주민 이삭(イサク)이 무죄이며 금방 풀려날 것으로 생각했으나, 취조 도중에 이삭의 히스테리성 발작에 화가 나서 구타를 한 것이 그를 살인자라는 죄의식에 평생 휩싸이게 한다. 이삭의 시체를 함께 수장한 상관 스기야마(杉山) 중위가 제2차 세계대전의 전범들의 가석방조치로 풀려나는 날, 우도는 이삭을 떠올린다. 작품은 현재의 기슈(紀州)산맥의 깊은 산속과 제2차 세계대전중 남방열도의 작은 섬을 무대로 하여, 그 사이를 우도의 의식세계를 통해 이어가고 있다. 우도의 살인은 극히 사소한 실수로 인한 것이었지만 "다른 민족이 아니었더라면 좀더 순수하게 상대방의 입장이 되어 줄 수 있었을 것이다"라는 그의 자성의 목소리는, 이 살인 또한 전쟁이 빚어낸 비극이라는 것을 상징하고 있다. 가톨릭신자인 작가는 우도의 '그 죄'를 통해 철저하게 전쟁의 비극과 그 죄값을 추궁하고 있는 것이다.

유능한 '하라오시(腹押)'였던 우도, 하지만 이미 훌륭한 하라오시에게 필수조건인 심리적인 여유를 잃어버린 우도는 더 이상 하라오시가 될 수 없었다. 하라오시로서 평생을 바칠 작정이었으며 생의 보람이었던 이 일을 죄의식에 쫓기는 우도는 더 이상 할 수가 없었던 것이다. 하라오시와는 달리 인내력이 필요한 '마에도리(前取)' 일조차 스기야마의 가석방을 계기로 한층 깊은 죄의식에 시달리는 우도의 양심이 허락치 않는 것이다. 하얀 그림자 같은 이삭이 항상 등뒤에 와서 서 있는 것이다. 우도의 죄의식은 풋내기에게 일을 뺏기는 등 퇴물 취급을 받으며 자신을 인생의 나락으로까지 떨어뜨린다. 가석방이 된 스기야마가 본 것은 나이에 어울리지 않는 백발이 성성한 우도의 머리와 희뿌옇게 흐려진 눈빛이었다. 작품에 등장하는 인물들인 이삭, 스기야마 그리고 우도 역시 "전쟁이라는 괴물처럼 무섭고 싫은 것"의 희생양이었으며 '큰 죄악의 죄'를 십자가처럼 짊어지고 가야만 했던 것이다.

크레용 그림

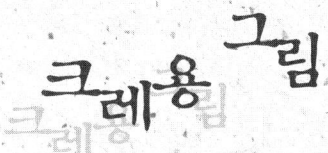

아가와 히로유키(阿川弘之) 지음
유숙자 옮김

크레용 그림

1

　　마흔 세 번째 생일날, 반침 속의 물건들을 정리하다가 아야코는 신문지에 싸인 옛날 제자들의 크레용 그림 다발을 버들고리 밑에서 발견했다.

　태풍이 지나간 뒤, 여름이 다시 돌아온 듯 후텁지근한 구월의 저녁 무렵이었다.

　바람에 떨어진 백일홍 꽃잎이 흙 묻은 채로 수북이 마당에 흩어져 있었다. 태풍의 여파로 여전히 구름의 걸음이 빠르고, 보름에 가까운 하얀 달은 하늘 한쪽을 향해 연신 떠다니고 있다. 식탁에서 식초 냄새가 났다. 뜻밖의 시간에 까맣게 잊고 있던 뜻밖의 물건을 발견한 아야코는 잠시 멍해져서 아이들 그림 다발을 소중하게 무릎 위에 그러안고 창문으로 높다란 동쪽 하늘을 보았다. 어쩐지 아주 오래 전에 이와 거의 흡사한 풍경을 자신이 경험한 적이 있다는, 묘한 기분에 사로잡혔다.

구름을 스치며 달려나가는 하얀 달, 백일홍, 식초 냄새, 그리고 무릎 위 아이들의 크레용 그림 다발—. 그럴 리가 없다고 생각하면서도 이와 똑같은 광경 속에 자신이 예전에 똑같은 자세로 앉아 있었던 듯한 확실한 기억이 있다. 백일몽 같았다.

…자신의 생일을 축하할 겸, 주방의 큰 솥에다 몰래 팥밥을 지어 기숙사 식구들에게 대접할 생각이 그날 그녀에게 언뜻 떠올랐다. 4년 전에 교직을 그만둔 뒤 에노모토(榎本) 아야코는 아는 사람의 소개로 지금은 계기(計器)회사의 독신 기숙사에서 사감 일을 맡고 있다. 기숙사는 도쿄(東京)의 교외에 있었다.

회사가 파하고 허기져 돌아온 아직 학생 티를 벗지 못한 열 네 명의 건장한 젊은이들은 저녁식사 테이블에 뭔가 색다른 음식이 놓이면,

"이거 고맙습니다"라며 기뻐할 테고, 내막을 밝히면 틀림없이

"아주머니, 정말 축하합니다." 하고 스스럼없이 인사해 주리라는 걸 아야코는 알고 있었다. 그러나 사감이라면 듣기에는 좋지만 숙박을 하면서 취사까지 책임지는 일꾼이나 다름없어, 친지와도 서먹해지고 이젠 어느 누구한테서도 축복받지 못하게 된 자신의 생일을, 이런 식으로 젊은 사람들에게 억지로 떠맡기는 데 대해 아야코는 더없이 민망한 기분도 들었다.

그녀는 결국 자신의 생각을 포기하고 젊은 사원들을 위한 그날 밤의 메뉴는 여느 때와 다름없이 닭뼈를 고아 만든 두부국과 얇은 커틀렛 한 장씩에 양배추를 썰어 소스를 얹어 내자고 정한 다음, 자신만의 축하 상에는 생선장수가 가져 온 전갱이 초절임과 오이무침을 곁들이고, 냄비에다 팥밥을 지을 한 홉 채 못 되는 쌀을 씻어 물에 담궈 두었다.

그러고 나서 그녀는 뭔가 신변을 정리하는 심정으로 반침 정리를 시작했던 것이다.

쥐가 한 귀퉁이를 갉아먹어 찌그러진 버들고리 안에서 소녀 적에 입던 빨강 스웨터며 자투리 천, 누렇게 변한 재단 본종이, 일기장, 해군학교의 사진첩 등 여러 가지 묵은 물건들이 나왔다. 그리고 필요없는 물건은 태워 없앨 것 따로, 고물상에게 넘길 것 따로 구분해 나가다가 마지막으로 고리짝 맨 밑에서 예기치 않게 헌 신문지 꾸러미가 튀어나와 이상하게 여기며 풀어 보니, 그건 아이들이 그린 낡은 크레용 그림 다발이었다.

아야코는 느닷없이 가슴이 두근거렸다. 갈색 탱크가 좌우로 맹렬하게 시뻘건 불덩이를 내뿜는 제일 위에 놓인 그림을 황급히 뒤로 젖혀 보니까

'일학년 복숭아반, 사와노 에쓰오(澤野悅男)'라고 적혀 있다. 틀림없다. 그건 그녀가 난생 처음 교단에서 가르친 학급—최초의 복숭아반 그림이었다. 굳이 계산해 보지 않아도, 그렇다면 그림은 꼭 서른 두 장 갖춰져 있을 터였다. 어째서 단지 이 한 다발만이 여기 남아 있담?

아무튼 거기엔 이십 년 전, 중류 가정의 외동딸이 평범한 양자결연(養子結緣)의 결혼생활을 마다하고 여자전문학교를 나오자마자 바닷가 마을의 초등학교 선생이 된, 스물두 살의 에노모토 아야코의 크고 푸른 꿈이 있을 것 같다.

그 후 전혀 예상치 못한 일로 노처녀로 퇴직하기까지 십칠 년 동안 담임을 맡았던 아홉 학급을 다 기억하긴 해도, 맨처음의 복숭아반 일학년들만큼 그녀의 마음에 깊이 남는 아이들도 없었다. 전쟁 통에 살아 남은 아이들은 모두 벌써 서른 살 남짓으로 가정을 이룬 이들도 많을 것이다.

사와노 에쓰오의 탱크 그림 한 장을 엎어놓은 채로, 창밖의 하늘을 바라보며 아야코는 한참을 멍하니 앉아 있었다.

2

반침의 아래칸에 아무것도 깔지 않고 넣어둔 버들고리 밑바닥에, 크레용을 칠한 묵은 도화지는 완전히 축축해지고 말아, 넘기니까 가죽이 벗겨지는 듯한 소리가 났다.

그래도 아야코는 마치 느닷없이 튀어나온 호화스런 생일선물을 보듯, 이윽고 알록달록 칠해진 아이들 그림다발에서 한 장 한 장 떼어 내어 들여다보기 시작했다.

아동심리학을 공부한 연로한 선생에게 그녀는 초등생들의 자유화(自由畵) 감상법에 대해 배운 적이 있다. 아이들의 그림을 보면, 가정에서 아이가 어떻게 자라고 있는지와 성격을 대충 짐작할 수 있다는 설명이었다.

어린이는 본능적으로 밝은 단색을 좋아하고 그어진 금 밖으로 언제나 비어져 나오도록 도화지 빽빽이 색칠하는 법인데, 자주색이나 갈색 같은 은은한 색을 즐겨 쓰고, 그어진 금 안에 깨끗이 맞춰 얌전하게 그리는 아이는 이미 성격에 어떤 그림자가 드리워진 것이니까 학부형 모임이나 가정방문 때에 집안의 사정을 잘 파악해 두어야 한다고 했다. 또한 아이들이 하는 일에 이유 없는 행동은 없으니, 그림에서도 시들시들 겨우 보일까 말까하게 사람 손을 그리거나 터무니없이 얼굴이 큰 개를 그리는 것은 거기에 반드시 무슨 사연이 있다는 것이었다. 그 선생의 심리학적 의견이 전반적으로 옳다는 사실을 아야코는 차츰 이해하게 되었다.

먹으로 이름을 쓴 손수건을 가슴에 달고 책가방을 멘 이십 년 전의 일학년 복숭아반 아이들의 얼굴을 하나 하나 지금 또렷이 떠올려 크레용 그림을 넘겨 가면서, 그녀는 그때의 설명이 생각나 이따금 혼자 미소지었다.

'미토 게이코'가 그린 어머니 그림이 있다. 머리카락을 녹색으로 칠하고 뺨이 새빨간 어머니는 깜짝 놀랄 만큼 입이 크게 그려져 있었다. 아야코는 분명히 기억했다. 관립대학의 국사학 교수 부인으로, 걸핏하면 수업참관을 와서는 아직 처녀티가 물씬 풍기는 아야코가 못 미더운 양, 자주 교장실에 들러 호의에서 우러나왔을 참고의견을 늘어놓고 돌아가는 사람이었다. 집안에서는 어지간한 잔소리꾼 어머니인 탓에 어린 게이코는 늘 야단치는 어머니의 입만을 의식했음이 분명하다. 패전 후, 아버지가 교수직에서 쫓겨난 지 얼마 안 되어 병사했다는 소식을 들었으나, 게이코를 본 건 그녀가 여학교 삼학년 때 한 번 찾아와서 만났을 뿐, 그 뒤로는 소식이 끊겨 듣질 못했다. 잔소리가 심했던 어머니는 이제 한층 잔소리꾼 할머니가 되어 게이코의 자식들을 길들이고 있는지도 모른다.

'스즈키 쓰네오'의 아버지는 육군 중령이었다. 부모님을 그리라 하면 대개 아이들은 어머니를 크게 아버지를 작게 그리는 법인데, 그 크기가 반대인 것은 집안에서 아버지의 권력이 아주 세다는 표시다. 당시의 표현을 빌자면 '청렴한 무인(武人)의 처(妻)' 답게 황송하게 남편을 받들어 모신 평범한 어머니는 그의 그림에서 부처 옆에 선 시동(侍童)처럼 온통 훈장이 칠해진 군복 차림의 중령 곁에 거의 도화지에서 비어져 나올 정도로 자그맣게 그려져 있었다.

아야코가 근무한 학교는 도쿄로 통하는 철도 연선에 있었다. 나지막한 솔숲과 조용한 별장 같은 주택지에 둘러싸이고 운동장에는 자연 사구(砂丘)가 기복을 이루고 있어, 갯내음을 머금은 마파람이 언제나 파도소리를 교실까지 실어왔다. 학생들은 도쿄에 적을 둔 학자, 군인, 회사원 자제들 외에 토박이 어부, 농부의 아이들도 많았다.

남자아이들은 모두 용맹스러운 걸 좋아했다. 복숭아반 남자아이들 절반 가량은 군인이 되고 싶어했다. 제일 위에 놓인 '사와노 에쓰오'를 비롯, '기시 게이타'도 '니카이도 준'도 '모리야마 히토시'도 모두 탱크며 군함 그리고 '폭격기' 그림을 남겼다.

탱크가 마구 시뻘건 불을 내뿜고 '폭격기'가 금붕어 똥처럼 폭탄을 떨어뜨리며 맹렬하게 터지는 것은 아동의 마음 어딘가에 자리잡은 억압된 불만의 표출이라고는 해도, 그 무렵에는 아동심리학 교과서대로 꼭 그렇게만 생각할 수도 없었을 것이다. 갯바람이 솔숲을 가로지르는 고요하고 평화로운 시절은 끝나고 있었다.

3

부모님이 시킨 게 분명하지만, 스즈키 쓰네오(鈴木恒夫)처럼 달력 나이 여덟 살에 육군 군인이 되기로 결심하고 소학교 졸업 후 바로 육군유년학교 진학을 이미 뚜렷한 방침으로 정해 둔 아이도 있었다.

스물 두 살인 아야코가 그 학교에 근무하던 해는 중일전쟁이 아직 시작되지 않은 때라, 이 기억은 어쩌면 복숭아반을 맡아 진급한 이듬해 가을이나 그 다음해 봄이었는지도 모르지만,

"난 커서 해군 비행기 조종사가 되어 나쁜 중국을 해치우고 말겠어요."

"나도."

"선생님, 나도."

운동장 모래언덕 위에서 아이들이 양손 가득 매달리는 바람에 넘어지지 않도록 몸을 뒤로 젖힌 채, 해맑은 눈을 반짝이며 하는 말을 듣고 아야코는 대답을 적이 망설였다.

"그래…. 어머니, 아버지 말씀 잘 듣고 어서 나라를 위해 훌륭한 사람이 되어야지"라는 정도밖에 그녀는 더 이상 할 말이 없었다. 아야코가 교사가 되고자 했던 푸른 꿈 속엔 아이들을 전사(戰士)로 키우고 싶은 마음은 없었다.

그러나 복숭아반 남학생 가운데 몇 명은 그때의 꿈을 그대로 관철시켜 해군의 비행 예과 연습생을 지원해, 패전 직전 스무 살이 채 되기도 전에 전사했다. 아야코가 가르친 아이들이 어쩌면 전쟁에서 소위 전사자를 낸 마지막 연대일 것이다.

살아 남은 해군의 비행기 조종사들이 엮은 어느 등사판 인쇄지의 유고집에

"기시(岸) 이등병을 추모한다"고 쓰고 "덜렁이, 오줌을 참고 돌격"이라는 센류(川柳 : 풍자와 익살이 담긴 5·7·5조의 단시—역자주)가 실린 건, 전장에서 특공대로 순사(殉死)한 '기시 게이타'를 가리킨다.

게이타(慶太)는 정말이지 착한 덜렁이였다. 무슨 시간이었던가—아마도 지금 아야코의 무릎 위에 놓인 이 새까만 대(大)전함을 그리던 시간에, 어쩐지 게이타의 낌새가 수상하여

"기시, 잠깐 일어서 보렴." 하며 아야코가 바지 속을 들여다보니, 게이타가 힘을 주는 순간 저절로 쑥 나와 버린 듯 아직 푸른 반점이 남아 있는 앙증맞은 엉덩이에서 큼직한 똥이 하나 팬티 위에 툭 떨어져 있었다.

"아이쿠, 큰일났네." 하고 아야코가 웃자 게이타도 덩달아 히죽 웃었는데, 곁에서

"아이, 내앰새."

"기시, 냄새 나" 하고 놀려대자 대뜸 울음을 터뜨렸다.

그러고 나서 9년 뒤, 게이타는 가고시마 현(鹿兒縣)의 특공기지에서 아야코에게 엽서를 보내왔다.

"초등학교를 임시 숙사로 삼아 매일 열심히 훈련하고 있습니다. 교정에 벚꽃이 피고 풍금소리가 들려오면, 그때의 솔숲 속 모교와 에노모토 선생님이 한없이 그립습니다"라고 적혀 있었다. 그 후 어느 날, 갑자기 떨어진 명령에 게이타는 허둥대다가 볼일 보는 것도 잊은 채 비행기를 탔겠지…

'모토하시 사나에'의 그림은 자그마한 여자인형 그림이다.

이 아이는 아야코가 신우염(腎盂炎)으로 열이 나 잠시 쉬고 있을 때, 그녀의 하숙으로 반쯤 먹다 만 슈크림을 신문지에 싸서 갖다 준 적이 있다. 잠옷 위에 겉옷을 걸치고 현관 입구까지 나간 아야코에게 더없이 무표정한 얼굴로

"선생님, 이거 드세요." 하고 책 읽는 듯이 말하고 곧 돌아갔다.

사나에(早苗)는 적극성이라곤 조금도 찾아볼 수 없는 성격에다 무뚝뚝하고 어두운 아이였다. 아야코는 먹다 만 슈크림을 들고 병문안을 온 것도 놀라웠지만, 그런 사나에가 어쩐

일로 돌연 혼자 병문안을 와 준 데에 더욱 놀랐다.

사나에가 돌아간 뒤, 병상에 누워 아야코는 어째서 이 여자아이가—아마도 큰 맘 먹고—이런 행동을 하는지 생각해보았다. 사나에는 어부의 딸이었다. 그리 가난하지도 그렇다고 넉넉하지도 않은 가정이었다. 어쩌다 우연히 손에 들어온 슈크림은 사나에에겐 아주 진기한 그리고 멋진 음식이었던 게 분명하다고 아야코는 생각했다.

그러고 나서 한참 지난 전후(戰後)에, 아야코는 한 가지 실험으로서 학교 근처의 농가와 어부의 가정에서 어머니가 일, 이학년 아이들에게 하루에 어느 정도의 대화 시간을 갖는지를 다른 선생님과 협동 조사를 해 본 적이 있다. 아버지의 양해를 얻어 어머니에게는 알리지 않고 녹음기로 채록했다.

"이 닭아. 밥 먹자, 어서."

"갔다 와."

"이제 오니. 놀러 나가지 말고 아기 봐야지. 엄만 바쁘니까."

"먹고 자."

"울지 말라니까. 정말 속 썩이네, 울지 말래도" 등등, 거의 단어에 가까운 말의 연속으로 합계 하루 평균 겨우 사 분 오십 초라는 숫자로 나타났다.

옛날도 물론 비슷했을 것이다.

에노모토 아야코가 전쟁 전부터 전후에 이르기까지 더러 비판을 받으면서도 일관되게 고집해 온 것은 무슨 일이 있어도 결코 아이를 꾸짖지 않는다는 거였다. 이는 그녀가 주로 저학년만을 맡아왔기에 가능했던 일이기도 하고 또한 나중에 그녀는 이로 인해 오히려 뼈아픈 보답을 받았다고도 할 수 있는데, 가령 그녀가 아무리 변변치 못한 교사였다 하더라도 늘상 아이들에게 상냥했다는 사실만은 자랑스럽게 여겨도 이를 아야코의 괜한 자부심이라 할 수는 없을 것 같다.

아이들은 자연히 아야코를 잘 따랐다. 어른들 눈에 그녀의 용모가 서서히 올드 미스로 비쳐지기까지 몇 년간을 아야코는 "언니 선생님"이라 불렀던 적이 있었다.

집에서 아버지와 씨름을 하거나 어머니한테 재미있는 옛날 이야기를 들을 정도의 여유를 갖지 못하는 가정의 아이들은, 유독 학교로 와서 이 젊은 여선생님과 함께 배우는 것이 즐겁기만 한 모양이었다. '모토하시 사나에'도 그런 마음을 겉으로 표현하는 방법을 모른다뿐, 남 못지않게 아야코를 따르고 있었으리라.

—슈크림은 갈라진 틈으로 신문지에 크림이 진득하니 묻어나 입에 넣자, 생선 냄새와 인쇄 잉크 냄새가 났는데 병이 나아 학교에 나간 첫 날, 아야코는 사나에에게 고마움을 전했다. 그리고 물어 보았다.

"모토하시는 그 슈크림을 간식으로 받았니?"

사나에는 말없이 끄덕였다.

"굉장히 맛있었어. 그렇게 맛있는 과자는 사나에도 처음 먹어봤지?"

"아아니. 요전에 먹고 두 번째."

"어머 그래. 하지만 너무 맛있어서 한 입 먹은 거라도 나머진 아픈 선생님에게 주고 싶었던 거구나?"

"…"

"그래서 곧장 신문지에 싸서 갖다 준 거구나?"

"…"

대답은 없어도 그런 게 확실했다.

4

파라핀의 광택을 띤 노랑, 빨강, 초록, 까망, 파랑 등 가지각색의 크레용 그림은 한 장 한 장 넘길 때마다, 아야코에게 단지 그리움이라기보다 서른 두 명의 아이들이 겪게 될 이후 이십여 년의 운명이 거기에 고정되어 있는 것처럼 여겨졌다.

꼼꼼한 색칠로 어머니의 초상을 그린 '아사쿠라 다이치'에 대해서도 그녀는 기억나는 게 있다.

어느 토요일 오후, 니카이도 준(二階堂淳)이라는 아이가 교

무실로 와서

"선생님, 아사쿠라가 방과후 교실에 남아 장님 흉내를 내고 있어요"라고 일렀다.

아이들은 자신이 인정받고 싶은 마음에서 툭하면 고자질하러 온다. 어떤 때는 밀고에 가까운 다소 비열할 정도의 고자질도 있었는데, 준은 다이치의 친구였으므로 그 얼굴에는 얼마간 진실한 걱정과 놀라움이 드러났다. 아무도 없는 교실에서 다이치는 눈을 감고 책상과 책상 사이를 엉거주춤 손으로 더듬으며 혼자 걷고 있다는 것이었다.

"어째서?…함부로 장님 흉낼 내다간 걸려 넘어지고 말걸. 위험해."

장난치는 게 아닐까 하고 아야코는 생각했다. 니카이도 준을 따라 복숭아반 교실로 가 보았지만, 이미 다이치는 거기에 없었다. 그녀는 학생들이 하교할 때 늘 지나 다니는 길인 복도에서 식수대, 변소, 사환의 방 옆 등으로 죽 따라가다, 겨우 신발장에서 그 아이를 발견했다.

준이 말한 대로 다이치는 거기서도 운동화를 벗어 왼손에 들고 줄줄이 늘어선 먼지낀 구두상자를 오른손으로 찬찬히 만져가며 장님처럼 자신의 신발을 찾고 있었다. 눈을 꼭 감은 채로

"다섯 번째의 두 번째. 다섯 번째의 두 번째"라고 혼자 중

얼거렸다.

"무슨 일이야, 아사쿠라!"—위험하니까 그런 흉내는 내지 말아, 라고 말할 뻔 하다가 그녀는 입을 다물었다. 다이치의 모습에는 뭔가 진지한 구석이 있었다.

그녀는 말없이 준을 데리고 그 자리에서 물러나와 준에게

"선생님은 아사쿠라가 재미로 저렇게 하고 있다고는 생각지 않아. 틀림없이 뭔가 까닭이 있을 거야. 선생님이 알아볼 테니까 걱정말고, 그때까지는 모두 아사쿠라를 놀리거나 욕하지 말고 가만히 모른 척 내버려 두도록 해요"라고 타이른 뒤 돌려보냈다.

아야코가 창문을 내다보자, 곧 다이치의 모습이 운동장에 나타났다. 책가방을 메고 여느 때와 다름없이 재빨리 운동장에서 교문 쪽으로 가로질러 나갔다. 그러나 교문 앞 오, 육 미터 지점까지 와서, 아이의 발걸음은 갑자기 다시 장님처럼 되고 말았다. 먼 뒷모습이어서 알 수 없지만 거기서 눈을 감아버린 듯 작은 두 손을 불안정한 자세로 앞으로 내밀고 문기둥을 더듬어 다가가더니, 겨우 손에 닿자 그걸 짚고 천천히 왼쪽으로 돌아 그러고는 아야코의 시선에서 사라졌다. 그녀는 곧 학생들의 신체검사표에서 다이치의 것을 찾아내 읽어 보았다.

사시(斜視) 없음, 색맹 없음, 시력은 양쪽 다 1.2라고 적혀

있고 그 밖에 신체의 이상은 전혀 발견되지 않았다. 다이치는 우수한 학생이었다. 어째서일까―그녀는 알 수 없었다.

월요일까지 아사쿠라 다이치의 벼락 장님에 대한 보고가 여기 저기서 아야코에게로 흘러들어 왔다.

어떤 학생은 버스가 다니는 길을 다이치가 눈을 감았다 떴다 하며 느릿느릿 걷는 걸 보았고, 아야코의 동료인 어느 선생은 다이치가 채소가게에서 장님 흉내를 내며 사과를 사고 눈을 감은 채 거스름돈을 한참 동안 손바닥 위에서 계산하는 걸 보았다.

니카이도 준은 일요일에 다이치네 집으로 놀러가다가 길에서 울타리 너머로 다이치가 자기 집 툇마루 위를 장님 흉내를 내며 걷는 걸 보았다. 변소에서 눈을 감고 나와 섬돌 위의 게다를 손으로 더듬어 신고 나서 다이치는 마당을 장님처럼 걸어다녔다. 준은 왠지 기분이 이상해져 들어가지 않고 울타리 밖에서 되돌아와 버렸다고 했다.

아야코는 교장과 의논해서 그날로 아사쿠라 다이치의 집으로 가정방문을 갔다. 다이치의 어머니가 일본 적십자의 간호사로 천진(天津)을 오가는 병원 배를 탄다는 사실을 아야코는 알고 있었는데, 그 어머니가 한달 쯤 전에 부대의 환자에게 감염된 열병 때문에 도쿄의 육군병원에 후송되어 와 있었다. 열이 내린 뒤, 다이치의 어머니는 그 병으로 시신경 장애를 일으켜 시력을 잃고 몸은 회복되었어도 거의 장님이나 다름없는 상태가 되어 이삼 일 내에 퇴원해서 다이치 곁으로 돌아온다는 것이었다. 집을 지키는 다이치의 할머니로부터 아야코는 그런 사정을 듣고 암담한 심정과 어떤 감동을 안고 그 집을 나왔다.

집에서는 다이치가 장님 흉내를 내는 걸 전혀 눈치채지 못하다가 아야코가 이를 알려 주자 깜짝 놀랐는데, 아이는 오랜만에 돌아올 어머니의 장님 세계가 궁금했던 것이다.

"어머니가 이제 건강해져서 돌아올 텐데 눈이 안 보이게 되었다니, 이제부터는 어머니를 잘 돌봐드려야 해." 하고 아버지로부터 금요일에 저녁밥을 먹다가 들은 다이치는 충격을 받은 듯

"응. 응." 하고 말수가 적게 끄덕이더니 그날 밤은 무얼 골똘히 생각하다가 이불 속에서 오래도록 잠들지 못했다 한다. 그리고 다음날 토요일부터 사람들 눈에 띄지 않는 곳을 골라 다이치는 장님 흉내를 시작한 것이었다.

그건 아사쿠라 다이치가 아홉 살인 이학년 이학기 때의 일이었다.

다이치의 어머니는 그 후, 눈앞의 하얀 물체를 식별 가능할 정도로 시력을 되찾고 나서 다이치의 자전거 짐받이를 타고 자주 학부형회에 모습을 보이게 되었다. 아야코는 다이치

의 장님 흉내를 아무도 놀리거나 성급하게 나무라는 사람이 없어 다행이라 생각하는 동시에, 자신이 사소한 눈 수술을 받았을 때의 불안한 경험을 이와 견주어 떠올려 보기도 했다.

언젠가 왼쪽 눈이 충혈되어 기분이 언짢고 좀처럼 낫질 않아 병원에 가보니, 안구에 아주 작은 가시가 박혀 있다는 말을 듣고 그 자리에서 수술을 받기로 했다. 안과 의사는 안약 같은 걸 넣더니

"스며듭니까?…스며듭니까?"라며 몇 번이고 물었다. 곧 스며들지 않게 되었다. 점안(点眼)마쳐였다. 위 아래 눈꺼풀을 모두 금속 기구로 고정시켜 활짝 열린 왼쪽 눈으로 보고 있으니, 의사의 얼굴이 가까워지고 바늘처럼 생긴 물건이 자신의 왼쪽 눈을 향해 다가왔다. 통증은 없었으나 바늘처럼 생긴 물건이 안구에 닿은 순간, 그때까지 윤곽이 또렷하던 의사의 얼굴이 입술 언저리만 물에 잠긴 듯 일렁일렁 모양이 일그러졌다. 바로 안대가 끼워지고 다음날 한 번 더 병원에 올 때까지 절대로 떼어내선 안된다는 말을 들었는데, 그녀는 그때, 이대로 자신의 왼쪽 눈이 사물의 형태를 제대로 볼 수 없게 되는 건 아닌가 하는 불안을 느꼈다.

하지만 이것과 다이치의 사건은 전혀 다른 시기의 얘기다. 다이치는 결혼해서 지금은 어느 병원의 약사가 되어 눈이 불편한 어머니와 함께 도쿄에서 살고 있다고 한다.

크레용 그림 · **139**

5

'시자와 가즈오'의 급행버스 그림은 지네처럼 차바퀴가 한 다스나 달려 있다. '세노 사치코'는 할머니가 키운 아이로, 집에서 너무 응석받이로 자라 제 손으로 뭔가 딱 부러지게 해 내려는 마음이 약해선지, 할머니의 초상에 손을 그리지 않았다.

아야코는 그렇게 한 장 한 장 옛 제자들의 오래된 그림을 넘기면서 회상에 젖어 있었는데 이윽고 머리가 멍해지고 졸음이 찾아와 서른 두 장을 끝까지 마저 보지도 못한 채, 반침 기둥에 기대어 늙은이처럼 꾸벅꾸벅 잠이 들었다. 콧날이 오똑하고 반듯한 그러나 어딘가 화색이 돌지 않는 노처녀다운 얼굴에, 생활에 지친 듯한 진땀이 축축히 배어 나왔다. 파리가 날아와 그녀의 이마에 앉자, 그녀는 무의식중에 손으로 그걸 쫓았지만 어느새 파리는 내처 앉아 버리고 그녀는 곧 요근래 수년간 맛보지 못한, 마음이 시원하게 해방되는 행복한 꿈을 꾸기 시작했다….

그녀가 꿈꾸는 사이, 그녀가 교직에서 물러난 경위를 써 두어야만 한다.

그 사건은 어느 산속 호수에서 일어났다.

지금부터 사 년 전 일이다. 패전 후 8년이 지나 아야코의 학교에서도 여름 산림교실을 계획하는 일이 이젠 그리 힘들지 않게 되었다. 그 해, 그녀는 오, 육학년 학생들과 함께 팔월 초순의 열흘간을 그 호수 부근의 여관에서 지냈다.

어느 날, 미즈사와(水澤) 고개로 식물채집을 희망하는 스무 명 남짓한 학생들을 인솔하여 그녀는 소풍을 나갔다. 여관 앞의 잔교와 오누마지리(大沼尻)라는 마을 사이를 호수의 유람선으로 왕복하는 터라 하루의 채집을 끝내고 저녁 무렵, 마지막 배를 탈 수 있게 아야코가 학생들과 오누마지리까지 고개를 내려와 보니, 유람선은 여름 관광객들로 넘쳐나고 있었다. 그녀는 소풍을 따라나온 선생이라면 누구나 느낄 법한 불안을 느꼈다.

"괜찮습니까?"

"정원을 초과하는 건 아닌가요?"

"임시편은 없습니까?" 하고 끈질기게 질문을 해대자, 손님들 정리에 신경이 곤두 선 유람선 회사의 사내들은

"글쎄, 걱정되면 내일 아침 첫 편까지 기다리든가 걸어 돌아가는 수밖에 없지요"라는 무뚝뚝한 대답으로, 이 소심하고 성가신 중년의 여교사를 그리 탐탁지 않아 하는 눈치였다.

"아래 선실은 텅텅 비었어."

"말이 정원이지 이렇게 좋은 날씨에 일일이 정원에 신경

쓰다간 여름철은 손님을 다 못 실어 나르지. 손님들이 불평한다구"라며 서로 얼굴을 맞대고 한심하다는 식으로 웃어젖혔다.

해는 이미 서쪽의 검푸른 빛을 띤 건너편 산으로 넘어가고 있었다. 학생들은 배가 고팠다. 호숫가로 난 숲길은 걸어서 가면 여관까지 약 이십 리였다. 선교(船橋) 위 하얀 스피커는 녹음기로 「반딧불」 노래를 틀고

"한 분도 빠짐없이 배에 타 주시기 바랍니다"라며 쇳소리 꽝꽝 울리는 목소리로 고요한 해질녘의 산을 뒤흔들었다.

누군가, 낯선 중년의 등산객이 싱긋싱긋 웃으며

"선생님, 괜찮습니다. 이 배는 호수를 달리도록 특별히 설계된 거라 지금까지 한 번도 사고를 낸 적이 없다는군요"라고 위로해 주었다. 아야코는 적이 자신의 걱정을 창피하게 여겼다. 바람도 없고 호수는 잔잔했다.

그녀를 쳐다보던 스무 명의 학생들은 아야코가 마침내 승선을 결심하자, 환성을 지르고 허리에 찬 식물 채집통을 달그락거리며 개찰구를 빠져 나가 서로 지지 않으려 배 쪽으로 달려나갔다.

"조용히! 조용히 걸어야지! 달리면 안 돼."

아야코는 승선권을 받아들고 그 뒤로 잔교 위를 따라가며, 혼잡한 유람객들 무리 속으로 생쥐처럼 숨어든 아이들에게

"모두 탔으면 계단을 내려가 아래 방으로 들어가세요"라고 정신없이 외치며 돌아다녔다.

선박회사의 완장을 단 남자가 말했듯이 뱃바닥 선실은 비교적 한산했다. 그러나 그곳에 아야코가 시킨 대로 모여든 학생은 열 명으로 절반뿐이었다. 나머지는 통로며 상부 갑판에서 떠들고 있었다.

잠시 후, 작은 유람선 여왕호는 기적을 울리며 잔교에서 멀어지고, 그러자 너무나 과도하게 많은 사람들을 가득 채워 실었다는 느낌이 들 정도로 선체의 흘수가 깊숙이 잠겨, 뱃전에 로프로 매단 말뚝은 물을 뒤집어썼다. 그녀는 다시 불안해졌다.

"실례합니다, ─실례합니다"라며 그녀는 인파를 헤집고 여기 저기 흩어져 있는 학생들을 찾아다녔다. 갑판에는 화려한 셔츠 차림의 불량배로 보이는 젊은이들 한 떼가 위스키를 병째로 마셔대며 진을 치고 있었다.

"얘들아. 경치는 올 때 실컷 보지 않았니. 위험하니까 아래 선실로 가야지." 그녀가 이렇게 말하며 설득해 봐도 학생들은

"예─에"라고 대답만 할 뿐, 음침한 뱃바닥으로 들어가길 꺼려 곧장 어딘가로 달아났다.

이가라시 쓰토무(五十嵐勉)라는 육학년 남학생은

"선생님이 먼저 들어가셔야 다들 들어가지요"라고 이유를 댔다.

"그럼 선생님이 먼저 들어갈 테니까 꼭 와야 해." 아야코 는 이렇게 말하고 선실로 돌아갔지만, 학생 수는 결국 열넷을 넘지 않았다. 그녀는 거의 포기하다시피, 하루의 산행에 지친 다리를 내뻗으며 주저앉고 말았다.

뱃바닥의 선실에서는 작은 채광창을 통해 뱃전의 갑판에 서 있는 사람들의 다리와 그 다리 사이로 호수의 경치가 얼 마간 보였다. 동쪽의 숲도 서쪽 산도 상당히 멀어져, 호수 한 가운데를 배가 지나가는 모양이었다.

바깥 통로에서 느닷없이 어지럽고 거친 발소리와 술에 취 한 듯한 목쉰 고함소리가 터져 나왔다.

"이 새끼, 기다려!"

"허튼 수작하면 가만 안 두겠어."

"네 놈의 그 낯짝을 엉망으로 만들어 줄까?"

이러한 재빠른 욕지거리와 발소리가 선실 옆에서 선미(船 尾) 쪽으로 허둥대며 이동해 갔다.

비명소리가 났다. 불량배들의 싸움질인 듯, 이를 보려고 모 여든 구경꾼들과 휘말려들까 겁이 나 그 자리를 빠져 나가려 는 손님들로 비좁고 혼잡한 배 안이 술렁거렸다.

만원인 채 간신히 평형을 유지하고 항해하던 여왕호는 중심을 잃고 갑자기 거꾸러질 듯 왼쪽으로 기울기 시작했다.

"움직이면 안 돼!"

"위험해, 위험해!"

외치는 사람이 있었다. 물이 통로로 흘러들어와 뱃바닥의 선실로 물보라를 튀겼다. 선장이 당황한 나머지 키를 끝까지 잡아 돌린 모양이었다. 배는 크게 기울어 거의 전복될 듯하다가 조금씩 방향을 바꾸고, 숨막히는 몇 초가 지난 뒤에야 겨우 천천히 평형을 되찾았다.

그러는 사이, 옆에 앉은 학생의 어깨를 꽉 잡고 있던 아야코는 정신없이 갑판으로 뛰쳐나갔다.

"아이가 떨어졌어"라는 소리를, 그녀는 들었다. 무언가, 사람들이 제각각 말을 했다. 갑판에 있던 학생들이 부르는 소리가 났다. 그러다가, 무얼 듣고 무얼 하고 있는지 아야코는 알 수 없게 되고 말았다. 다만 그녀는 배에서 이미 한참 멀어진 호수 수면에 아이의 두 손이 허우적 허우적 물속에서 첨벙대고 있는 걸, 아프게 눈에 새겨지는 심정으로 보았을 뿐이었다.

아무도 뛰어드는 이가 없었다. 그녀 자신도 등뒤에서 어느새 남자 손에 단단히 붙잡혀 있었다. 그 호수는 수온이 무척 낮아 다짜고짜 물에 뛰어드는 건 위험했다. 산림교실에서도 수영은 일절 금지되어 있었다.

배는 크게 선회했다. 이 근처쯤이라고 짐작되는 곳까지 되돌아와서야 비로소 구명대를 두세 개 내던져 일시적인 위안이 되긴 했으나, 이미 아이들 모습은 보이지 않았다.

떨어진 아이는 둘로, 이가라시 쓰토무 그리고 같은 학년의 오자키 사부로(小崎三郎)라는 남학생이다. 둘은 어디서 무얼 하고 있었는지 ─ 나중에 들은 얘기로는 갑판의 난간을 올라타고 노래를 부르다가, 갑작스런 배의 동요에 흔들려 떨어진 모양이다.

여왕호는 몇 번이고 거듭 그 언저리를 선회한 끝에 결국 호반 마을에 알리고 구원을 요청하러 돌아갔다.

모래밭에는 모닥불을 지피고 호수는 어둠에 잠겼다. 마침내 수색대의 작은 배 여러 척이 호수 한복판으로 나아갔다.

학생들은 여관에 갇히고 아야코는 동료 선생들과 함께 밤새 모래밭에 서 있었다. 물에 빠진 아이의 부모보다 먼저 신문사 지국에서 나온 차가 올라왔다. 녹음기를 든 방송기자도 왔다. 경찰과 그 밖의 보도 관계자들에게 둘러싸여, 그녀는 그 자리에서 도저히 신경이 감당해 낼 수 없는 질문 공세를 연거푸 받았다.

"선생님은 갑판의 학생들을 감독하지 않았지요? 선생님만 아래 선실에 있었나요?"

"대체로 밝혔지만, 일이 이렇게 된 것을 선생님은 어떻게 생각하십니까? 방임주의랄까, 지금의 교육보다는 역시 좀더 엄격하게 선생님이 명령을 내리고 야단을 쳐서라도 어떻게든 철저히 해야 한다는 생각은…?"

"잠시 현재의 심정을 간단히 들려주시겠습니까?"

사람들은 그렇게 묻고는 멋대로 납득을 하고 바삐 연필을 굴렸다. 무슨 대답을 했는지 당황한 아야코는 기억하지 못했다.

두 아이의 시체가 올라온 것은 다음날 아침 열 시경이었다. 산림교실은 예정을 앞당겨 폐쇄되고 두 개의 작은 유해를 따라 사람들은 산에서 내려왔다. 학원장(學園葬)이 끝나자마자 그녀는 혼자 책임을 지고 사표를 냈다. 여왕호와 유람선 회사의 관계자들은 검찰의 조사를 받았으나, 배 안에서 싸움을 시작한 불량배들은 금방 자취를 감추고 말아 어디서 온 녀석들인지 결국 알지 못했다.

6

아야코가 마음에 입은 상처는 컸다. 그녀는 한때 신문 따위를 전혀 보지 않으며 스스로 자신을 세상의 움직임으로부터 동떨어지게 하여, 삶의 의욕을 잃은 듯 생활을 했다. 누군가의 권유로 현재의 계기회사 사감이 된 것은 그 불행한 기억이 어느 정도 옅어진 뒤의 일이었다.

…지금, 그러나 그녀는 받침 기둥에 기대어 사 년 전의 사건과는 무관한 행복한 꿈을 꾸고 있다.

이십여 년 전의 복숭아반 일학년들이 모두 훌륭하게 자라, 오늘 아야코의 생일을 축하하러 찾아온 것이다.

니카이도 준, 미토 게이코(水戶啓子), 모리야마 히토시(森山比土志), 모토하시 사나에, 아사쿠라 다이치, 스즈키 쓰네오, 그 외에 몇 명, 신기하게도 죽은 줄 알았던 기시 게이타까지, 어떤 이는 샐러리맨 같은 양복차림으로 어떤 이는 푸른 공원(工員) 복장으로, 여자 가운데는 아이를 업은 이도 있다. 그리고 모두들 커다란 생일 케이크를 가마처럼 어깨에 메고 있었다.

"선생님, 축하합니다."

"선생님, 오늘은 옛날에 우리가 그린 크레용 그림을 보여주시는 거죠?"

"점수를 매겨 돌려 주세요." 하고 서로 제각기 말했다.

"아사쿠라, 스즈키, 기시, 모토하시, 미토도." 하고 아야코는 출석을 부르듯 불렀다. "게이코, 어머니는 여전히 건강하시니?"

"네. 하지만 요즘 편찮으셔서 입이 커지는 병으로 지금 병원에서 수술을 받고 계세요." 하고 미토 게이코는 대답했다.

"그거 안됐구나."

"나아도 어쩌면 입이 안 보이게 된다고 하니까 걱정이에요."

"입이 안 보이게 되다니?"

"입이 너무 커지니까 입이 안 보이게 되는 거지요."

"아아 그래, 그렇구나." 하고 아야코는 생각했다. 그런데 흰 설탕으로 두툼하게 온통 표면을 바른 모처럼의 멋진 생일 케이크 한 군데가 삼각꼴로 잘려나가, 노란 카스테라 속이 휜히 드러난 건 참으로 우스웠다. 아이를 둘이나 데리고 온 모토하시 사나에가 그랬음에 틀림없다. 아야코는 쿡쿡 웃었다. 하지만 사나에는 진지한 표정이었다.

"자아, 어서 들어와. 아무것도 차린 건 없지만 모두 와 주리라 생각하고 팥밥은 많이 지어 놨어요. 천천히 먹고 가세요." 그녀는 이렇게 제자들을 채근하고 자신은 부엌일을 하기 위해 앞치마를 둘렀다.

"아니 아니. 오늘은 저희들이 할 테니까 선생님은 앉아 계세요." 하고 모두가 말했다.

"하지만 어디에 뭐가 있는지 모를 텐데."

"알아서 찾을 게요 정말 얌전히 앉아 계세요"

모두에게 어깨를 짓눌려, 아야코는 기쁜 마음으로 그 자리에 주저앉고 말았다.

잠시 후

"아이쿠, 아주머니가 잠드셨는 걸." 하고 누군가 말했다.

"아주머니, 라니 심하군. 자는 게 아냐." 하고 그녀는 생각했다.

"정말, 잠이 푹 드셨군" 하고 다시 누군가 말했다.

정신이 들어 퍼뜩 눈을 떠 보니, 돌아온 젊은 사원 셋이 맹장지 문으로 얼굴을 들이밀고 있었다. 아야코는 허둥지둥 앉음새를 고치고 살짝 얼굴을 붉히며 입 언저리를 닦았다.

"오늘은 왠지 식사 준비가 안 되어 있어 무슨 일인가 해서요." 하고 그중 하나가 넥타이를 풀며, 좀 딱하다는 듯 말했다.

"미안해요. 깜빡 잠이 들었어요." 아야코는 서둘러 무릎 위의 그림 다발을 치우고 이번엔 정말로 부엌일을 하기 위해 앞치마를 들고 일어났다.

창밖의 하얀 달이 어느새 빛을 띠고 있었다.

(1958년 1월)

작품 소개

이 작품은 『전후단편소설선』(戰後短篇小說選, 岩波書店編輯部, 2000. 3) 제3권에 실린 아가와 히로유키(阿川弘之, 1920~   )의 「クレヨンの繪」(1958. 1)를 번역한 것이다.

아가와 히로유키의 「크레용 그림」은 가난한 어촌 아이들의 소박하고 때묻지 않은 심상을 보여 준다. 교사로 처음 부임한 이 학교에서 아야코는 복숭아반 담임을 맡았었다. 그러나 그녀는 4년 전 사고로, 천직이라 생각한 교직을 어쩔 수 없이 떠나야 했다. 교사로 첫발을 디딘 이래 이십여 년이라는 짧지 않은 세월이 흐른 지금, 아야코는 어느 계기회사의 기숙사 사감 일을 맡아 쓸쓸한 생활을 한다. 그런 그녀가 어느 날 문득 발견한 어린 제자들의 크레용 그림은 잠시나마 그리운 옛 추억에 잠길 수 있는 행복과 위안을 선물한다.

아이들의 그림엔 아이들의 시선에 비친 어른(부모)들의 모습, 가슴속에 품은 꿈, 일상생활에서 받는 정서의 변화가 있는 그대로 드러난다. 따라서 그림은 아이들의 속마음을 읽어내는 척도가 될 수 있다. 잔소리꾼 엄마, 너무나 위압적인 아버지의 모습 등이 고스란히 도화지에 그려진다. 중일전쟁 시기였던 만큼 시뻘건 불을 내뿜는 탱크며 군함, 폭격기를 자주 그리던 당시의 남자아이들에게 선망의 대상은 적과 싸우는 군인이 되는 거였다. 실제로 몇몇은 어린 나이에 전사했다. '크레용 그림'은 아이들의 순수와 더불어 그들이 성장한 시대의 현실을 모자이크처럼 생생히 전해 준다.

종군사제

(從軍司祭)

엔도 슈사쿠(遠藤周作) 지음
유숙자 옮김

종군사제

(從軍司祭)

　　자네한테 편지를 안 쓴 지 벌써 몇 년이
나 되는지. 기억이 틀리지 않다면 육 년 전, 고향 상테치안느
에서 도쿄로 그림엽서를 자네한테 보낸 게 마지막 소식이 아
니었을까.

　　사실대로 말하자면 자네에 관해선 까맣게 잊고 있었네. 기
억하나? 리용의 프라 마을, 옛날엔 유곽이었다는 대학 기숙
사에서 자네와 난 서로 옆방에 살았었지. 일본인을 처음 본
게 바로 자넬 통해서였는데, 그땐 매일 밤, 서로 창고 같은 방
을 들락거리며 싸구려 포도주를 마시고 내가 프랑스 여자 얘
길 하면 자넨 자네대로 서툴기 짝이 없는 프랑스어로 일본

154

여자애와의 정사를 고백했지. 둘 다 한결같이 게으름뱅이여서 학교도 삼분의 일은 쉬고, 51년 첫 학기 시험에 보기좋게 낙제를 해, 반에선 꼴찌학생이라는 점에서 의기투합한 단짝이었는데―7년 동안이나 못 만나고 보니, 역시 내 기억에서 깡마른 근시의 일본인 유학생이 차츰 멀어지고 만 것은 도리 없겠지. 어떤가―자네도 역시 날 잊어버렸을 테지.

그런 내가 어째서 새삼스레 자네에게 편지를 쓰게 되었을까.

캠프 밖에는 (캠프라 하면 자넨 모를 거야. 나중에 천천히 쓰겠지만 난 지금 군대에 소집되어 알제리의 지마지 근처 농장에 있다네) 개가 짖고 있어. 우리 개가 아니라네. 불에 탄 아랍인 마을에서 도망쳐 나온 들개의 울음 소리지. 깜깜한 이 밤 사막 한가운데선 개의 먼 울음 소리도 오히려 어둠의 깊이와 내 고독을 부채질하는 느낌이 드는군.

내 고독 어쩌구 하는 단어를 썼다고 자넨 웃겠지. 예전의 나라면 결코 이런 말은 쓰지 않았지. 기숙사에 있을 무렵은 고독 같은 아니꼬운 단어는 12호실에 있던 철학과의 이브 몰란이나…21호실의 문학청년에다 신학생인 장 플라 같은 거창한 녀석들만이 머리 좋은 걸 자랑하기 위해 심각한 척 중얼거리는 거라고 생각했어.

그런 내가…그냥 들어 주게. 다 털어놓기 전에 우선 우리가 헤어지고 나서 내가 어떻게 지냈는지를 알 필요가 있겠지.

자네가 병을 앓아 일본으로 돌아간 뒤 또다시 졸업시험에 낙제. 바디 녀석이 기어코 동정을 베풀지 않았기 때문이라네. 덕분에 다시 프라 마을의 지린내 나는 기숙사에서 의자에 엉덩이가 닳아 빠지는 생활을 해야 했지. 이번엔 아버지도 따가운 잔소리를 늘어놓았고, 나도 아무튼 마음에도 없는 책에 열두 달 코를 처박은 덕분에 이듬해, 겨우 리상스의 면허만은 받았지.

리상스의 면허는 받았어도 리용에선 취직 자리가 없었어. 자네가 프랑스에 이별을 고한 뒤로 물가가 껑충 뛰기 시작한 데다 불황이었지. 세금을 몽땅 이곳 알제리에 쏟아붓기 때문이야. 도리없이 상테치안느에 있는 아버지 집으로 돌아가 친지의 과자공장에서 사무를 거들었다네.

과자공장의 사무는 별로 머리에 자신이 없는 게으름뱅이인 나도 그럭저럭 할 수 있는 일이었지. 공장이래봤자 기술자가 열 명, 사무를 보는 건 주인 딸과 나 그리고 예순 넘은 퇴역장교 노인 셋밖에 없었어. 소매상에 넘기는 과자의 종류와 그 양, 수입과 지출 액수를 정확히 적어 넣기만 하면 되었지. 함께 일하던 따님은 주근깨투성이 여자로 서너 번 교제상 춤추러 갔지만, 도저히 꼬실 만한 상대가 아니었네. 퇴역군인 노인은 늘 류머티즘으로 투덜대는 따분한 남자였어.

그래도 대충 내 생활에 만족했었네. 자네도 알다시피 나는 다른 학우들처럼 사회에서 출세하고 싶다는 야심 같은 건 없었으니까. 애당초 게으름뱅이의 몸에는 학문도 따라붙지 않는다네. 남을 밀쳐 내고서까지 위로 올라가려는 의지도 없고 하루 하루를 평온 무사하게 지낼 수만 있다면, 그런 인생이 내게 어울린다고 전부터 생각했었지. 그러니 장차 이 과자공장에서 경영방법이라도 배워 아버지한테 돈을 대라고 해서 비슷한 작은 공장이라도 차릴 작정이었다네.

그리고 가능하면─기억할 테지, 우리보다 한 학년 아래 역사과에 있던 모니크 볼트란을 닮은 여자를 얻어 (난 그런 동그스름하고 착해 보이는 얼굴의 여자가 좋았어. 기왕 말이 나왔으니 가르쳐 주겠는데, 모니크 볼트란은 졸업 후 가르멜 회의 수녀에 지원했다는군.)─이 상테치안느에서 평범하고 조용히 살고 싶다고 생각했었지. 물론 우리집은 가톨릭이라 어머니는 가톨릭 신자 집안의 딸을 얻으라고 하시겠지. 나는 아무려나 상관없는 일이라네. 무엇보다 나는 대학 때부터 한 달에 한 번 정도는 하는 수 없이 교회에 출석하긴 했지만, 그렇다고 착실한 신학생은 아니었으니까 말일세.

과자공장에서 일년이나 태평스레 일하는 사이, 대학에서 배운 X, Y 같은 건 모두 잊어버리고 말았네. 그런 억지 이론 보다는 아침에 새하얀 시트 위에서 눈을 뜨고 전기면도기로 천천히 얼굴을 다듬고 공장에 나가고 목요일과 토요일 밤엔 마을의 또래들과 여자들을 데리고 영화를 보러 가거나 공원에 춤추러 나가는 그런 생활이 내겐 훨씬 유쾌하고 의미 있는 일이라 여겼고, 이 연장선 위에 자신의 미래도 세울 요량이었지.

그래서 저금을 했지. 뭐 결혼자금은 아니고 자넨 전혀 흥미가 없을 테지만 나는 리용에 있을 때부터 내 차가 갖고 싶었다네. 르노는 싫어. 반짝 반짝 빛나는 신형 푸조를 언젠가 손에 넣고야 말겠다고 다짐했지. 아무튼 아버지로부터 독립해 평범한 생활을 하기 위해서도 차는 필요했으니까. 덕분에 저금은 일년 후엔 얼추 새 차를 살 정도의 삼분의 일은 모였지. 이제 앞으로 이 년만 참으면 된다고 생각하는 참에, 연장해 둔 병역의무 기한이 빠듯하게 다가오고 말았네.

병역을 설마 알제리에서 하게 될 줄이야. 사보아 아니면 자알 어딘가에서 비록 변변치 못한 내가 그래도 얌전히 지내고 이년을 마치면, 근래엔 전쟁 염려도 없으니 전처럼 과자공장에 돌아갈 수 있었지. 솔직히 말해 난 덩치만 컸지 운동신경은 둔하다네. 게다가 땅바닥에 나뒹굴거나 총을 메는 생활은 별로 좋아하지 않아. 하지만 도리 없지. 이건 의무니까. 난 평범한 남자지만 평범한 생활을 하기 위해선 나라가 명령한

158

의무는 형식상으로나마 완수해야 한다, 이렇게 생각하고 단념했다네.

군대생활 얘기는 너무 길어지니까 더 이상 쓰지 않겠네. 어쨌든 편한 생활은 아니었지. 자넨 일본 군대에선 때리는 일이 흔하다 했는데 내가 있는 군대에서도 때리기는 한다네. 하지만 칼카손느 병영에서 일년을 보내는 동안 (나는 기관총 부대에 들어갔다네), 나는 내가 군대에서 죽게 되리라는 것은 물론 알제리에서 아랍인 저항운동가와 싸우리라고는 전혀 생각지 못했었네. 앞으로 몇 개월만 참으면 제대해서 돌아간다. 돌아가면 그 공장에서 다시 일한다. 럼주를 뿌린 오믈렛을 먹고 목요일과 토요일 밤은 동료들과 어울려 페르난델의 희극영화를 보러 간다. 최신형 푸조 승용차를 살 때까지 저금을 계속한다. 모니크 볼트란을 닮은 여자애가 있으면 사귄다―그런 생활로 다시 되돌아가길 기다렸다네.

그런데 도저히 잊을 수 없는 작년 11월. 내 병역은 이제 반년만 지나면 끝나게 되어 있었지. 그런데 우리 기관총 부대는 배를 타고 마르세이유에서 알제리의 지마지에 상륙하도록 결정이 나고 만 걸세.

참으로 어처구니없는 일이었지. 장교들은 사병들에게 그저 쉬쉬 숨겨 왔던 거라네. 그렇지 않다면 부대에선 도중에 탈주하는 녀석도 한둘쯤 나왔을지도 모르지. 애당초 군이 뜨거운 북아프리카까지 나가 흉폭한 아랍인에게 코를 베이려고 우린 병역을 하는 게 아니라네. 전쟁을 하리라곤 한 번도 생각한 적이 없어. 알제리에서 전쟁을 하는 건 파라(파라슈트 : 낙하산 부대) 녀석들이나, 사람 죽이는 일을 선택한 직업 군인과 외인부대로 충분하지 않은가 하는 것이 우리들 진심이었지.

가면 죽을지도 모른다. 소규모이긴 해도 탄환이 날아오는 게릴라전이다. 나는 여러 번 뉴스 영화로 보았는데, 새하얗게 타들어 가는 알제리의 산길을 다친 병사가 괴로운 듯 한 손으로 물을 애걸하며 들것에 실려 갔지. 그건 나와 무관한 먼 세계처럼 생각되었네. 마치 비 오는 날 그곳만 화창한 언덕을 멀리서 바라보는 듯한 기분이었어. 하지만 지금은 내가 그 영화에 나온 인물이 될 수도 있겠지.

하긴 이렇게 쓰긴 해도 그때 마음 한구석엔 은근히 안심하는 기분도 있었네(나만은 살겠지. 죽는 건 다른 녀석이고 나만은 살아 남겠지). 스스로 자신을 위로하려고 이런 기분을 억지로 지어냈을 수도 있지만, 그럭저럭 약간의 자신감도 붙었다네(난 살 거야. 나만은 살아서…).

내가 죽는다는 사실은 이렇듯 얼버무릴 수가 있어도, 얼버무릴 수 없는 건 타인을 죽인다는 거였네. 멍청한 나는 병사인 주제에 병사의 첫째 임무가 적을 죽이는 거라는 사실을 실감있게 생각해 본 적이 한 번도 없었어. 연습으로 기관총 방아쇠에 손가락을 갖다 대 봐도 이건 실탄이 아니니까. 실탄일 때도 있지만 과녁은 가장(假裝) 인형이지. 그런 때조차 나와 똑같이 살아 있는 인간의 목숨을 빼앗는 일은 전혀 상상도 하지 않았었네.

사람을 죽이는 일은 자신이 죽는 것과 다름없는 공포감을 주지. 내 손 때문에 한 인간이 이 세상에서 사라진다는 건 생각만 해도 싫어. 자네도 알다시피 난 평범한 겁쟁이라네. 용기 있는 사람이 못 돼. 오히려 이런 일에 벌벌 떠는 나약한 남자라 생각해도 될 정도라네. 바로 그 이유 때문에 상테치안느에서 조용한 인생을 보내려 한 걸세.

그러나 알제리에 가기까지는 '적을 죽여야 한다'는 이런 생각도 그다지 강하게 실감이 나거나 절박감을 띠고 마음에 와 닿은 건 아니었네.

지중해는 다소 거칠었지. 나는 산으로 둘러싸인 프랑스 중부에서 자란 사람이라서 바다에 약하다네. 검게, 좌우로 일렁이는 파도 위에서 갑판에 주저앉아 머리를 감싸고 눈을 감고 있었지. 종군사제가 배멀미 약을 갖다 주었어. 로만 칼라(roman collar : 신부복 깃—역자주)를 군복 위에 단 젊은 종군사제를 보고서야 비로소 이 청년이 어째서 우리를 따라왔는지를 느꼈던 거지. 누군가가 아랍인의 총에 맞는다. 그러면 이 젊은 종군사제는 이마에 십자 표시를 하고 함께 임종 기도를 읽어 준다. 그 누군가가 내가 아닌 줄 어떻게 알겠는가. 자신이 죽는 장면을 숨이 막힐 듯한 공포감으로 상상한 건 이때가 처음이었네.

"신부님." 나는 나가려는 종군사제를 불러 세웠지. 어차피 어느 신학대학을 나온 지 이삼 년 채 못 되는 청년이겠지, 테가 가느다란 안경을 끼고 뺨이 여자아이처럼 발그레한 신경질적인 남자였네.

"신부님. 저도 가톨릭인데 교회는 전쟁에 대해 어떻게 생각합니까? 사람을 죽이는 걸 어떻게 생각하는지요?"

갑판에 있던 동료들이 모두 일어나 웃었지. 그리고 재미있다는 듯 우리의 대화를 들었네. 나는 갑판 좌우로 시커먼 파도가 출렁일 때마다 현기증을 느끼고 가슴 밑바닥에서 구토를 느꼈어. 하지만 이건 물어 두어야 할 사항이었지.

"신자가⋯." 모두의 주목을 받아 당황한 젊은 사제는 안경 뒤에서 눈을 신경질적으로 깜박거렸네. "국가의 의무에 따르는 것은 당연합니다."

"아니, 난 그런 대답을 듣고 싶지는 않아." 나는 화난 투로 말했네. "신부님. 만약에 말야, 당신이 나 같은 병사가 되어 적을 쏘러 갈 때⋯그 적을 죽일 수 있는지, 그걸 듣고 싶은 거야."

162

그때 종군사제가 한 대답을 일일이 분명히 기억하진 못하
네. 기억하진 못해도 그 여자처럼 곱상한 얼굴을 한 로만 칼
라의 사내가 한 대답은 대강 이러했지.

정전(正戰)이라는 게 있다. 정의가 침범당했을 경우엔 신자
라도 전쟁을 해야 한다. 칼을 휘두르는 자는 신을 기쁘게 할
수 없다고 생각하지 말라고 옛 신학자는 말했다. 총을 든다.
적을 죽이는 행위는 그것이 정전이고 국가의 명령이라면 가
톨릭 신자도 완수할 필요가 있는 의무다. …

내가 잘 알지 못하는 베라미누스니 글로티우스니 하는 신
학자의 이름이 이 젊은 종군사제의 입술에서 튀어나왔네.

"당연합니다. 교회법에서도 이 행위를 인정하고 있습니
다."

내가 그의 말을 이해하지 못한 건 아니라네. 그게 옳다거
나 틀렸다고 생각한 게 아니야. 그저 배멀미로 인해 심한 통
증을 느낀 머리는, 이 사제의 말이 지금의 내게 아무런 도움
도 주지 못한다는 걸 어렴풋이 느꼈지. 베라미누스나 글로티
우스 같은 신학자 따윈 아무래도 좋아. 수도원이나 신학교의
두터운 벽 속에서 정전이며 의무에 대해 생각하는 인간들은
아무래도 좋아. 정전 따위의 말은 지금의 나처럼 수송선에 실
려 조금 후면 실탄이 장전된 기관총을 들고 알제리로 보내지
고 말 평범한 남자의 고통을 덜어 주진 못했네. 정전이건 정

전이 아니건, 난 타인의 몸에 총알을 박아 넣는 공포, 무시무시한 피, 자신의 이 다섯 손가락 때문에 한 인간의 생명이 끊어진다고 생각할 때의 두려움을 느낄 뿐이었지.

사제는 갑판 건너편으로 사라졌네. 트랩을 밟으며 장교실에서 성무일지(聖務日誌)라도 읽으러 갔겠지.

두 손을 머리 위에 얹고 회색 하늘을 올려다보았네. 배가 오른쪽으로 기울면 회색 하늘도 오른쪽으로 기우네. 배가 왼쪽으로 기울면 회색 하늘도 왼쪽으로 기울지. 그걸 보며 비로소 난 자신이 기독교 신자였음을 깨달았네. 태어나자마자 세례는 받았어도 교회에는 한 달에 한 번 겨우 갈까 말까 하는 나인지라, 특별히 열성신자도 아니지. 그렇다고 완전히 교회를 버린 것도 아니라네. 하지만 이렇듯 죽음이나 사람을 죽인다든가 하는 현실에 직면할 때, 역시 어렸을 적부터 익힌 가톨릭의 가르침에 매달리는 수밖에 없네. 그리 깊은 신앙이 있는 건 아니지만, 그 밖에 달리 사고나 마음의 지주가 될 만한 게 없기 때문이라네. 그러나 그 가르침이 지금의 내겐 너무나 먼, 너무나 비현실적인 것처럼 느껴지는군.

이틀 뒤 상륙한 지마지는 형편없는 마을이었네. 항구라 해도 수심이 얕아 배는 먼바다에 머물렀지. 우린 무장한 채, 누더기를 걸친 아랍인이 젓는 목조 너벅선을 타고 잔교까지 실려 왔네. 하늘은 개었는지 흐렸는지 알 수 없었어. 회색 구름

사이로 테두리만 이글이글 불타는 원반 같은 하얀 태양이 꼼짝도 하지 않았어. 항구 주변에는 가축 우리 같은 아랍인 오두막이 늘어섰고, 그 그림자가 검게 길 위에 떨어져 있었네.

항구에서 마을까진 일 킬로미터 되는 아스팔트 길이었네. 우리가 행진하는 걸 아랍인 여자와 아이들은 길 양쪽으로 웅크리고 앉아 무심하게 바라보았지. 가끔 맞은편에서 다른 부대원들이 지친 다리를 끌며 다가왔네. 그들은 틀림없이 어딘가에서 전투를 하고 온 녀석들이겠지. 녀석들은 우리 옆을 스쳐 지나갔지만, 아랍인 여자나 아이들과 마찬가지로 무심한, 피로에 절은 눈으로 힐끗 바라볼 뿐이었네. 회색 구름 아래 타닥타닥하는 기관총 소리도 들리지 않고, 전쟁은 아득히 멀게만 여겨졌다네.

지마지에선 하루 온종일 휴식을 취했지. 이 거리는 오랑이나 보느와는 달리 토착민의 마을이라네. 프랑스인의 가게는 광장을 끼고 잡화점과 우체국, 그리고 카페 하나가 있을 뿐이었지. 광장은 먼지와 낙타, 당나귀 똥으로 온통 잿빛이었네. 우리는 우체국에서 고향에 편지를 부쳤네. 어떤 까닭에선지 나는 과자공장의 사무실에서 함께 일한 주근깨투성이 여자애를 문득 떠올렸다네.

아랍인들은 광장 주변에 나뒹굴거나 무릎을 껴안고 퀭한 눈으로 멍하니 우릴 바라본다네. 좀 전의 여자나 아이들과 다를 바 없이 관심도 기력도 잃어버린 지칠 대로 지친 표정이었지. 사실, 난 어째서 이 아랍인을 미워해야만 하는지 그 이유를 알 수가 없네. 잡초처럼 가만히 내버려두면 될 게 아닌가, 그들이 하고 싶은 대로 하게 놔두면 될 것 아닌가 하고 생각할 정도라네.

"글쎄, 두고 봐. 이제 곧 놈들이 위험하다는 걸 알게 될 테니."

저녁 식사 후, 우리 부대에 술을 마시러 온 툴루즈 태생의 고참병은 엷은 웃음을 입술에 띠고 중얼거렸네.

그날 밤, 우리는 이 식민지에서 왜 전쟁을 하는가에 대해 얘길 나누었지. 아랍인들은 우리 프랑스인이 오지 않으면 옛날 그대로의 비참한 상태에 머물고 있을 게 뻔하다고 말하는 이가 있었지. 병원이며 학교를 누구 덕에 세웠나. 글은 누구 덕에 쓸 수 있게 되었나. 한 사람이 말문을 열자, 대부분이 묵인했네. 묵인했다기보다 그저 잠자코 듣고 있었다는 편이 맞겠지. 여기에 온 이상, 자신이 반대하는 전쟁을 위해 싸울 수는 없으니까. 게다가 어느 누군들 배신자라는 말이 듣고 싶겠나. 나도 그게 싫어 그저 말없이 듣기만 했네. 문득 옆을 보니까, 어느 틈에 예의 종군사제가 곁에 서서 슬픈 눈으로 모두의 얼굴을 바라보고 있었네.

"신부님." 술 두 잔에 얼굴이 벌개진 뚱뚱한 병사가 담배를 말면서, 수송선 위에서의 나와 똑같은 질문을 반복했지. "신부님도 죽이러 온 건가요? 가톨릭 교회는 사람을 죽여도 된다고 말합니까?"

이 질문은 내 경우와 달리, 젊은 사제를 놀리기 위해서였네. 분명히 말해 병사의 대부분이 종군사제에게 희미한 증오와 경멸을 느꼈던 게 사실이라네. 그는 사제라는 것만으로 장교 대우를 받았지. 식사며 침대도 병사들보다 월등히 나은 걸 받았지. 그런데도 정작 전쟁이 나면 일선의 후방에서 대기하는 거야.

장밋빛 뺨의 종군사제는 괴로운 듯 안경 뒤에서 눈을 깜박거리며 말이 없었네. 그는 포도주가 담긴 알루미늄 컵을 앞에 놓고 자신을 물끄러미 주시하는 병사들의 빈정대는 조롱을 피부로 느끼는 것 같았지.

"난 잘 모르겠지만, 가톨릭 교회는 살생하지 말라고 늘 가르치지 않나?" 담배를 입에 문 뚱뚱한 병사는 추궁의 고삐를 놓지 않았네. "헌데 일단 전쟁이 터지고 나면 적은 죽여도 죄가 안 된다고 방침을 바꾼단 말야. 도대체 어느쪽이 진심인가?"

젊은 종군사제는 수치와 분노로 이마에 비지땀을 흘리며 잠자코 있다가, 대뜸 돌아서 방을 나갔네.

모두들 웃음을 터뜨렸어. 웃지 않은 건 나와 두어 명뿐이었지.

"사제란 원래 저렇다니까. 자기 손을 절대 더럽히는 법이 없지. 제 손만 깨끗이 할 뿐…우리 손은 피투성이로 만들려는 게지."

뚱뚱한 사내는 동의를 구하려는 듯 내 어깨를 쳤네. 난 입술에 억지웃음을 띠고 끄덕였지만 어찌할 바를 몰랐네.

다음날, 부대는 지마지에서 사막 근처의 산악지대를 향해 출발했어. 이 부근과 경작지는 무척 가난하다네. 포도며 옥수수도 가늘게 키만 훌쩍 자라고, 더구나 땅은 새하얗게 말라 금이 가 있었지. 우리가 탄 트럭들은 끝도 없이 이어지는 외길을 하얀 먼지를 뒤집어쓰며 몇 시간이고 계속 달렸어.

도중에 전신주가 여러 개 쓰러져 있었네. 불에 탄 보리다발 무더기가 어지럽게 흩어져 있었지. 타는 냄새가 풍겨왔어.

"놈들의 짓이야."

누군가의 물음에 그저께 밤부터 우리 부대에 가담한 툴루즈 출신의 고참병이 차 위에서 침을 내뱉으며 대답했지.

마침내 일이 벌어졌다고 생각했네. 하지만 여긴 아직 진짜 위험지대가 아니라는 말에는, 겨우 마음이 놓이더군.

뜨거운 열기와 피어오르는 먼지, 몇 시간에 걸친 단조로운 행진으로 모두들 마음이 초조해지기 시작했지. 모두 체취가 지독했어. 누구 할 것 없이 불쾌하게 입을 꾹 다문 채, 총을

지팡이 삼아 차에 흔들리고 있었네. 그중 하나가

"아랍 놈들만 없다면…."

내뱉듯 말했지만 나도 그 심정을 이해할 수 있을 것 같았네. 태양은 우리가 짐승 모양을 한 이 대륙에 도착한 날과 마찬가지로 하얀 불길을 그 테두리에 이글거리며 회색 하늘 한 점에서 꿈쩍도 하지 않았네. 정말이지 아랍 놈들이 프랑스에 대들지만 않았어도, 난들 그 상테치안느 마을에서 평범하지만 조용한 생활을 보낼 수 있었을 걸세. 내게 아랍이 무슨 상관인가. 그 마을에서 토요일 밤마다 환한 초롱 불빛을 받으며 마신 맥주 맛을 나는 왠지 떠올렸네. 난 처음으로 아랍 녀석들에게 증오를 느꼈어.

물 없는 강이 눈앞에 펼쳐졌네. 트럭이 갑자기 속도를 높였어. 물 없는 강은 아랍어로 우에트라고 하지. 게릴라 적들은 우에트에 나뒹구는 큼직한 돌을 저격용 은신처로 사용한다네. 우리도 긴장하여 총을 꽉 잡은 채, 파삭파삭 마른 흰 모래와 강렬한 태양에 번쩍이는 바위덩이를 응시하며 지나갔지.

해질녘에야 겨우 아플이라는 마을에 도착했네. 이곳 농장은 블레몬이라는 마르세이유 출신 프랑스인이 경영했었는데, 지금은 대대의 제사중대(第四中隊) 야영지가 되었지. 우리에겐 이 주위에 텐트를 치고 당분간, 근처에 흩어진 농장을 보호하는 일이 맡겨졌네.

이곳에 도착했을 때, 농장의 넓은 목책 앞에서 상반신을 벌거벗긴 갈색 아랍인 다섯이 손을 묶인 채 경비병에 호송되어가는 걸 목격했네. 한눈에 그들이 반역도라는 걸 알았지. 그들의 얼굴은 거무튀튀하고 눈만 빛나더군. 하지만 그 눈도 지마지 광장에서 무릎을 끌어안고 있던 녀석들 무리와 마찬가지로 아무런 감동이나 감정도 내비치진 않았어.

"고참병님, 저 녀석들은 어떻게 되는 겁니까?…"

"카푸트."

고참병은 오른손으로 자신의 목을 자르는 흉내를 냈지. 우린 왠지 모르게 질문을 계속할 용기를 잃었네. 그저께, 부근 농장이 반역도의 손에 의해 불에 타, 그 용의자로 붙잡힌 게 이 다섯 명이라는 거였네.

텐트를 치고 저녁 식사가 끝나자, 그날은 특별근무도 없어 우린 하루의 피로로 건초 위에서 곧 잠이 들고 말았지. 알제리는 일찍 해가 진다네. 땅이 갑자기 싸늘해지기 시작하고, 대지의 내음이 주변 공기에 섞여 텐트 안으로 흘러들었지. 모기가 못 들어오게 주의하면서 텐트 자락을 살짝 들어올리니, 드넓고 깜깜한 하늘에 별들이 총총했어. 나는 상테치안느의 밤을 생각하며 담배에 불을 붙였지. 이때, 총성을 들었네.

텐트에서 뛰쳐나온 건 나 한 사람만은 아니었는데, 고참병이 크게 외치는 소리가 곧 귀에 들어 왔네.

"토끼들." 토끼들이란 우리를 말하는 거라네. "실수하지 마. 저건…."

저건 아까의 포로 다섯을 처형한 총성이라는 사실이 이윽고 텐트에서 텐트로 전달되었지.

베라미누스, 글로티우스…어째서 그때, 별로 신통치 못한 내 머리에 이런 사람들 이름이 떠올랐을까. 수송선 위에서 그 종군사제가 가르쳐 준 신학자들의 이름 말일세. 칼을 휘두르는 자는 신을 기쁘게 할 수 없다고 생각하지 말라고 가르친 신학자들이네. 정전(正戰)일 경우엔 적인 이상, 상대를 죽여도 괜찮다고 사제도 말했네.

정전이란 뭘까. 우린 우리들 나름으로 자신들이 무기를 사용하는 건 마땅한 이유가 있어서라고 생각하지. 아랍인은 아랍인들대로 독립하고 싶다는 논리를 가졌네. 적이건 아군이건 자신들이 옳다고 생각하는 데서 바로 전쟁이 벌어지는 걸세. 이런 것쯤이야 아이들도 잘 아는 일이지. 만약 나라가 다른 두 명의 가톨릭 신자가 각기 자기 나라에 대한 의무를 완수하기 위해 서로 총을 쏘아댄다면, 교회는 어느쪽을 옳다고 할까. 신은 어느쪽을 선하다 할까. 베라미누스, 글로티우스… 이런 신학자들은 아무래도 좋아. 이때, 나는 뭔가 마음속 깊이 속고 있는 듯한 느낌을 받았네. 난 신학 같은 건 알지도 못하고 흥미도 없어. 하지만 교회의 정전 따위 말처럼 무의미하고 바보 같은 표현을 나는 달리 찾을 수가 없다네.

하지만 난 역시 신자인 게 분명해. 한 달에 한 번밖에 미사에 참석하지 않지만, 한 번이라도 미사에 나가기 때문에, 마음속에선 신과 교회의 가르침에 의지하려는 마음이 움직이고 있는 게 틀림없었네.

혼자 텐트를 빠져 나와 건초 위에 오줌을 누었지. 오줌을 누면서 깜깜하고 드넓은 하늘과 그 하늘에 깜박이는 수천 개나 되는 별빛을 올려다보았네. 태어나 처음으로 난, 자신이 혼자라는 생각이 들었네.

(하느님) 하고 나는 중얼거렸어. 저는 적이건 아군이건 사람을 죽이는 것이 싫습니다. 그건 내가 사도들처럼 인간을 사랑해서가 아닙니다. 훌륭한 학자처럼 휴머니즘이라든가 도덕을 생각해서도 아닙니다. 겁쟁이인 저는 제 손이 피로 더럽혀지는 것이 두렵습니다. 싫습니다. 피로 더럽혀진 손에 의해 다른 남자가 이 세상에서 사라졌다는 공포를 느끼고 싶지 않습니다. 나는 상테치안느의 과자공장에서 일하는 생활을 계속하고 싶습니다. 토요일 밤, 페르난델의 희극영화를 보며 실컷 웃고 싶습니다. 여름밤엔 시원한 상수리 나무 밑에서 맥주 한 잔을 천천히 목구멍으로 흘려넣고 싶습니다. 그 이상은 아무것도 바라지 않습니다.

(하느님) 그런데 하느님은 내게 아무런 대답도 해 주지 않았어. (당신의 교회는 사람을 죽여도 괜찮다더군요.) 그런데 신은 이 알제리의 차가운 밤과 다름없이 침묵을 지켰네.

이 주일 가량은 아무 일도 일어나지 않았지. 칼카손느의 병영에 있을 때와 똑같이 매일 교련이 이어졌네. 우리 편인 아랍 저격병을 가상 적으로 하여 물이 마른 강에서 기고 달리는 심한 훈련이었지만 내겐 그러는 게 나았어. 다만 병영과 다른 건 방아쇠를 당길 때의 내 손가락 감촉이었네. 그땐 아무 생각도 없었지. 하지만 지금은 손가락이 방아쇠에 닿을 때마다, 저항감이 있는 이 용수철을 힘주어 당길 때마다, 난 이백 미터 떨어진 바위 뒤에 머리를 내보이고 있는 가상 적의 검은 머리를 멍하니 응시했어. 알제리의 눈부신 강렬한 태양이 그 자그만 머리에 불꽃처럼 이글거렸지. 물론 총알은 공탄이었네. 그러나 언젠가는 이것이 실탄이 될 게 틀림없어.

가톨릭 교회는 어째서 사람 죽이는 걸 허용하는 걸까. 그 수송선에서 종군사제가 인용한 로마서의 말씀은 정말일까. "그가 공연히 칼을 가지지 아니하였으니 곧 하나님의 사자가 되어 악을 행하는 자에게 진노하심을 위하여 보응하는 자니라."(로마서 13 : 4. 톰슨대역 한영성경, 기독지혜사, 1989.—역자주)

종군사제인 그는 우리보다 사흘 늦게 농장을 찾아왔네. 여느때처럼 그는 장교들과 옛 농장주의 집이었던 건물에서 기거했지. 방아쇠를 당기는 건 우리라네. 그가 아냐. 그는 흰 손을 절대 더럽히지 않겠지.

그런 그와 내가 딱 마주친 건 이곳에 온 지 열흘째 되는 날이었네. 마주쳤다기보다는 그가 나를 알아보고 불러 세운 거라네. 그날, 나는 소대의 취사운반 담당이었지. 감자를 넣은 맹물처럼 묽은 수프를 텐트로 옮기고 있을 때, 테가 가느다란 안경을 끼고 여자처럼 볼이 붉은 그가 머뭇머뭇 내게 다가왔네.

"안녕하세요, 신부님." 나는 얼마간 빈정거림과 원망을 어조에 담아 말했네. "베라미누스, 글로티우스."

그는 붉은 얼굴을 한층 붉히며 우물거렸어.

"난…당신에게 할 말을 다 못했습니다. 내가 말하고 싶었던 건…요컨대 가톨릭 교회는…."

교회가 전쟁을 인정하는 건 오직 한 가지 경우에만 한정되어 있다고 그는 정정했네. 그건 신의 정의가 침범될 때뿐이라고 설명했네. 그도 나를 설득시키려고 안간힘을 쓰는 것 같았지. 나를 설득시키기 위해서라기보다 자기 자신의 마음을 설득하기 위해 열심히 지껄이는 것 같았어. 이번엔 베라미누스, 글로티우스라는 이름 대신 성(聖)토마스니 빅토리아니 하는 새로운 이름이 그의 입에서 나왔네. 나는 무얼 하고 있었나. 난 수프를 담은 양동이를 땅바닥에 내려놓고 내 두 손바닥을

174

가만히 응시했을 뿐이라네.

열흘간의 훈련이 끝난 다음날이었지. 마치 이를 기다리기나 했다는 듯이 또다시 근처의 농장이 불타고 가축을 빼앗겼네. 물론 아랍 반역군의 소행이지.

아침 여섯 시에 잠을 설치며 일어나 그 농장으로 출발하게 되었네. 정말이지 이번에야말로 방아쇠를 당겨야 하겠지, 한 사람의 적을 죽여야만 하겠지라고 생각했네. 그러나 묘하게도 그 순간이 오자, 비장감도 고통도 느끼지 못했던 것 같아. 묵묵히 우리는 트럭을 타고 언젠가 대낮에 건넜던 물 없는 강을 가로질러, 하얀 먼지를 뒤집어쓰며 실려 갔네.

다행히도 반역도는 이미 반나절 전에 철수한 뒤였지. 반역군에 연락한 아랍인이 근처 마을에 숨어 있다고 했네. 용의자를 찾는 것만이 우리 임무라고 들었을 때, 새삼 살았구나 하는 교활한 마음이 가슴속에서 우러나왔네. 난들 내 목숨이 위험한 처지가 되면 상대를 쏠 테지. 그게 바로 전쟁이라고 자신에게 일렀네.

농장은 온통 잿더미였어. 쓰러진 새까만 목재에서는 아직 자욱한 연기가 피어오르고 있었지. 우리는 그곳을 그냥 지나쳐 다음 마을까지 갔네.

아랍인 남자와 여자, 아이들이 이번엔 겁먹은 눈길로 우리를 쳐다보았지. 트럭에서 뛰어내렸네. 소대의 절반이 가택수

색을 하는 동안, 나머지 절반은 마을주민들의 옷을 벗기고 신체검사를 했지. 진흙과 흙을 짓이겨 지은 그들의 집에선 아무것도 나오지 않았어.

"아이들도 조사해"라고 고참병은 우리를 나무랐네. "쬐끄만 놈들이 가장 위험하다구."

결국, 마을주민을 아까의 농장으로 옮기고 집엔 불을 지르기로 했네. 위험한 진흙 집 때문에 아랍 반역도가 숨거나 연락을 취하는 걸세. 휘발유를 벽에 뿌리고 불을 지르자, 불꽃은 요란한 소리를 내며 가축 우리 같은 집들을 삼키기 시작했지. 마을주민들은 멀리서 경비병들의 위협을 받으며 소란을 피웠네. 연기는 소용돌이를 일으키며 잿빛 하늘로 퍼져 갔지. 그 잿빛 하늘에 여전히 꿈쩍도 않는 하얀 원반 모양의 아프리카 태양을 보았네.

정신을 차리니, 그 종군사제가 내게서 조금 떨어진 곳에서 이쪽을 응시하고 있었네. 나를 보자 그는 황급히 시선을 돌렸어.

그때, 나는 이 장밋빛 뺨을 가진 사제복의 사내에 대한 증오를 돌연 느꼈다네. 나는 달려나가 아직 타지 않은 벽에 새로 휘발유를 뿌리고 불을 지른 뒤 돌아왔네.

"흐음." 고참병은 만족스러운 듯 끄덕였어. "이러면 놈들도 프랑스인의 농장을 태우는 게 얼마나 손해인지 알 거야."

내가 불을 지른 아랍인의 집은 (집이 아니라 오두막보다 초라한 가건물일세) 마른 소리를 내며 계속 불타고 있었지. 불꽃이 나즈막한 지붕을 뒤덮었네. 벽이 무너지는 소리가 울렸지. 나는 곁눈질로 종군사제를 바라보며 이유를 알 수 없는 쾌감을 몰래 맛보았다네.

"신부님. 가톨릭 교회는 여자와 아이를 어쩔 수 없이 죽여야만 할 때는 죽여도 된다고 말합니까?"

나는 그의 곁으로 다가가 귓가에 대고 물었네.

"전쟁에 필요하다면 그 재산을 태우는 것도 도리없다고 생각하는지요?"

상대방은 그만 해,라고 소리쳤어. 그런 대답은 아무래도 상관없는 일일세. 나는 이렇게 해서 자신도 조금씩 병사가 되어 가는 거라고 생각했네. 돌아오는 트럭에서 뒤돌아보니, 지평선 저편으로 아직 연기가 피어 오르더군. 그 연기 가운데 하나는 내 손이 불질러 태운 것이지.

어째서 자네한테 이런 편지를 쓰는지, 나도 알 수 없네. 하지만 오늘 밤, 캠프 주변에서 들개의 슬픈 울음 소리를 듣고 있자니, 불쑥 자네 생각이 난 걸세. 어째서 자네 생각이 났을까. 리용의 프라 마을, 옛날에 유곽이었다는 대학 기숙사에서 자네와 난 서로 옆방을 썼지. 우린 늘 여자 애기만 했었어. 난 프랑스 여자에 대해 떠들고, 자넨 일본 여자애와의 정사를 서

툰 프랑스어로 고백했어. 우린 결코 심각한 얘기 같은 건 나눈 적이 없었지만, 딱 한 번, 자넨 내가 가톨릭 신자임을 알게 되었을 때, 깜짝 놀라며 이렇게 말한 걸 기억한다네. "우리나라엔 그런 종교는 없어." 신이 없는 나라라고 자네가 설명한 그 말이 내 머리에 걸려 있는 탓인지도 모르지.

(1959년 9월)

작품 소개

이 작품은 『전후단편소설선』(戰後短篇小說選, 岩波書店編輯部, 2000. 3) 제3권에 실린 엔도 슈사쿠(遠藤周作, 1923~1996)의 「從軍司祭」(1959. 9)를 번역한 것이다.

엔도 슈사쿠는 대표작 「침묵(沈默)」, 「예수의 생애(イエスの生涯)」, 「깊은 강(深い河)」 등으로 널리 알려진 바와 같이, 그 자신 가톨릭 신자로서 신의 존재에 대한 진지한 해석과 접근방식을 꾸준히 시도해 온 드문 작가이다.

단편 「종군사제」에서 작가는 전쟁에서의 '살인'이 과연 기독교적 관점에서 정당화될 수 있는가 하는 문제의식을 제기한다. 이러한 물음은 전쟁에서 총을 쏘고 사람을 죽이는 걸 당연하게 여기는 우리의 안이한 인식 틀에 대한 도전이 아닐 수 없다.

화자인 프랑스인 병사는 욕심 없이 조용한 생활을 꿈꾸는 평범한 젊은이에 불과하다. 그의 조촐하고도 소중한 꿈을 방해하는 건 전쟁이다. 그에게 식민지 알제리에서의 전쟁 체험은 전쟁이 요구하는 비인간적 극한상황을 버티어 내야 하는 만큼 정신적 고통을 수반한다. 나에게 타인의 생명을 빼앗을 자격이 있는가. 나로 인해 이 세상에서 한 생명이 사라진다는 사실을 용납하기 힘들다. 종교적 신앙도 그의 고민을 해결하지 못한다.

종군사제에게 던지는 병사의 비아냥 섞인 질문들은 그대로 그의 정신적 혼란과 고통의 표출이다. "교회는 전쟁에 대해 어떻게 생각합니까? 사람을 죽이는 걸 어떻게 생각하는지요?"

전쟁에 과연 정전(正戰)이 있을 수 있는가. 있다면 신의 정전은 어떠한 모습인가.

신의 침묵 앞에서 나약한 인간은 여전히 속수무책일 뿐인가.

흔들리다

가이코 다케시(開高健) 지음

유숙자 옮김

흔들리다

눈을 뜨는 건 언제나 정오 무렵이다.

침상은 이층 공부방 한쪽 구석에 있다. 인조 삼나무 껍질을 처마에 댄, 행락지의 산에서 흔히 볼 수 있는 찻집 같은 오두막이다. 바닥에서 천장까지 온통 책장이 되다시피 무수한 책을 어지럽게 쌓아올린 공부방 한쪽 구석에 붙어 있다. 말하자면 집안에 집, 방안에 방이 있는 구조다. 오두막 처마에는 '경단' '꼬치구이' '메밀국수' 라고 흘려 쓴 주렴이 늘어뜨려져 있다. 이 오두막을 장지문으로 둘러치고 어설픈 다다미 두 장 위에 그가 누워 있다.

눈을 떠도 곧장 일어나는 건 아니다. 한 시간이고 두 시간이고 침상에서 꿈지럭댄다. 손금을 바라보거나 괜히 눈을 끔벅거리고, 슬며시 손을 뻗어 간장에 탈이 나지나 않았는지 어떤지 더듬어 보기도 한다. 초여름의 강한 햇살이 들이쳐 오두막 장지가 하얗게 빛나고, 근처 들판에서 아이들이 야구를 하며 떠드는 소리가 들린다. 창문 밑에서 사람 소리가 난다. 리어카에 야채를 실은 채소장수가 단지 내의 주부들을 상대로 장사를 하고 있다. 늘 그대로다. 이변은 어디에도 없다. 모든 게 정상이다. 정오의 햇살은 책상, 장지문, 술병, 책 등 온갖 물건들 위에 무자비할 정도로 완강하게, 코웃음치듯 노골적인 빛을 쏟아붓고 있다. 소설가는 침상에서 숙취로 어질어질한 머리를 일으켜 주변을 살피고 한숨을 쉰다. 투구벌레가 되지도 않았고 벽에 스며들지도 않았다. 나무뿌리가 하늘과 땅을 가득 채우도록 부풀어올라 버티고 선 거대한 음경으로 보이는 일도 아직은 일어날 것 같지 않다.

소설가는 이불 밖으로 손을 내밀어 탁, 탁, 탁, 세 번 친다. 집안 어딘가에서 소리가 난다. 달리는 소리. 탁자에 채여 냄비를 떨어뜨리는 소리가 난다. 발소리는 부엌으로 가서 수도 꼭지를 잠근 뒤 계단을 올라온다. 나무문이 힘겹게 열린다. 깡마른 여자 하나가 플라스틱 쟁반에 컵과 약병을 담아, 사람을 무시하는 듯한 엷은 웃음을 입가에 띠고 오두막 안을 들여다본다.

"…눈이 노랗네!"

"…."

"숨을 내쉬지 말아요, 부탁이예요."

"…."

"어머, 물 쏟겠네."

여자는 서서히 다가와 축 늘어져 있는 남자의 머리맡에 웅크리고 앉아, 오두막 문지방에다 약병의 알약을 하나씩 늘어놓는다. 매일 하는 일이다. 거의 밤마다 남자는 위스키를 마시고 책을 읽거나 쓰는 터라, 아침엔 어김없이 숙취로 약을 엄청 먹는다. 비타민제, 혈액촉진제, 간활성제. 그리고 뭔지 잘 알 수 없지만 아무튼 힘이 생긴다는 약. 남자는 신음 소리를 내거나 눈썹을 찡그리고 무슨 소린지 악담을 중얼거리며 문지방으로 몸을 가져간다. 빨강, 노랑, 하양, 잔돌처럼 죽 늘어선 알약을 맨 끝에서부터 한 알씩 집어들어 물과 동시에 삼킨다. 연달아 한 알씩 삼키다 보면, 매일아침 겪는 일이지만 자신이 마치 한 가닥 유리관이 된 듯한 기분이다. 투명하고 구불구불 휘감긴 유리관. 그 속을 알록달록한 알약이 물에 녹으며 천천히 굴러 내려가는 것이 눈에 선하다.

문득 눈을 드니, 여자가 입을 우물거리고 있다. 입술 언저리에 초록 거품이 묻어 나온다.

"뭐야, 그건?"

남자가 묻는다.

"얼룩조릿대 잎사귀. 살균력이 강하대요. 구강염에 좋아요. 내 구강염은 끈질기다니까. 어지간해선 듣질 않아요. 순수 엽록소라야 해요. 그래서 한 번 시험해 보려고."

"요전엔 마늘이라 하지 않았던가?"

"그래요, 마늘도 나쁘진 않죠. 하지만 그건 용변에 좋아요. 구강염엔 안 들어요 입하고 엉덩이는 다르니까."

"그전엔 또 별꽃이었지."

"그래요."

"그래서 이번엔 얼룩조릿대인가."

"그래요, 얼룩조릿대에요."

"…."

"과학에는 한계가 있죠."

"싸구려뿐이군."

"당신은 이해 못해요."

여자는 앞치마 주머니에서 얼룩조릿대 이파리를 꺼내, 느닷없이 남자의 코 앞에서 토끼처럼 우적우적 볼이 미어지도록 우물거렸다. 금방 초록색 가느다란 거품이 입 가장자리로 튀어나왔다. 남자가 질린 표정을 짓자, 그녀는 히죽 웃고 계단을 내려갔다.

하루가 시작된다. 지긋지긋하고 단조로운, 매일매일 똑같은 날들이 어슬렁어슬렁 움직이기 시작한다. 양치를 하고 세수를 한다. 귀 뒤 언저리에서 벌처럼 웅웅대던 어젯밤 위스키 흔적이 이제야 사라진 듯하다. 손, 발, 머리가 마침내 제 자리에 돌아온다. 데콜라를 바른 싸구려 탁자에 앉아 식사를 해보지만, 혀가 줄질한 듯 까끌까끌하여 밥이고 나물이고 통 맛을 느낄 수 없다. 현미차를 두 잔 마신다. 여기엔 소금을 약간 넣는 게 요령이다. 신문은 펼치기만 하고 자세히 읽지는 않는다. 큰 제목과 사진에만 슬쩍슬쩍 눈을 줄 뿐이다. 정치면, 사회면, 학예면, 오락면, 연재소설, 만화, 광고, 어느 면이나 슬쩍슬쩍 재빠르게 눈을 줄 뿐이다. 요 근래 몇 년간, 죽 그렇게 해 왔다. 라디오와 텔레비전도 있기는 하지만, 제대로 본 적이 없다. 처음엔 신경이 쓰였으나, 그렇다고 딱히 남들과 얘기를 나누는 데에 아무런 지장도 없었고 시대에 뒤떨어졌다는 투의 표정을 짓는 것도 아니어서 안심했다. 하루에 한 번 자살을 생각하지 않는 녀석은 바보라고 누군가 말했지만, 그건 틀림없이 신문이 이 세상에 등장하고 나서 생긴 속담일 거라고 남자는 자신에게 타이르며 신문을 휙 내던진다. 매일 신문을 들여다보고 젖은 걸레로 얼굴을 엉망으로 문질러 댄 듯한 느낌이 들 때마다 그렇게 생각한다.

식사가 끝나면 이층 공부방으로 올라간다. 주렴이 쳐진 오두막으로 기어들어가 손에 닿는 대로 책을 집어들고 읽으려

는 참에 꾸벅꾸벅 졸기 시작한다. 네 시경에 눈을 뜬다. 공중
목욕탕에 가서 열 여덟 살 소년이 멋진 물건을 달고 있는 걸
보고 기가 죽는다. 집으로 돌아와 저녁에는 돈까스와 스파게
티, 김치를 먹는다. 이웃집들이 모두 우물을 깊이 파는 바람
에 우리집 우물이 마르게 생겼는데 언제 돈벌어 다시 파 줄
거예요, 이대로라면 도쿄라는 사막에서 객사할 게 뻔해요,라
고 마누라가 새된 소리로 불평을 늘어놓는다. 소설가는 눈썹
을 찡그리고 음, 글쎄,라든가 그렇군, 그러면, 하고 중얼거리
며 이층으로 올라간다. 나무문을 열어젖히면 다시 오두막찻
집이다. 손에 닿는 책을 아무거나 읽어 나간다. 호쾌명랑한
아프리카 탐험기,『고릴라의 성생활』혹은 웅덩이에 빠진 것
처럼 우울한 옛 러시아의『창백한 말』이라는 소설, 또는 스위
스의 비관주의 철학자의 논문 등이다.『인간에서 두더지로』.
다양한 책을 연달아 건너뛰어 한 구절 한 구절, 한 줄 한 줄을
열중해서 또한 지긋지긋해 하면서 달려들어 읽다가 문득 반
성에 휩싸인다. 나는 대학을 나오자마자 문학상을 받고 작가
가 되었다. 심사위원인 작가나 비평가들은 모두 한결같이, 달
리 좋은 작품이 없으니 이걸 추천한다며 상을 주었다. 추천의
말은 한 단어도 놓치지 않고 암송할 정도로 열심히 읽었건만,
모두 다 마지못해 써 주었고 분명히 페이지에서 하품 소리가
들릴 지경이었다. 노골적이고 고고한 걸로 평판이 자자한 어

느 원로 작가는 이런 말까지 했다. 이 작품이 만약 다른 달 나왔으면 이런 작품과 작가는 대항마(對抗馬) 모양, 남의 작품을 돋보이게 해 남에게 상을 넘겨주는 들러리 역만 완수한 뒤 곧장 목장의 울짱 건너편으로 터벅터벅 사라지는 수밖에 없을 것이다. 빌어먹을, 하는 생각으로 나는 분발했다. 매달 무언가를 썼다. 보고 듣는 거라면 모조리 작품으로 만들었다. 매년 어김없이 한두 권, 때로는 서너 권을 출판하기도 했다. 그런데 도대체 내 상상력 아니 망상은 어디서 찾아오는 것일까. 나는 인생보다도 책을 통해 인생을 배우고 있는 건 아닌지. 하얀 종이 안에서 읽고 암기한 시, 연극, 지혜, 경치 따위를 바꿔 쓰고 바꿔 엮을 뿐이 아닌가. 그 벽걸이 그림 안에 나 자신의 경험이란 과연 몇 가닥의 실로 짜여 있을까. 확실히 체험이 전부는 아니다. 마음속에 제2의 눈, 제3의 눈, 상상력이라는 게 분명히 있으면 그걸로 족하다. 틀림없이 그렇다. 틀림없이. 하지만, 그렇다고 해도, 내 작품은 너무나 경박하고 오만하지는 않을까. 아는 척 초라한 갑옷을 걸치고 그 무게에 숨을 헐떡거리며 무엇 하나 제 목소리로 말하려 하지 않는다. 무서워서다. 야광충이 태양에 겁먹는 거나 다름없다. 정말로 자신을 드러내는 것이 무서운 거다. 너무나 볼품없고 어이없어 똑바로 봐 줄 수 없다고 생각한다. 순간순간 머리를 스치며 지나가는 새 그림자에만 신경을 곤두세우고 뒤쫓을 뿐이 아닌가. 아니, 솔직히 말해 자신에게 제 목소리, 육성이라는 게 있는지 없는지, 그것조차도 알 수 없게 되고 말았다. 이처럼 막무가내로 단어를 태우다 보니, 연기가 자욱하니 눈에 스며들어 뭐가 그림자이고 뭐가 형태인지 도무지 감을 잡을 수 없게 되었다.

한밤중에야 그는 겨우 오두막찻집에서 기어나와 책상 앞에 다가앉는다. 눈을 비비며 한숨을 쉬고 만년필에 잉크를 넣는다. 언젠가 시코쿠(四國)의 산속에서 야생 원숭이 한 마리가 밤기차 창문을 긁고 달아난 적이 있다. 그 날카로운 비명 소리가 귀에 쟁쟁하여 그걸 중심으로 60매 정도의 산문시 같은 단편을 만들어 볼 작정이다. 경계, 환희, 고독, 어째서 원숭이가 소리를 질렀는지 그 내막은 알 도리 없지만, 유리판을 못으로 세게 긁은 듯 또렷이 밤하늘에 소리의 항적(航跡)을 남긴 채 그는 골짜기로 내려갔다. 지저분하고 어둑한 기차 안에서 그 소리를 듣고 몸 어딘가에 바늘이 찔린 듯한 느낌이었다. 그걸 써야겠다 마음먹고 벌써 며칠째 단어를 계속 태우는 중인데 겨우 여덟 장 썼을 뿐이다. 담배를 피우고, 새 위스키를 사 오고, 원고지를 새로 바꿔 보고, 만년필 대신 연필로 써 보고, 온갖 주술을 부려 보지만 신통치 않았다. 어쩌다 그만 음악이 사라진 모양이다. 상처가 사라진 모양이다. 이와 동시에 그런 걸 써본들 도대체 무슨 대수냐 하는 생각이 음울하고 끈질기게, 완고한 자세로 머리를 쳐들었다. 바위다. 흔히 있는 고비다. 배가 미끄러지는 동안엔 전혀 신경쓰이지도 않고 눈에도 안 들어오다가 하필 배가 멈추고 키가 움직이지 않는 순간에야 보인다. 부딪히면 끝장, 다음 조수와 파도가 어디선가 밀려와 주기를 기다리는 수밖에 없다. 그것도 그게 가능할 때의 얘기다. 마감일까지 앞으로 나흘밖에 없는데….

우편물을 정리한다. 제약회사, 도로공단, 화장품회사, 관광회사의 PR잡지가 한 권씩. 휴지통에 쑤셔 넣는다. 서평신문이 셋. 가십란과 익명인의 험담란만 읽는다. 자신의 이름이 나오지 않아 실망도 하고 안심도 된다. 문예가협회의 모임 통지. 회비가 천오백 엔. 출석하지 않더라도 그냥 '출석' 에 ○ 표를 해 둔다. 일본 · 과테말라 우호협회의 모임 통지. 언제 이런 모임에 들었는지 알 수 없다. 회비, 팔백 엔. '출석' 에 ○ 표. 한국 난민구제의 소원장(訴願狀). 서명한다. 내일 한꺼번에 보내기로 한다. 지방대학의 학생 자치회에서 앙케이트 엽서가 한 장 와 있다. "핵무장의 현대, '공포의 균형' 에 기인한 집행유예를 닮은 오늘의 상황에 대해 어떤 자세를 취할 것인가. 혹은 취해야만 하는가?" 라고 적혀 있다. 남자는 잠시 우물쭈물하다 어지럽게 널린 탐정소설을 소리나게 뒤적이고, 끄적거리던 원고지를 바라보거나 손톱을 깎기도 한다. 그리고 대뜸 엽서를 밀어내고 새 원고지를 펼친다.

"한마디로 끝내야 한다면, 뭐든 다 알지만 아무것도 할 수 없다, 정도가 아닐까요. 이처럼 짧게 말해도 좋을지 어떨지 모르겠습니다. 하지만 바로 지금 이 순간의 기분으로는 그렇습니다. 문제를 어떻게 확대하건 어떻게 축소하건 결국은 이 말이 내 기분의 실마리가 되는 셈이니 어쩔 수가 없습니다. 때때로 과연 뭐든 다 알고 있는지 어떤지, 과연 아무것도 할 수 없는지 어떤지를 의심합니다. 다시 생각해 봅니다. 그리고 속마음은 아무것도 알고 싶지 않고 아무것도 하고 싶지 않은 건 아닌지 생각합니다. 입으로는 누구나 무서운 일이라는 둥, 한심스러운 일이라 하고 소생도 그런 말을 합니다만, 실은 아무도 진지하게 고민하지 않는 게 아닌가 생각합니다. 쿠바 위기 때는 나도 여러분도 데모에 참가하지 않았지요. 책상다리를 하고 가만히 앉아 어떻게든 되겠지 하고 중얼거렸을 뿐입니다. 세계 곳곳이 우선 대체로 이런 상황이었을 테지요. 이 문제는 다시 말해, 세계가 이상할 만치 단순해지는 동시에 이상할 만치 복잡해졌다는 뜻이겠지요 여든 살 철학자가 말하는 것이 여덟 살 초등학생과 완전히 똑같으니까요. 일본은 세계 유일의 특권을 가진 데다가 미국의 핵기지도 가져, 우리들 손은 온통 더럽혀졌습니다. 더럽히지 않으려는 어떤 행동도 나는 하지 않았습니다. 책상 앞에 앉아 있기만 했습니다. 지금도 그러합니다. 그러고 보면, 이 사실을 비장하게 저주하는 나는 그저 수다쟁이 위선자에 불과합니다. 그렇지 않습니까. 술이나 마시고 곯아떨어질까. 그렇게 한다면 핵을 핑계로 다른 모든 악에도 눈을 감는 셈이 되고 맙니다. 현세의 번거로움이나 가슴 답답함에서 벗어나기 위해, 오로지 그럴 요량으로 핵, 핵, 핵, 하며 고민하는 게 아닐까요. 아무래도 소생은 그런 생각이 듭니다. 핵 이외의 다른 모든 악에 대해서도 결국 나는 책상 앞에 앉아 있을 뿐입니다. 그날 그날을 간신히 살아 남아 얼렁뚱땅 때워 넘기고, 곁에서 한숨짓고 신문도 읽는 둥 마는 둥 그저 멀거니 눈만 뜨고 뿌연 분뇨 구덩이 속에서 히죽히죽 웃고 있을 뿐입니다. 여러분은 취직 자리를 찾는 데만 정신이 팔려 있습니다. 처세술, 술버릇을 익히는 데에 골몰하고 있습니다. 여러분의 미래의 아내들은 파리에서 여덟 시간 만에 도착한 신 유행, 파피푸 · 페포에 넋을 빼고 있습니다. 소생의 마누라는 아침부터 얼룩조릿대를 씹고, 약간 정신이 이상한 건 아닐까 소생은 생각합니다만, 그런 마누라의 엉덩이 밑에 깔려 납작코가 된 자신도 좀 모자라는 게 아닌가 싶은데, 그렇다해도 이혼으로 옥신각신하기도 귀찮아 더 이상 생각은 않기로 하고, 숙취약을 꿀떡꿀떡 삼키며, 비 내리는 런던 한복판에서 웅변을 토하는 러셀 경(卿)은 돈키호테의 비참과 영광을 짊어지도다 어쩌구 중얼거리고, 중얼거리자마자 바로 자신에게 정나미가 떨어집니다. 아무리 애써 봤자 소용없다. 차라리 갈 데까지 가 보자,라는 생각도 해 봅니다. 동물원에 가면 침팬지는 어째서 이빨을 드러내고 웃는가. 인간이 침팬지와 결별하고 두 발로 땅위에 서는 지혜를 익힌 바로 그 순간, 남은 두 손으로 돌을 집어 동료에게 내던졌습니다. 존재하는 것에는 역할이 있는 법입니다. 당장 보복이 날아왔습니다. 이후 2천 년, 던지고 당하고 던지고 당했습니다. 네 놈이 하면 나도 한다. 히로시마. 나가사키. 미국. 소비에트. 프랑스 영국. 중국. 어쩌면 이스라엘도. 어쩌면 아랍연합도. 그러다 모두 손도 발도 꼼짝달싹 못하게 뒤엉켜 어느 화창한 날에 영문도 모른 채 천지에 섬광이 번쩍, 모조리 파산하는가. 인간을 비웃는 침팬지도 끌어들여, 변하면 변할수록 결국 마찬가지라는 규칙으로 움직여 온 모든 것에 작별을 고하는가. 아니 아니, 그런 간단명쾌한 일은 의외로 아무리 지나도 일어나지 않는 건 아닐까요. 언제까지나 인간은 게걸스럽고 비참하고 색골에다 야비하게 히히히 웃으며 속이고 속으며, 지칠 줄 모르고 착취당하고 착취하고 허튼소리를 내뱉으며 술을 마시고 아첨하고 험담을 하고, 누웠다 일어났다, 멋모르고 한 말로 오욕에 휘둘리고, 소생으로 말하자면 고독과 절망을 쓰는 한, 작품이 팔릴 것 같아 세무서를 겁내면서도 매몰차고 아릿한 사랑이야기를 부지런히 써서 수도와 가스, 욕실이 있는 집으로 이사할 궁리에 여념이 없습니다. 술집에서 선배작가를 만나면 먹을거리와 술, 여자 이야기만 합니다. 나는 가망없는 인간입니다를 열 번 되뇌고 눈을 내리뜨고 탄식을 하며 그 가운데 한두 번은 슬쩍 반항하듯 순진하게, 그래도 요즘은 좀 잘 나가는 편입니다, 읽으실 짬은 없으시겠지요, 라고 합니다. 그리고 상대가 누구건 처녀작 제목만은 게재지, 연도와 더불어 정확하게 외워 두었다가 나즈막히, 그땐 정말이지 감동했어요, 라고 중얼거립니다. 상대방이 나의 어정쩡한 태도에 화가 난 표정을 지으면 잠시 사이를 두었다가, 근래 당신은 자신에게 너무 엄격한 것 같은데요, 라고 중얼거리고는 뚝 침묵해 버립니다. 침묵합니다, 뚝. 운동 뒤의 정적. 이게 가장 설득력이 있습니다. 움직이지 않으면 불안하니까 간섭하고 싶어지는 겁니다. 묵살할 수 없습니다. 상대는 공기 주머니에 빨려들 듯 마음이 소생의 옆모습을 따라 움직입니다. 즉, 기억하는 겁니다. 소생에게 신경이 쓰입니다. 이따금 불쑥 떠올립니다. 그 다음엔 어떻게 되는지 알 수 없지만. 핵무장 문제에 대해 소생은 죽었다 깨어나도 어차피 뾰족한 수가 없을 거라고 생각합니다. 그러나 이렇게 생각하는 건 아무런 저항도 노력도 마음에 생기지 않으니, 결국 자존심이 상합니다. 아무리 애써 봤자 소용없다, 라는 건 뒤집으면 논리필연적으로 뭐든 할 수 있다, 그리고 또한 뱃속이 편하고 기분이 좋을 때는, 따라서 무엇이든 해야 한다, 라는 용감한 단언에 휙 몸을 내맡기고 싶어지기도 합니다. 어딘가 지나친 비약이 있는 듯한 낌새이지만, 대강 그 정도는 질끈 눈감고. 유독 그런 일이 자주 생기는 건 소생 앞에, 아무리 애써 봤자 소용없다만을 음울하고 낮은 목소리로 거듭 중얼거리는 비열한 사내가 나타나는 경우입니다. 그러면 소생은 어찌된 셈인지 무턱대고 반발하고 싶어지고 그자의 견해를 앞 뒤 가릴 것 없이 이 잡듯 짓눌러 버리고 싶어집니다. 이러한 정열에 휩쓸려 소생은, 뭐든 할 수 있다, 뭐든 해야 한다,라고 되는 대로 말을 내뱉고 싶어집니다. 비관주의자가 없고서는 소생이 낙관주의자가 될 수 있을 것 같지 않습니다. 부자유가 없다면 자유를 위한 충동은 생기지 않습니다. 못이 없으면 망치는 무의미합니다. 집어삼키는 바다가 있으니까 이를 거역하는 배의 존재가 비로소 가능합니다. 아무튼 이처럼 이 세상의 모든 일은 상대적인 것으로⋯."

만년필을 내던진다. 남자는 다짜고짜 원고지를 잡아찢더니 앙케이트 엽서와 함께 꾸깃꾸깃 구겨 휴지통에 내동댕이쳤다. 그는 만년필 뚜껑을 닫고 느릿느릿 일어나 오두막찻집 안으로 기어들어간다. 어둠 속에 드러누워 창문을 바라본다. 흐릿하고 창백한 햇살이 안개처럼 떨리며 조금씩 퍼져간다. 날이 밝아온다. 남자는 입술을 깨문다. 머리가 둔하고 솥을 뒤집어 쓴 것처럼 무겁다. 어느 지방대학의 교실 한쪽 구석에서 두세 명의 대학생이 비듬투성이 머리를 맞대고 낄낄대고 떠들며 앙케이트 문장을 지어내느라 낑낑대는 광경이 멀리 조그맣게 그러나 똑똑히 눈에 선하다. 걸려든 거야. 제기랄. 녀석들은 자신이 감당하기 힘든 어려운 문제를 나한테 떠맡기고 내가 허둥지둥 쩔쩔매면서 대책 없이 기가 꺾이는 꼴을 보고 싶다는 오직 그뿐인, 동기조차 알 수 없는 충동에 걸려든 게 아닌가. 다만 그뿐 아닌가. 내가 어떤 답안을 써서 보낸들, 녀석들은 그걸 인쇄해 학생신문의 귀퉁이를 더럽힐 뿐이다. 인쇄된 지 채 한 시간도 못 되어 신문은 식당으로 가, 우동국물을 닦는 걸레가 되겠지. 하룻밤이 훌렁 날아갔다. 아니. 그렇게 하지 않은들 어차피 훌렁 날아갈 하룻밤이었다. 원숭이 비명 소리가 써지지 않아 생각해 본 것에 불과하다. 그 확실한 증거로, 저녁밥과 돈가스, 스파게티, 김치를 먹을 때만 해도, 나는 손톱의 때만큼도 그 문제를 신경쓰지 않았잖은가. 지구와 돈까스의 무게가 같다는 말인가. 원폭의 파열음과 원숭이 울음 소리의 크기가 같다는 말인가!…

데콜라를 바른 싸구려 탁자에 앉아 소설가가 무슨 맛인지도 모른 채 밥을 된장국과 함께 먹고 있는 참에, 초인종이 울렸다. 아내가 현관에 나가 잠시 누군가와 얘기를 나누더니, 부엌으로 돌아왔다. 강연을 부탁하러 대학생이 온 것이다. 봄엔 신입생 환영회, 여름은 하계대학, 가을엔 대학축제 따위로 계절이 바뀔 때마다 학생들은 동서남북으로 강사를 끌어모으느라 분주하다. 어딘가 역병의 발작을 닮은 구석이 있다. 조를 때는 눈에 핏발이 서고 입에 신물이 나도록 떠들어대지만, 볼일이 끝나면 순식간에 잊어버린다. 나 같은 사람한테까지 강연을 부탁하러 온다는 건 어지간히 다른 데서 퇴짜를 맞은 게 분명하다고 소설가는 얼핏 생각한다. 원래 삐딱한 성격이다.

"대단한 제목이군요."

아내가 웃으며 팸플릿을 건네준다. 강연 제목과 강사 이름이 빼곡이 인쇄된 가운데 고맙게도 그의 이름도 멋지게 나란히 서고, 제목은 「상황 (1) 폐색(閉塞)과 돌파 그리고 해방, 인간은 어떻게 인간이 되어야 하는가」이다. 어찔어찔하다.

"나도 그런 얘기 듣고 싶어요. 몰래 구경하러 가 볼까. 멋져요."

소설가는 화를 내며 중얼거린다.

"멍청이."

"어머, 잘난 척하시네. 낮잠만 자는 주제에 되게 자신만만하군요."

"내 안의 야수를 건드리지 말아!"

"알았어요, 알았다구요. 숙취 생쥐님…."

소설가는 의자에서 일어나 팸플릿을 들고 현관 옆의 작은 방으로 들어간다. 기다리고 있던 학생 하나가 그의 모습을 보더니, 엉거주춤 몸을 일으켜 똑바로 섰다. 비쩍 말라 머리카락을 이마에 흩뜨리고 검은 눈이 날카롭게 빛나며 입가엔 조소 담긴 주름이 선명하다. 위험해. 이런 녀석은 무슨 말을 해도 만족할 줄 모르고 아무것도 믿지 않고, 보는 것 듣는 것 뭐든 닥치는 대로 부정할 뿐 꿈쩍도 않는다. 머리에 모래먼지를 뒤집어쓰고 비듬투성이에다, 남아도는 피가 여드름으로 돋아나 우울 속에 파묻혀 지낸다. 강연회에선 야릇한 괴성을 지른다. 남의 얼굴을 곁눈질하며 갑자기 히죽거린다. 틀림없이 아랫배에는 지독하게 풋내 팡팡 풍기는 정액을 담고 있을 테지. 소설가는 신중에 신중을 더해 단어를 골라 천천히, 띄엄띄엄, 그러나 장황하게, 자신은 말로 떠들기보다 쓰는 게 훨씬 편해 소설가가 된 것이니, 웬만하면 강연은 사양하고 다음 기회로 미루면 안 되겠느냐는 뜻을 대충 설명하기 시작했다. 그러면 학생은 내 말을 뿌리치며 물고 늘어지려니, 내심 각오를 다지는데, 별안간 손을 내저으며 끄덕였다.

"괜찮습니다, 괜찮습니다. 잘 알겠습니다. 다음에 또 부탁드리지요."

"가을쯤이나, 요다음에 하기로 하지."

"괜찮습니다. 처음부터 그럴 줄 알았습니다. 알았지만 워낙 성가시게 부탁하는 바람에 나왔을 뿐입니다. 신경쓰지 않아도 됩니다. 이런 것까지 일일이 신경쓰다간 몸이 상하지요."

"…."

"게다가."

학생은 한숨을 쉬었다.

"선생님이 강연을 하건 안 하건 대수로울 건 없지요. 마찬가집니다. 나뭇잎 하나가 떨어지고 안 떨어지고 하는 것과 마찬가지예요, 대수로울 게 없습니다."

학생은 얼굴을 들었다. 조소 어린 주름이 마침내 깊이 패이고 입술이 일그러진다. 도전하는 눈초리가 반짝반짝 빛났다. 소설가는 시선을 돌렸다. 밤의 토관(土管) 속에 번뜩이는 시궁쥐의 눈 같았다. 잠자코 있는 사이, 돌연 그것이 바뀐다. 뭔가가 달린다. 광채가 순식간에 사라진다. 푸석푸석 가라앉는다. 모래먼지 이는 길바닥에 떨어진 물고기의 눈,이라고 소설가는 생각한다.

학생은 느릿느릿 물었다.

"자살 안 합니까?"

소설가가 중얼거렸다.

"안 해."

"왜죠?"

"무서우니까."

"무섭다, 무섭다라. 무서워서 자살 안 한다. 역시 그런가. 내가 자살하면 세계가 당장 멸망하는 건데."

"해. 난 신경 안 써. 자네가 죽든 살든 대수로울 게 없으니까. 나뭇잎 하나가 떨어지고 안 떨어지고 하는 것과 마찬가지야."

"유언장에 당신이 꼬드기는 바람에 자살한다고 쓰면 어쩔 건가요? 신문사에 보내 공표하겠어요. 아냐, 관둬야겠군. 관두겠어요. 선생님 이름을 선전해 줄 뿐이니까."

"…."

갑자기 학생은 애교부리는 듯한, 응석부리는 듯한, 토라진 듯한 눈빛이 되었다. 아기토끼처럼 애처로운 그러나 어딘가 끈질기게 고집 센 모습으로 소설가의 얼굴을 치켜 떠 보았다.

"왜 화내지 않는 거죠?"

"왜라니…."

"나는 아까부터 선생님을 모욕하고 있습니다. 이유 없이 모욕했어요. 다 알지 않습니까? 어째서 화를 안 내는 거죠?"

"지금은 기분이 좋아."

"점잖은 분이군요."

"변소에 갔더니 큼직한 똥이 나왔거든. 그랬더니 시원해. 아버지가 된 심정으로 너그럽게 자넬 보고 있다네. 관용과 흡수지. 자네 마음은 잘 안다네. 옛날의 나를 빼닮았어. 이런 일도 정말 있기는 있군."

"쳇, 아니꼽게시리!⋯."

학생은 얼굴이 시뻘개져 초조하게 외쳤다. 함정에 빠져든 걸 깨닫고 부들부들 몸을 떨며 비듬과 여드름, 모래먼지, 정액가루 따위로 뒤덤벅이 되어 순결한 분노에 사로잡혀 버둥거렸다. 소설가는 그걸 보고 히죽히죽 웃었다. 몽롱한 분뇨구덩이 안에서 나는 히죽히죽 웃고 있다고 생각했다.

두 사람은 그러고 나서 한 시간 가량 소근소근 얘기를 나누었고 마침내 학생은 도저히 지루해 못 견디겠다는 듯 거의 광란을 띤 눈빛으로 돌아갔다. 소설가는 소설가대로 깜깜한 논두렁길에서 된통 정강이가 막대에 걸어차인 기분으로 녹초가 되어 이층의 오두막찻집으로 기어들었다. 기록영화에서 본 나치 친위대의 대행진은 아름다웠다고 학생이 말했다. 청년들은 모두 가슴을 펴고 철모끈을 바싹 당겨매고, 저벅저벅 군화 소리 요란하게 거대한 계단을 내려갔다. 여름의 적란운이 머리 위로 높이 솟아 있었다. 째째하고 볼품없는 개성 같은 건 찾아볼 수 없었다. 모두 사나이 중의 사나이들이었다. 일본의 우익은 머리가 나쁘고 꼴불견이어서 싫지만, 그런 대열이라면 모든 걸 팽개치고 뛰어들고 싶다. 소설가는 잠시 생각한 뒤 대답했다. 제복 입은 집단은 확실히 아름답고 멋지고 가죽과 땀이 밴 수컷의 내음이 건초처럼 향기로우나, 그

건 집단을 외부에서 바라보는 인간에게 그렇게 보일 뿐이다. 대열 속의 인간은 물건을 똑바로 세운 채 여자를 만나고 싶은 일심으로, 조국이고 총통이고 엿이나 먹으라는 생각에 안절부절못할 뿐이다. 여름의 적란운 아래에서 그들은 가슴을 펴고 당당해 보이지만, 그 자신감은 모두 나 한 사람만을 응시하고 있다고 굳게 믿는 데서 오는 게 아닌가. 전체 시민 한 사람 한 사람이 나 하나만을 응시하고 숨죽이며 눈을 반짝이고 있다고 굳게 믿는 것이다. 집어쳐. 그만 우쭐거려. 시민들은 더위에 지친 나머지 땀으로 눈이 흐릿하게 젖었을 뿐이야. 망막이 젖으면 우는 눈도 기뻐하는 눈도 똑같이 보인다구. 불에 데인 뒤에 울상 짓지 말아. 학생이 물었다. 고리키는 일상적인 세계를 제1의 현실, 작품세계를 제2의 현실이라고 불렀는데, 인간이 진지하다면 늘 현실은 오직 하나밖에 없는 게 아닌가. 제1도 제2도 없지 않은가. 소설가가 대답했다. 언어가 아무것도 아니거나, 혹은 언어로 모든 걸 표현할 수 있다고 여긴다면 분명히 현실은 하나밖에 없고 제1도 제2도 없겠지. 자네 말대로야. 그러나 그런 일은 지상 세계에서 일어나지 않지. 언어는 불완전하면서도 사람을 옭아매고, 순수를 부추기면서도 축축하니 외설스럽지. 붙잡힐 구석이 없는데도 상대를 잡아 버려. 문학이 그림이나 음악과 결정적으로 갈라져 독자적인 건 바로 그 점이다. 의미의 세계에서 벗어날 수 없는

202

거다. 당신은 도덕주의자라고 학생이 중얼거렸다. 소설가는
대답했다. 바로 그렇다네. 글을 쓰는 순간 나는 나 자신 어떻
게 생각하건 도덕주의자가 되는 거지. 가령 어떤 선이나 악,
연대나 소외를 쓰더라도 늘 그래. 글로 표현하려고 선택한 순
간, 난 벌써 그렇게 되어 있는 거야. 어떤 파렴치를 쓰건, 강
간, 절망, 증오, 동성애, 변태, 착란, 신경병, 그 무엇이건, 어떠
하건, 글로 그걸 표현하려고 마음먹은 순간에 나는 나 자신과
관계 없이 도덕주의자이기를 강요당하고 있다. 근사한데요,
하고 학생이 숨을 들이마셨다. 축농증이 아닌가 의심이 갈 만
큼 한참 코를 훌쩍거리고 감격한 듯 머리를 흔들었다. 떨어지
는 비듬을 피하면서 소설가는 문득 이유를 알 수 없는 불안
을 느껴 입을 다물고 말았다.

　학생이 돌아간 뒤, 이층으로 올라가 나무문을 열고 오두막
찻집으로 기어들자, 소설가는 갑자기 피로를 느꼈다. 엉겁결
에 그만 큰소리로 떠들고 말았는데, 괜찮을까. 괜히 들떠 너
무 잘난 척하지나 않았을까. 군대생활의 경험도 없으면서 나
는 학생을 나무랐어. 그건 내 말이 아니다. 제복 입은 짐승들
이 아름답게 보이는 건 외부에 있는 인간에게 그렇게 보일
뿐이라고 한 건, 아마도 알랭의 말이었어. 개선병사가 가슴을
펴는 건 모두가 자기 한 사람만을 응시하고 있다고 굳게 믿
기 때문이라는 관찰은 히노 아시헤이(火野葦平)의 『보리와 병

사』아니면 『흙과 병사』쯤에 찾아볼 수 있는 문장이다. 또다시 아는 척 무거운 갑옷을 걸치고 나는 학생을 마구 짓누르려 했다. 엉터리에다 난잡하고 어설프게 보고 들은 시시한 단어들을 써 가며, 나는 고독에 미쳐 버린 한 인간의 혼돈을 묵살하려 했던 것이다. 오만도 우쭐거림도 분수가 있지. 글을 쓰려 마음먹은 순간에 나는 도덕가가 된다고 말했다. 나 자신이 어떻게 생각하건 상관없이 그렇게 되어 버린다고 말했다. 「학생에게 부치는 글」. 고리타분한 설교꾼. 남의 허물만 보고 제 허물은 못 보도다. 가스와 수도, 욕실이 딸린 집에 살고 싶은 마음에 씁쓸하고 냉정한 사랑이야기를 쓰고 있을 뿐인 내가, 그렇게만 하면 작품이 팔릴 것 같아 추잉껌처럼 쩍쩍 이에 달라붙어 떨어질 줄 모르는 고독과 절망 섞인 달착지근 어정쩡한 산문시를 써대고 있을 뿐인 내가, 아아, 도덕주의자라니!…

이 생각 저 생각, 반성도 해 가며 끙끙대는데 그러나 몸을 제멋대로 이불 위에 내던지고 큰댓자로 벌렁 드러누워 눈을 껌벅거리는 사이, 소설가는 그제야 마음이 쇠약해져 가는 걸 느꼈다. 얼음을 만난 수은이 체온계의 가느다란 유리관 속을 황급히 떨어져 내려가는 걸 바라보듯, 그는 정신의 수위가 끝을 알 수 없이 저하되어 감을 느꼈다. 하늘엔 종다리, 나뭇가지엔 달팽이, 강에는 다리가 걸려 있고, 사람들은 강을 건너

204

기 위해 다리가 강에 걸려 있는 거라고 생각하며 걸어간다. 그러나 이미 몽롱한 분노구덩이 바닥으로 깊숙이 가라앉은 소설가는 모든 게 허무하고 모든 게 거짓이라고 느꼈다. 이러한 술회에 온몸을 내맡기고 따뜻한 진흙에 파묻히듯 천천히 손발을 뻗치고 잠겨들려는 순간, 그 감상이 바로 어젯밤 읽은 옛 러시아 소설 『창백한 말』의 주인공이 중얼거린 말이라는 걸 때닫고는 완전히 흥이 깨지고 말았다. 문학, 문학, 문학, 아아, 무, 운, 하, 악…

은밀히 소설가가 관찰한 바에 의하면, 이 마음의 급격한 변화는 모두 그에게는 정상적인 반응이라 불러도 무방했다. 언제부터인지도 모르게 그렇게 되고 말았다. 어디서 세균이 흘러 들어왔는지, 마을에선지, 대화에선지, 종이에 묻었는지 통 짐작을 할 수 없지만, 아무튼 철들 무렵에 이르러 제 주위를 살피게 되면서 알게 모르게 그 피부병이 마음에 둥지를 틀게 되었다. 이상과 정상의 구별이 어디에 있는지는 아무리 생각해 봐도, 동틀 무렵 하늘에 뜬 구름처럼 그 경계를 도무지 종잡을 수가 없다. 이걸 이상이라 해야 할지, 정상이라 해야 할지 솔직히 말해 그 점은 잘 모르겠다. 하지만 어렴풋이나마 '정상'을 가령 '늘 발생하여 거의 습관이 되다시피 한 성질의 현상을 가리킨다'는 말로 바꾼다면, 정말이지 그의 동요는 더할 나위 없는 정상이라 부를 만했다. 달리 아무것도 아니었다. 못은 망치로 얻어맞기 위해 존재하며, 다리는 강을 건너기 위해 존재하는 것과 마찬가지로 정상이었다. 갈피를 못 잡는 심야의 망상을 인정 사정없이 유황을 끼얹어 무자비하게 태워 죽이는 한낮의 태양에 내놓아도 꿈쩍 않을 만치, 그건 정상이다. 따라서 소설가는 안절부절못하면서도 결국은 그걸 인정하고 받아들이는 수밖에 어쩔 도리가 없다. 방 밖에 있을 때는 낙관주의자가 된다. 방 안에 들어오자마자 비관주의자가 된다. 사람들을 만나 얘기 나눌 때는 명랑한 적극주의자가 되고 사람들과 헤어진 순간에 음습한 소극주의자가 된다. 공부방 밖에 있을 때는 기지에 가득 차 경쾌한 날개짓으로 날아다니며 큰소리로 웃는다. 한 걸음, 공부방 안으로 내딛기만 하면 어깨를 움츠리고 풀죽어, 이런 저런 생각에 열과 힘을 상실하고 눈살을 찌푸린다. 꾸물꾸물 몸을 일으켜 방 밖으로 나가 사람들과 이야기를 시작하면, 술이나 쾌청, 쾌변이라는 사정이 있으면 한결 낫지만, 이를테면 핵무장 문제 같은 건 아무리 애써도 소용없을지 몰라도 그러나 그렇게 생각하는 것과 뭐든 해야만 한다고 생각하는 것 역시 결국은 기질의 문제에 불과하다면, 나는 요란하게 떠들기만 하고 아무것도 안 하기보다는 하찮은 일에 묵묵히 꾸준히, 소용없을지도 모르는 정력을 쏟는 인간을 지지하겠노라고 말하고 싶어진다. 그런데 사람들과 헤어져 어슬렁어슬렁 방 안으로 들어와 나무문을 닫고 잉크병과 책, 휴지 나부랑이에 파묻히면, 돌연 시들시들해져 괜한 감상에 젖은 자기 기만은 집어치우라고 고함지르고 싶고, 오로지 바람과 비, 세월, 그 무엇 앞에서도 썩지 않는 돌멩이나 되어 버렸으면 하고 소원한다. 그의 모든 사고와 감정은 단지 방을 나가는가, 나가지 않는가, 서 있는가, 앉아 있는가라는 문제에 달려 있다. 삐걱거리는 나무문 하나를 여는가, 닫는가 하는 문제에 달려 있다. 그렇다. 결국은 그것뿐이다. 언어는 모두 나무문 하나에 달려 있다. 비듬투성이에다 고독한 광기를 띠고 휘파람새의 가슴털처럼 어지럽게 신경을 뒤흔들린 학생은, 보기 좋게 한 대 얻어맞고 납작코가 되어 감탄하듯 코를 훌쩍이며 돌아갔다. 때마침 그건 나무문 밖이었기 때문이다. 나무문 밖이었기 때문이다. 달리 그럴싸한 이유는 없다. 학생이 그걸 모를 뿐이다. 그토록 훌륭하고 멋진 말을 하고서도 잡지에 실린 내 소설이란 고독과 절망의 레몬 냄새나는 흙탕에 비참하게 빠져 있다는 걸 알면, 학생은 도저히 믿기지 않아 혼란을 일으키겠지. 그리고 조만간 회사원이 되어 다소 피가 묽어지면 현대인은 마음에 무수한 모순을 품고 모순 속에서 살아갈 수밖에 없다는 얘기를 어느 서점에서 우연히 읽고 암기해 두었다가, 앞뒤 가리지 않고 나를 마구 공격해 댄 오늘을 뒤돌아보며 관용의 쓴웃음으로 수긍하게 되겠지. 즉 타락하는 거다. 돈까스와 원숭이 울음 소리, 그 외에 내 세계를 결정하는 건 오직 나무문 하나 뿐이다. 아직 어디에고 쓴 적은 없지만!…

머리맡에 떨어져 있는 수첩을 주워 무심코 페이지를 넘기다 보니, 오늘은 파티가 하나 있다. 저녁 6시부터 시내 호텔에서 신인작가의 출판기념회가 있다. 일주일이나 열흘쯤 전에 통지를 받은 터라 그 작가를 만나거나 본 적도 없지만, 그냥 '출석'에 ○표를 하고 엽서를 보냈었다. 책은 받아보았다. 책 날개에 적힌 저자약력에 의하면 미개민족의 전승문학 연구가로, 아프리카의 밀림 속에 들어가 피그미족과 속옷 하나만 걸치고 이 년 정도 산 적이 있다고 한다. 동인잡지에 들어가 습작을 쓴 경험도 없고 현상에 응모하지도 않았다. 그야말로 왕초보인 셈인데, 어느 날 우연히 출판사에 들러 얘기를 꺼냈다가 그 취지에 찬성하여 즉석에서 책을 내기로 결정된 거라 한다. 엄청난 행운아다. 책의 장정이 멋지다. 모서리를 엮어 만든 3백 쪽 분량에 본문 용지는 유황색 양장지, 커버는 특수 수제 일본종이로 갖출 건 다 갖춘 그럴듯한 제본이다. 제목 글씨는 금박으로 날염인쇄되어 있다. 어지간히 신경써서 만든 모양이다. 인쇄가 깔끔하게 나와 가죽처럼 두껍고 부드러운 일본지 속에 제목이 또렷이 박혔고, 버터를 나이프로 자른 듯 날카롭게 글씨가 들어앉았다. 4백 부 한정 출판이다. 표지를 넘기면 바로 본문인데, 백지이다. 1 쪽부터 3백 쪽까지 전부 백지이다. 글자는 하나도 인쇄되어 있지 않다. 글자 없는 책이다. 제목은 『최후의 서(書)』.

"…나갈 거야."

"어머, 일 끝났어요?"

"갔다와서 해."

"또 새벽에나 오겠죠."

"돈 줘."

"어제 줬잖아요."

"오늘은 파티야. 가고 싶지 않지만, 아까 학생이 찾아와 기분이 엉망이라 머리 세탁을 해야 해."

"좋군요. 머리도 세탁하고 혀도 세탁하고 목구멍도 세탁하고, 기왕 여기저기 씻어내는 김에 나도 세탁해 버려요."

"매일 똑같은 대사로군."

"연극이 똑같은 걸요, 도리 없죠."

"거미."

"자라인 주제에."

구차한 입씨름을 하고 나서 소설가는 아내로부터 강탈하듯 지폐 몇 장을 낚아채 집을 나온다. 우울은 좀처럼 가시지 않고 그러는 사이, 결혼 따윈 절대 하는 게 아니었다고 뼈저리게 절감하지만, 잠시 후 역에 도착할 쯤에는 잊어버린다. 마누라를 암으로 잃은 중년의 채소장수가 갓난아기가 든 귤

상자를 가게 앞에 놔두고 그 옆에서 부지런히 야채를 씻는 걸 보고 불현듯 측은해진다. 뜨거운 물 한 방울이 몸 안 어딘가에 떨어져 서서히 퍼져 가는 느낌이다. 공부방에서 밖으로 나오면 채 오 분도 안 되어 어느새 나타나는 그 효능에 지배당하고 만다. 전차를 타니, 배가 터지도록 고기를 먹고 싶다는 생각이 들었다. 나이든 보험 모집인의 너덜너덜한 구두를 보고는 시선을 돌렸다. 눈에 희뿌연 기름기가 낄 만큼 피가 남아도는 중학생에게는 은근히 귓속말로, 수음을 해도 해롭진 않아라고 말해 주고 싶었다. 부엌일에다 힘겨운 살림살이, 시궁창 거품 같은 험담으로 몸이 마대자루 끈 풀어 놓은 듯 형편없이 펑퍼짐해진 아주머니가 입을 벌린 채 졸고 있다. 보따리를 떨어뜨린다면 주워 줄 텐데. 전차 안에 매달린 주간지 광고에 "또 또 또! 2억 5천만 엔 뇌물!!"이라 적힌 걸 읽는다. 원숭이 울음 소리 단편은 관두고 내달엔 정치소설이나 쓰자. 스위프트가 쓴 『걸리버 여행기』 팸플릿처럼 쓰자. 경세(警世), 구국의 작품을 써 보자. 산사태에 무너져 엉망진창이 된 해안의 빈촌 사진이 옆에 앉은 사내가 읽는 신문에 실려 있다. 힘 있는 자는 힘을 내고, 돈 있는 자는 돈을 내라. 책과 장난감을 사서 보내 주자. 바로 뒷장 학예란의 제목은 생물학자의 논문으로, 『고래의 나이는 귀지로 안다』. 이처럼 하찮은 일을 하는 사람이야말로 훌륭하다고 생각한다. 매몰차고 쓸쓸한 연애

소설을 포기하고 이런 사람 얘기를 4백 매 정도의 중편으로 써 보고 싶다. 소설가는 이것 저것 진지하게 생각도 하고 결심도 했다. 전차가 종점에 닿았을 때는 싱싱한 청량감이 온몸 가득 흘러넘쳐 마치 새벽 우유를 손발에 듬뿍 뒤집어쓴 듯한 기분이 되었다. 『비에도 지지 않고 바람에도 지지 않고』(미야자와 겐지〈宮澤賢治 : 1896~1933, 시인, 동화작가〉의 싯구—역자주)는 훌륭해, 맞는 말이야, 대단한 걸작이라고 중얼거린 뒤, 자리에서 벌떡 일어났다.

제일 먼저 도착한 호텔의 연회장에는, 아직 아무도 와 있지 않았다. 낯익은 출판사 직원이 접수처에 힘없이 앉아 있었다. 소설가의 얼굴을 보자, 슬쩍 미소짓고 일어나 반가운 듯이

"아아, 고맙습니다. 정말로."

하고는 한숨을 지었다.

양심적이고 아주 꼼꼼한 일처리로 평판이 높지만, 작가들 사이에 늘 도산의 소문이 나도는 회사다. 예전에 소설가도 이 회사에서 책을 내기로 철석 같은 약속을 하고서도 냅다 큰 출판사에 넘겨 버린 적이 있어, 직원의 얼굴을 똑바로 바라볼 수가 없다. 눈을 내리떠 방명록에 서명을 하고 회비 천 오백 엔을, 거스름돈이 없어 상대가 부루퉁하니 당황하지 않도록 딱 맞게 세어 주었다.

그럼에도, 직원이 『최후의 서』의 저자를 어디선가 데려 와 소개해 주었을 때는 얼른 몸을 일으켜 빙긋 웃으며 성큼성큼 다가갔다.

"축하드립니다."

자신도 깜짝놀랄 만큼 소리가 커 허둥대자, 저자는 서늘하고 맑은 눈에 생기있는 미소를 띠며 손을 내밀었다. 악수를 청하는 것이다. 황급히 손을 내밀어 잠시 잡고 있다가 어찌해야 좋을지 알 수 없어 그냥 두세 번 흔들었다.

"좋은 책이 나왔군요."

소설가가 늘상 출판기념회 때 사용하는 평범하고 무난한 인사를 유창하게 큰소리로 말하자, 상대는 평소와 달리 머리를 숙이지도 않고 대뜸 말을 되받았다.

"아니, 일기장을 드렸을 뿐입니다."

"…."

"자유일기로 사용하세요."

"…."

"정말입니다. 그게 소원이에요. 글자도 줄도 날짜도 아무 것도 없으니까, 마음껏 쓰고 싶은 대로 써서 더럽혀 주시면 됩니다. 독자의 상상력을 완전히 자유롭게 불러일으키기 위해 어떻게 하면 좋을지 거듭 고심한 끝에 마침내 그런 책을 만든 겁니다. 누구에게나 인생이 있고 또 한 번뿐이니, 모두 자신의 인생이야말로 소설 못지 않다고 생각하겠지요?"

"글쎄, 그야 그렇겠지요."

"독자는 소설을 읽으면서 끊임없이 자신의 인생체험에 비추어 보고 이건 거짓말이다, 이건 진짜다라고 말들을 하지요. 그런 얼치기 비평을 시키지 않아야 독자의 상상력이 높아집니다. 그러자면 이 방법밖에 없겠다 싶어, 그래서 그런 책을 만든 겁니다."

"…그러나 상상력이 움직이자면 동기가 필요하잖습니까? 열쇠를 넣지 않으면 자동차도 안 움직입니다. 하얀 백지를 보고 상상력이 움직이겠습니까?"

"열쇠가 될 만한 작품이 지금의 일본에 있습니까?"

소설가는 허둥지둥 눈을 내리깔았다. 자신이 심한 모욕을 당한 것처럼 느꼈다. 흠칫흠칫 눈을 들어 보니, 상대는 여전히 서늘하고 맑은 눈에 다소 장난기어린 웃음을 짓고 서 있었다. 깡마른 데다 작달막한 초로의 남자는 키가 소설가의 가슴 정도밖에 되지 않는다. 머리가 하얗다. 그토록 대담무쌍한, 사람을 놀래킨 책을 만든 것치고는 너무나 은근하고 겸허한 태도를 보이고 있다. 말하는 내용은 과격해도 어조엔 현학적인 광채도 없거니와 무지(無知)의 과잉도 없다. 칙칙한 비하(卑下)도 없고 비굴한 굴절도 없다. 턱없이 당황하는 기색도 보이지 않고 대화 도중에 두리번두리번 눈을 돌려 이쪽 어깨

너머로 누군가 새로 온 손님을 찾는 일도 없다. 신인작가나 출판기념회에 있는 모든 것이 없다. 소설가는 내심 혼자 겁먹은 동시에 겨우 구제받은 듯한 기분이 들었다.

"…난 말이죠, 창조자가 아닙니다. 표현자입니다. 어떤 상태를 표현해 보고 싶었을 뿐입니다. 그래서 오늘 이 모임이 끝나면 재깍 사라질 겁니다. 소설을 써서 무얼 어쩌자는 게 아니예요. 책은 이미 너무 충분할 만큼 많이 나와 있으니까요."

"그렇다면, 이런 거군요, 즉 하늘 아래 새로운 건 아무것도 없다고 말씀하시는 건가요?"

"그런 기분도 있지요."

"급진주의자 같아도 사실 당신은 보수주의자로군요."

"그런 건 잘 모릅니다. 어쨌든 하얀 백지니까 급진주의인 동시에 보수주의지요. 파괴주의인 동시에 정숙주의입니다. 해방시키는가 하면 압박하고 있다고도 생각할 수 있죠. 무한의 무한도 있고 무한의 유한도 있다고 생각합니다. 백지에 무얼 써야 될지 몰라 언짢은 기분이 들겠지만, 아무거나 써도 괜찮다고 생각하면 즐거울 수도 있죠."

"…과연!"

"아무것도 안 써도 된다고 생각할 수도 있지요. 이런 기분을 불러일으킬 만한 진지한 책이 요즘 별로 없지 않습니까?

214

노(老)대가는 유령이 발정한 듯한 작품만 쓰고, 중견작가는 신경성 만성설사에 걸려 있고, 신진작가는 꽁지털 빠진 공작 꼴이나 다름없으니 말이죠. 도저히 나 같은 이는 당할 재간이 없어요."

"…!"

소설가는 감탄한 나머지 눈을 움츠렸다. 아무래도 나를 일컬어 꽁지털 빠진 한 마리 공작이라 하니 정면에서 보기 좋게 찰싹, 볼때기를 얻어맞은 사실은 눈치챘다. 다른 녀석들도 보기 좋게 당했다. 근래 이런 일은 전혀 없었다. 차라리 상쾌한 기분이다. 싱글벙글 온화한 미소를 짓고 끝까지 겸허하지만, 도무지 발 붙일 데가 없다. 무슨 말을 하건 그 자리에서 흠씬 얻어맞고 참패당할 지경이다. 그저 연막을 치는 데 그치지 않고, 어쩐지 일일이 너무 진지하게 얘기하려는 과격함이 배어 있는 것 같다. 철저한 무화(無化)를 꾀하는 상대의 완고한 고집에 소설가는 감동하면서도 쩔쩔맸다.

"…아프리카에 계셨다지요?"

"예."

"무슨 연구를 하셨나요?"

"피그미족의 고사기(古事記)."

"…."

"사전이 없어 수월했지요."

"…."

"부시맨도 재미있었습니다. 그들은 진화론의 산기슭 언저리를 헤매는 종족이라, 인간세계에는 접근하지 않습니다. 그 속에 들어가 생활했지요. 얼굴도 무섭고 배꼽도 튀어나왔지만, 얘길 나눠 보면 모두 좋은 사람들이에요. 이야기를 들려준 보답으로 일본의 옛날 이야기를 해 주면, 잊지 않고 강연료를 지불하니 훌륭하지 않습니까? 눈물 날 정도죠. 옥수수며 멍키바나나 같은 걸 어디선가 구해 오기도 했지요."

"밀림의 유명작가군요."

"글쎄, 그런 셈입니다."

학자는 좀더 이야기를 계속하려 했으나 출판사의 직원이 다가와, 슬슬 시간이 됐으니 인사를 부탁한다고 말했기 때문에 유감이라는 듯 악수를 나누고 가 버렸다. 낯익은 작가, 비평가, 편집자들이 평소대로 지루해 못 견디겠다는 듯한 굳은 표정으로 홀 안으로 들어와 사람들과 얘기를 나누며 연신 눈을 재빨리 굴렸다. 소설가는 학자와 헤어진 뒤 이상한 흥분을 느끼고 동료들 사이를 들뜬 걸음걸이로 돌아다니면서, 발정한 유령, 신경성 만성설사, 꽁지털 빠진 공작이니 하는 말을 소개했다.

그날 밤은 열두 시 삼십사 분의 마지막 전차로 집에 돌아왔다. 출판기념회가 끝나고 호텔을 나와 동료들과 함께 술집을 네 곳이나 돌아 상당히 취했지만, 늘 있는 일이다 보니 정신은 거의 말짱했다. 원고료. 인세. 마감일. 영화화 저작권료. 동료의 정사(情事). 그 실패담. 여류작가끼리의 시시콜콜한 언쟁담. 출판사의 경기 관측. 마누라 홍보기. 음담. 미식(美食)과 악식(惡食)에 대하여. 경마. 마작. 화투. 콜걸. 프랑스 일화. 서로 가난과 우행(愚行)을 과시하여 미움받는 일 없게 견제하고, 안 써진다 안 써진다 말은 하면서도 바빠 죽겠다고 엄살을 떨고, 깎아내리는 척 상대방을 치켜세워 입을 틀어막고, 갑자기 모든 게 성가셔 시무룩해진 눈빛으로 늘어져 있는가 하면, 어느새 벌떡 일어나 닥치는 대로 악수를 나누고 일없이 화장실을 들락거렸다. 유쾌한 웃음 소리와 반짝이는 눈빛으로, 이 자리에서 저 자리로 한 손에 유리잔을 든 채 신나는 방랑을 했다. 『파리의 지붕 밑』과 『인생극장』, 『쇼와(昭和)유신의 노래』, 그리고 무슨 제목인지 알 수 없지만, 밥사발 떴다 떴다 얼씨구 절씨구….

정신이 말짱했다. 역에서 마지막으로 동료와 악수를 하고 헤어진 뒤 혼자 걸음을 내딛는 순간, 소설가는 몸 속에 흙탕이 번지는 걸 느꼈다. 평소와 똑같은 감촉이 어김없이 전해와 오히려 안심이 되었을 정도다. 전등이 비추는 어둑한 콘크리트 계단을 한 걸음 한 걸음 오르는 사이, 흙탕은 한 계단마다 더 넓게 깊게 번졌다. 어깨를 늘어뜨리고 기진맥진 가쁜 숨을 쉬며 심야의 플랫폼에 겨우 닿자, 바로 조금 전까지 술집과 출판기념회장에서 그를 들뜨게 하고 설레게 했던 것들이 죄다 사라졌음을 느꼈다. 밥쓰레기처럼 마음이 더럽혀지고 썩었다고 느꼈다. 그는 전차에 올라, 물고기 눈을 한 지친 술집 여급 곁으로 비틀비틀 쓰러지듯 앉았다. 바로 몇 시간 전만 해도 새벽 우유 같은 명랑과 상쾌함으로 이런 저런 결의와 희망을 전해 주고 활력과 강한 열기로 몸을 채워 주었던 바로 그 전차가 전연 딴 모습이 되어 있었다. 끓어오르는 불쾌감이 그를 짓눌렀다. 모든 게 어이없이 바뀐다. 아무리 신선하고 번쩍이는 단단한 물건도 손을 갖다대자마자 순식간에 기름과 때로 찐득찐득 더럽혀지고 탁해지고 상하고 만다. 녹슬고 휘어지고 비뚤어지고, 도저히 막아낼 방도가 없다. 하루는커녕 한 시간도 겨우 버텨낼지 어떨지 위태로울 지경이다. 전차는 휴지와 토악질, 손발 달린 지저분한 고기주머니를 실은 요란한 고철상자다. 소설가는 까닭을 알 수 없는 혐오의 식초에 온몸을 담근 채, 증오와 조소의 시선을 노골적으로 드러내어 주변을 살폈다. 여기저기 쓰러지고 흔들리는 샐러리맨들은 과로, 타산(打算), 만가(挽歌), 연회로 녹초가 되고, 길쭉하니 마른 목덜미에 거무스름한 땟자국이 묻어난다. 입으로는 연신 지칠 줄 모르고 끈질지게, 부서진 꿈을 중얼거린다. 혀를 찰 노릇이다. 술집 여급의 닳고 닳은 자그만 얼굴은 돌처럼 굳어, 소리없이 썩어가는 몸뚱이 위에서 곤한 숨을 내쉬고 있다. 오만한 낯짝을 후려쳐 주고 싶다. 일용잡부가 독한 소주냄새를 숫소처럼 굵은 목으로 토해내고, 얼굴을 들어 눈을 나이프처럼 번뜩이고 노려보는가 싶더니, 바로 고개를 푹 떨구는 짓을 되풀이하고 있다. 야간부 학생이 생쥐 같은 코를 영문법 교과서에 처박고 단어 암기에 몰두하고 있다. 정년퇴직한 듯한 노인이 주름주머니 안에 틀어박혀 몸을 딱딱하게 경직시키고, 가만히 바닥 한곳을 응시한 채 몸도 까딱않고 눈도 깜박이지 않는다. 소설가는 입술을 깨물었다. 노동자도 고학생도 노인도 모두 얼굴이며 손 여기저기에 거친 생활 자국과 상처, 신음소리를 드러내고 괴로워 하며 어찌 해야 좋을지 모르고 있다. 몇 시간 전이라면 얼른 일어나 자리를 양보했을지도 모른다. 멋진 미소로 가볍게 어깨를 다독여 주었을지도 모른다. 하지만 지금은 안 된다. 그저 안절부절못할 뿐이다. 그 정도로 고통을 훤히 내보이면서까지 뒤집힌 보트 끝에 매달릴 일은 없잖은가. 어째서 당장 결판내지 않는 거야. 이렇게 생각하는 자신이 스스로 아니꼽고 치사하다. 흙탕이 치밀어오른다. 목구멍에 꽉 끼여 숨을 쉴 수 없다. 허튼소리와 술에 서로를 위로하고, 음란한 괴성에 히죽히죽 웃어대며 찰싹 들러붙었다 떨어졌다 하던 동료작가들을 떠올리고는 대뜸 바닥에 침을 뱉고 싶어진다. 인텔리 아첨꾼들. 돌연 저만치

깡마르고 작달막한 학자의 모습이 보인다. 멍청한 짓에 감동하고 말았군. 그저 조금 색다른 괴짜에 불과할 뿐 아닌가. 급진주의에다 보수주의. 파괴주의에다 정숙주의. 무한의 무한과 무한의 유한. 해방시키면서 압박하고, 압박하면서 해방시킨다. 진지한 책. 어째서 그런 시시한 일에 감동을 해 그 남자를 확신에 찬 순수자유인이라고 믿어 버린 걸까. 소설가의 입이 벌어진다. 초조감으로 위가 문드러질 것 같다. 눈살을 찌푸리고 입술을 깨문다. 꼭두각시 인형처럼 현기증 나게 표정이 변하고 어색하게 고개를 숙였다가 갑자기 어깨가 처지고 한숨을 내쉰다. 중학생 때 수은연고로 메달이나 뱃지를 닦았던 걸 기억한다. 수은연고를 메달에 엷게 발라 문지르면 금세 반짝반짝 광나기 시작한다. 엷은 산화물 막이 생겨 도금한 것처럼 된다. 그러나 막이 약해 공기에 닿자마자 녹슬고 색이 바랜다. 메달은 광채를 잃고 얼마 뒤엔 아까보다 더 녹이 슬고 더러워지고 검게 변해 죽고 만다. 은색의 엷은 파도 아래에서 떠오르는 영웅의 옆모습, 남자의 어깨 근육, 여자의 가슴, 숫자, 월계관 따위가 한 순간 반짝이다 이내 녹의 수렁 속으로 가라앉는다. 어찌 해 볼 방도가 없었다. 손바닥 위에서 한 줌 햇살을 받고 죽어가는 금속 조각을 그저 바라보는 수밖에 없었다. 방에서 나왔다 들어갔다, 사람을 만났다 헤어졌다 하는 순간 순간마다, 나는 반짝였다가 녹슬었다 한다. 매

순간마다 다른 말을 내뱉는 자동판매기다. 무엇에도 만족할 수 없어 그저 안절부절못할 뿐인 경박한 펄프작가…

소설가는 전차에서 내려 개찰구를 빠져 나와 집으로 향한다. 교외의 밤은 어디엔가 나무와 풀이 숨쉬고 있어, 들이마시면 목으로 물이 흘러내리는 것 같다. 번쩍이는 거대한 쓰레기통이 소음을 내며 동쪽으로 달려간다. 완만한 비탈을 올라, 우물물과 비쩍 마른 욕쟁이 마누라가 기다리는 집을 향해, 손발 달린 생각하는 고기주머니가 잡동사니 같은 감상을 내뱉으며 어슬렁 걸어간다.

등이 켜지고 문이 열린다.

"…또!"

"…"

"눈이 노랗군요."

"약 줘."

이층으로 올라가 옷을 벗고 오두막찻집으로 기어든다. 여자가 발소리를 내며 계단을 오르고 나무문을 열고 들어온다. 문지방에 물컵과 알약을 늘어놓는다. 남자는 이불 밖으로 몸을 내밀어 잔돌처럼 늘어선 알약을 한쪽 끝에서 한 알씩, 천천히 눈을 감고 물과 함께 삼킨다. 여자가 방을 나간다. 소설가는 그제야 침상에서 소리친다.

"…문을 열어 둬!"

베개에 머리를 얹고 전등을 끈 순간, 어둠 속에서 수많은 얼굴과 모습, 그림자와 형태, 사람과 사물이 알코올의 뜨거운 안개에 파묻혀 난무한다. 어질어질하다. 머리를 중심으로 몸이 커다란 파도에 들어올려져 천천히 돌다가 어딘가 깊숙이 가라앉는다. 소설가는 구토를 참으며 눈을 질끈 감고 베개에 매달린다. 오 분 후, 그의 몸은 부드럽게 풀린다. 벽이 흔들릴 정도로 코를 골아댄다. 아침부터 생기기 시작한 이변이 겨우 끝났다.

무사히 하루가 지나간다.

(1963년 7월)

작품 소개

이 작품은 『전후단편소설선』(戰後短篇小說選, 岩波書店編輯部, 2000. 3) 제3권에 실린 가이코 다케시(開高健, 1930~1989)의 「搖れた」(1963. 7)를 번역한 것이다.

가이코 다케시의 「흔들리다」에는 전후 일본이 처한 정치적, 경제적 상황과 변화의 흐름 속에서 제 목소리를 내기 힘들어진 작가의 현실적 소외와 고립이 사소설투로 패러디화되어 있다. 작품의 모두에서 주인공인 "소설가는 침상에서 숙취로 어질어질한 머리를 일으켜 주변을 살피고 한숨을 쉰다. 투구벌레가 되지도 않았고 벽에 스며들지도 않았다." 눈치빠른 독자라면 카프카의 「변신」이나 아베 고보(安部公房)의 「벽」을 떠올릴 것이다. 특별한 외출이 없는 한, 소설가가 대부분의 시간을 보내는 오두막찻집 공부방은 삐걱거리는 나무문 하나를 사이에 두고 세계(현실)로부터 단절된 개인적 공간이다. 반면 핵무장, 폐색, 상황, 돌파, 해방 등의 단어들이 소설가의 의식을 붙잡고 그를 일상(방)으로부터 외부로 끌어낸다. 그러나 소설가 자신, 자신의 견해나 입장이 전혀 그 무엇도 대변할 수 없다는 것을 절감하고 있다.

그런 점에서 어느 신인작가가 출간한 『최후의 서(書)』라는 글자 없는 책이 오히려 설득력 있게 다가온다. 백지야말로 독자의 상상력을 완전히 자유롭게 불러일으키는 최선의 방책이라는 것이다. 문학의 진정성은 어디에 있는가. 소설가는 외친다. "…문을 열어 둬!"

브라질풍의 포르투갈어

오에 겐자부로(大江健三郎) 지음

이영아 옮김

브라질풍의 포르투갈어

　　나와 삼림감시원은 지프를 타고 나무향
이 짙게 감도는 깊은 숲을 지하수로처럼 관통하는 길을 질주
하면서 커브길에서는 낙엽이 뒤덮인 산화토를 파헤치곤 했
다. 낙엽은 검은 빛으로 물들어 있었고 땅은 붉은 빛의 산화
토였다. 우리는 셀 수 없이 많은 도마뱀을 치면서 질주했다.
이윽고 우리는 갑자기 시야가 탁 트인 고지대로 들어섰다. 이
제 종말을 고하는 여름이 한낮의 빛으로 반짝이는 깊은 숲에
둘러싸인 방추형 분지를 내려다보았다. 돌이 깔린 완만한 길
이 우리가 있는 고지대부터 분지로 이어지다가 다시 오르막
길이 되더니 건너편 숲이 시작되는 접점에서 사막이 강처럼

홀연히 사라졌다. 양쪽에는 띄엄띄엄 열 몇 채쯤 되는 인가가 있고 주변은 밭이었다. 분지는 시코쿠(四國) 산맥[1] 중에서 가장 깊고 농밀한 숲의 침식에 저항하는 듯했으며 숲은 위압적인 자세로 자신을 뽐내고 있었다. 우리는 고지대에 지프를 세운 채 분지를 바라보았다. 이름모를 거대한 상실감이 분지를 따라 장막이 되어 감싸는 듯한 느낌. 삼림감시원이 엔진을 끄자 거대한 상실감과 완벽한 정적이 지프에 탄 우리조차 삼켜버릴 것 같았다. 우리는 엔진을 끈 채 울음을 그친 매미 같은 지프로 돌길을 따라 내려갔다.

"돌길 사이에 뻗어 있는 풀들 좀 보게."

삼림감시원이 속삭이자 그 목소리는 숲이라는 광대한 방음벽에 둘러싸인 분지에서 순식간에 흩어져 버리고 말았다.

나는 돌길 사이로 뻗은 질기고 억센 풀잎을 바라보았다. 이 돌길은 오랫동안 사람의 발길이 닿지 않은 곳이었다. 나는 풀속에서 햇빛과 빗물에 바랜 고양이 뼈를 발견했다. 그것은 개도 아니고 새끼 산양도 아닌 분명히 고양이 뼈였다. 뼈의 구조를 정확히 유지한 채 돌에 가려져 있었다. 삼림감시원은 뼈들을 피해서 좁은 돌길을 지그재그로 운전했다.

"고양이가 죽어 있군."

"굶어 죽었겠지."

"쥐라도 잡아먹으면 될 텐데."

"그 쥐라는 놈이 먼저 굶어 죽었든지 아니면 숲으로 도망
쳤든지 했겠지."
라고 삼림감시원이 대답했다.

고양이를 좋아하는 나는 그 소리를 듣자 가슴이 저려 왔
다. 고양이들은 이제 숲에서는 생존능력이 없어져 버린 것일
까? 본래 고양이의 조상은 B.C. 1만 년 전에 이집트인이 나일
강 상류의 숲에서 수렵용으로 기르기 시작했던 것인데… 돌
길을 뒤덮은 억세고 질긴 파란 풀 사이에서 다시 뼈를 몇 개
나 보았다. 그렇다 쳐도 그 자존심과 거만함으로 뭉친 족속이
어째서 돌길 가운데서 죽어 있는 것일까, 그들이 죽기에 어울
리는 나무 그림자에 덮인 어둠이 분지를 둘러싸고 무한할 정
도로 뻗어 있음에도 불구하고 말이다…

우리가 탄 지프가 돌길이 배 밑처럼 경사가 진 가장 낮은
곳에 내려서 조용히 멈췄을 때 갑자기 털이 누런 개가 잽
싸게 늑대처럼 우리 앞을 가로질러 갔다. 나는 뜻하지도 않게
비명을 질렀다. 그걸 본 삼림감시원은 엷은 미소를 지었다.
우리는 지프에 엔진을 걸고 언덕을 올라 숲과 분지의 접점으
로 향했다.

왜 나는 비명을 질렀을까? 아까 그 개가 숲 사이로 난 어슴
푸레한 나무터널을 빠져 나와서 고지대에서 본 유일하게 살
아 움직이는 존재였기 때문이라 해도 나의 놀람은 너무 의외

228

였다. 나는 야성이 된 그 개를 망령으로 착각했던 것이다. 어쨌든 우리는 밭에서 일하는 장정이나 아낙네 그리고 길에서 노는 아이들 심지어는 가축떼와도 한 번도 마주치지 않은 채 지프를 달려온 것이었다. 마을의 집들은 대문과 창이 모두 한밤중처럼 굳게 닫혀 있었다.

"이 마을은 가난했나?"

"가난? 뭐 별로 그렇지도 않았네." 삼림감시원은 대답하면서 지프를 어떤 문 앞에 세웠다.

우리는 풀을 밟으며 돌길에 내려섰다. 오랫동안 마을 사람의 발길이 닿지 않은 돌길을 그저 여행자에 지나지 않는 자신이 밟고 있다는 사실이 어쩐지 께름칙했다. 나는 갑자기 지프로 돌아가고 싶은 충동에 휩싸였다. 그러나 삼림감시원은 내 망설임 같은 건 개의치도 않고 문 앞으로 다가서서 자못 위엄 있게 판자문을 비틀어 열고 방금 우리가 가로질러 온 숲보다 더 어두운 토방으로 들어가 버렸다. 결국 그는 촌(村)의 일원이었고 그리고 나는 이 마을을 포함한 광대한 숲을 지배하고 있는 촌(村)의 외부에서 온 이방인이었던 것이다. 나는 더 이상 한 뿌리의 풀이라도 짓밟지 않겠다는 결심을 하고 묵묵히 기다리고 있었다. 삼림감시원은 신발을 신은 채 (그는 구식 군대의 병사처럼 발목을 짜서 만든 구두 같은 것을 신고 있었다) 마루 위에 올라서서 무엇인가 찾고 있었다.

내가 당황해서 공포심마저 느끼기 시작했을 때 비로소 삼림 감시원은 먼지범벅이 된 머리를 내밀고 말을 건넸다.

"이쪽으로 오게, 보여 줄 것이 있어."

나는 하는 수 없이 그의 말에 따라 어두운 토방으로 들어 섰다. 삼림감시원과 어깨를 맞대고 서서 어둠에 싸인 구석에 서 발견한 것은 인광처럼 파르스름한 빛을 뿜으면서 영상이 떠오르고 있는 브라운관이었다. 브라운관의 희미한 빛이 이 로리(囲爐裏)를 가로지른 마루방의 배 모양의 장롱, 신전, 벽 시계 따위를 비추었다. 이곳은 다소 지나치게 정돈되어 있어 서 사람이 살았던 체취를 느낄 수 있는 자질구레한 것들을 전부 쓸어 없앤 듯한 인상이기는 했지만 그래도 역시 극히 정상적인 소농가의 실내였다. 분지 전체를 뒤덮고 있는 저 상 실감의 미니어처가 이곳에도 스며들어 있었다. 이윽고 어떤 남자가 금속성 목소리로 쾌활하게 지껄여대기 시작하자 화 면에는 매우 선명한 바다풍경이 떠올랐다. 잔잔한 파도가 일 렁이는 광활한 바다, 새파랗게 트인 하늘, 새하얀 성벽 같은 절벽. 탄산수처럼 거품이 이는 바다 위로 어떤 외국 여자의 머리가 움틀거리고 있다. 그녀는 헤엄을 치고 있었다. 금속성 목소리가 도버해협의 각종 횡단기록에 대해서 해설하고 있 었다…

삼림감시원이 신발을 신은 채 다시 마루방으로 뛰어오르

자 먼지가 풀풀 일어서 텔레비전 화면을 가려 버렸다. 그리고 텔레비전의 스위치가 꺼지자 토방에 서 있던 내 눈은 이미 어둠 외에는 어떠한 것도 받아들이지 않았다. 그 어둠에 밀려서 돌길로 나와 나는 어깨에 묻은 먼지를 털었다.

다시 지프가 달리기 시작했을 때 삼림감시원이 말했다.

"이 마을 사람들이 거의 다 텔레비전이 있었다는 것은 별달리 가난하지는 않았다는 증거야, 그것도 뭐 벌써 일년 전 일이기는 하지만."

돌길을 다 올라가자 벽처럼 가로막고 선 숲 앞에 이르자 삼림감시원은 기세 좋게 핸들을 꺾었다. 그곳에서는 농가의 배후에 펼쳐진 논밭들을 훤하게 건너다볼 수 있었다. 논밭은 말 그대로 철저하게 황폐해져 있었다. 죽은 들쥐가 썩어 가면서 햇빛에 말라 가는 것을 가끔씩 보기는 했지만 나는 그 광경에 도저히 익숙해질 수가 없었다. 분지의 논밭들은 그야말로 수없이 많은 죽은 들쥐들이 빼곡하게 쌓여 있는 것 같은 광경이었다. 썩어 가는 식물이 썩어 가는 동물과 마찬가지로 혐오감을 불러일으킬 수 있다는 것을 나는 처음으로 체험한 것이다.

"갑자기 구역질이 날 것 같아." 이유 모를 갑작스런 피로를 느끼면서 내가 말했다.

"그래!" 삼림감시원이 순순히 대답했다. 그가 이렇게 솔직하게 반응하는 것은 드문 일이었다. 그는 내향적이고 완전히 굴절된 성격의 소유자였다.

"그럼, 이만 돌아가지, 자네는 벌써 볼 건 다 봤으니까."

삼림감시원은 말을 마치자마자 지프의 속도를 올려서 단숨에 돌길을 내려갔다가 다시 숲 입구인 고지대로 올라갔다. 이 분지의 촌락에는 야성이 된 개를 빼고는 지프에 치일 것이 없어서 우리는 마음껏 속도를 낼 수가 있었다.

고지대에서 숲으로 들어가기 전에 우리는 다시 한 번 뒤돌아서서 분지를 내려다보았다.

"반나이(番內) 주민들이 모두 이 분지에서 다른 먼 곳으로 사라진 지 채 일년도 안 됐는데 마치 숲이 분지를 밀고 들어온 것 같은 느낌이야. 마을주민들이 이대로 십년만 안 돌아와도 분지는 숲의 나무들에게 전부 먹혀 버릴 것 같아."

"그럴지도 모르겠군." 나는 온몸에 전율을 느끼며 맞장구를 쳤다.

"이런 깊은 숲은 정말 무서워, 나는 일년 365일 내내 도벌꾼을 찾아 숲에 모세혈관같이 퍼져 있는 나무 사이를 지프로 구석구석 돌아다녀 봐서 그 두려움을 잘 알고 있지. 언제였던가 나무들이 길을 가로막아서 뇌졸중을 일으켰던 노인네 머리 속에 남겨진 불운한 피처럼 나도 숲에 갇히는 게 아닐까 하는 생각이 들곤 해. 정말 이 삼림감시꾼이란 게 대학에서 불문학밖에 배운 게 없는 나 같은 인간에게는 혹독한 일이야. 더군다나 오십여 명이나 되는 한 동네 사람들이 몽땅 애지중지하던 텔레비전까지 내팽개친 채 행방불명이 되는 정신나간 일이 벌어지는 곳이니까 말이야."

자기멸시와 뜻하지 않은 자기도취가 복잡하게 뒤섞인 넋두리를 분지의 버려진 촌락에 대고 내뱉은 뒤 내 친구 삼림감시원은 숲속의 나무터널을 향해 맹렬한 기세로 지프를 몰기 시작했다. 해질녘까지 숲을 빠져 나가서 마을로 돌아가지 않으면 우리는 위험에 빠질지도 몰랐다. 내게도 이 깊숙한 숲의 공포가 급작스레 생생하게 실감나기 시작했다. 우리는 묵묵히 액취처럼 짙은 냄새를 풍기는 어두운 숲을 질주했다. 나와 삼림감시원이 대학 불문과 동기로 한 강의실에서 공부할 때 프랑스에서 심해잠수함과 승무원들이 도쿄(東京)를 방문한 적이 있었다. 우리는 같이 심해잠수함 함장의 강연을 들으러 갔다. 지금 질주하고 있는 이 지프는 그때 함장의 설명을 들으며 봤던 단편영화 속의 심해잠수함을 연상시켰다. 심해잠수함도 지프도 녹색광선이 희미하게 스며드는 어둡고도 짙은 공간을 마치 흠뻑 젖은 야수처럼 쉴 새 없이 떨면서 나아가고 있었다.

"이봐 자네, 그때 바티스카프호 함장의 강연회가 기억나나?" 나는 지프의 바람막이가 마치 돛처럼 신음하는 소리에 저항하며 크게 외쳤다.

"이 삼림감시꾼 일이란 게 너무 공사다망해서 불문학이나 불어 따위는 벌써 손뗀 지 옛날이야!" 그가 외쳤다.

그러나 그 대답이야말로 친구의 성격 중 일면을 여실히 드러내 보이는 거짓말이었다. 어젯밤, 내 숙소로 인사차 왔던 그의 모친은 그가 막무가내로 결혼을 마다한다고 팔자타령을 하다가 이제는 아들이 술고래가 되어서 고주망태가 될 정도로 술을 마신다고 했다. 그리고 고주망태가 되어서는 프랑스 시를(보들레르의 시다. 친구의 졸업논문은 「가을 노래」의 반계음과 첩운법이라는 주제였다. 이러한 주제를 선택한 것만 봐도 어쩐지 친구의 성격이 뚜렷하게 드러나는 것 같다) 읊어대기 때문에 같이 술을 마시는 동료 삼림조합원들로부터도 따돌림당하고 있다고 했다. 대학에 있을 때도 그가 고주망태가 될 정도로 술을 마셨던 적이 있었던가?

대학시절 내 친구 삼림감시원은 별달리 두각을 나타내는 학생은 아니었다. 그는 미숙아가 가까스로 청년으로 성장한 것 같은 인상이었다. 툭 튀어나와서 넓고 둥근 이마 밑으로 푹 꺼진 내성적이며 항상 부끄러움을 타는 듯한 내사시(안쪽 사팔) 눈에 턱은 조그마했다. 치열이 엉망진창인 것이 늘 마음에 걸리는지 말할 때는 항상 한쪽 손을 물이라도 뜨는 것처럼 구부려서 입을 가리곤 했다. 그러는 그의 모습이 마치 아와(阿波)[2]인형 중에 학대받는 농부인형의 얼굴과 닮았다고 조심성 없는 같은 과 친구가 놀린 적이 있다. 그때 그는 돌연히 여느 때의 수치심으로 인해 소심했던 자신의 모든 행동에 보복이라도 하듯이 친구들 앞에서 잣새의 부리처럼 뒤틀린 이를 드러내고 내사시 눈으로 허공을 노려보다 꽤엑-하고 비명을 지르며 휙 뒤돌아섰다. 그는 학대받는 농부 중에서도 가장 학대를 받던 농부가 나무기둥에 묶여 작살에 찔려 죽을 때 내지르는 단말마의 광경을 연출한 셈이었는데 우리는 그것을 보고 모두 충격을 받고 말았다.

그러나 그가 우리 동급생에게 가장 큰 충격을 안겨 준 것은 졸업 직전의 일이었다. 그는 도쿄에서 방송국이나 출판사에 취직하려고 바쁘게 뛰어다니는 우리를 백안시한 채 고향인 시코쿠로 돌아가서 목재도매상의 젊은 주인이 되겠다고 선언했을 때였다. 그리고 그는 정말로 시코쿠로 돌아가 버렸다. 몇 년이 지나서 신년 동창회에 나타난 그는 다시 우리에게 화제의 인물이 되어 있었다. 그의 목재도매상은 삼림조합이라는 거대한 경쟁상대에 져서 파산했던 것이다. 시코쿠의 삼림조합이라는 어마어마한 존재에 대해 누군들 알고 있었을까? 파산한 젊은 주인은 과감하게도 그 삼림조합의 삼림감시원이라는 일을 시작했던 것이다. 그의 일은 매일 아침부터 밤까지 삼림 깊은 곳까지 펼쳐진 길을 지프로 달리면서 도벌꾼을 감시하는 것이다. 그는 벌써 도벌꾼을 열 다섯 명이나 잡았다고 했다. 우리는 모두 그의 열정적인 현실생활에 압도 당하여 그에게 우리 무리 중에서 가장 비순응적인 생활인 상 이라는 가공의 상을 수여했다. 그는 매년 동창회에서 자기가 이 상을 계속 독점할 작정이라고 흥분에 차서 인사말을 했다. 말할 때 손으로 입을 가리는 그의 버릇은 이미 볼 수 없었다. 거꾸로 그로테스크한 치아를 과시라도 하듯이 입을 한껏 벌 려서 지껄여댔다.

그런 내 친구, 삼림감시원으로부터 나한테 편지가 온 것이 다. 그가 감시를 맡고 있는 대삼림 마을 중에 하나인 반나이 마을의 열 몇 호 가구의 오십여 명이나 되는 남녀노소 모두 가 돌연, 그 분지의 마을을 버리고 사라져 버렸다는 것이다. 이유도 전혀 모르거니와 그들의 행방도 몰랐다. 촌장 외에 촌 (村) 지도자들은 이 해괴한 사건을 우선 외부에는 비밀로 해 두기로 했다. 매스컴이 이 사건에 눈독을 들여서 촌(村) 전체 가 큰 소동에 휘말리게 되면 마을 사람들 모두의 명예와 관 련되기 때문일 것이다. 탈출한 사람들이 전부 다시 분지의 마 을로 돌아와 주면 모든 문제가 해결되니까 반나이 주민 전체 가 여행이라도 간 셈치자고 촌장들은 태도를 굳힌 것이다. 그 리고 이미 일년이 지났지만 마을은 텅 빈 그대로였다. 편지에 는 "자네는 모든 주민이 도망쳐 버린 마을을 보고 싶지 않은

236

가? 나는 대삼림은 물론 이 분지의 마을도 파수를 보고 있어서 자네에게 좋은 안내를 해 줄 수 있네"라고 씌어 있었다. 그래서 나는 친구인 삼림감시원의 마을로 찾아왔다. 그러나 나는 깊은 숲속의 버려진 마을이 그처럼 강렬한 인상을 심어 주리라고는 예상도 못했다. 마을 숙사로 돌아오자

"어떤가, 도쿄에서 시코쿠 대삼림의 깊숙한 곳까지 찾아온 것을 후회하지 않나?" 삼림감시원은 시니컬하게 물었다.

"아니, 그 반대야, 이건 정말 충격이야. 그 마을 이름이 반나이라구? 그건 도깨비라는 뜻이야. 오리구치 시노부(折口信夫)[3]의 논문에도 실려 있던 이즈모(出雲)의 기즈카(杵築)의 봄 마쓰리(祭り)에 등장하는 도깨비야."

"도깨비? 그 분지의 무리들이 도깨비 종족이라고 말할 작정인가? 지금 그들은 마을을 떠나 다시 도깨비가 됐다는 건가? 그렇지만 그 마을은 원래 전쟁 말기에 생긴 개척마을이니까. 여기 저기서 모인 지극히 평범한 사람들의 마을이라네. 우리는 지난 일년간 아무리 궁리해 봐도 그 사람들이 왜 분지를 떠났는지 그럴 만한 이유를 하나도 못 찾았어. 생활이 궁핍해져서 야반도주한 것도 아니고. 삼림에서 얻는 수익이 많아서 촌(村)에서는 세금을 거의 걷지 않는다네. 그렇다고 그들이 빚으로 고생했다는 이야기도 없었어. 마을사람들이 몽땅 미쳐 버린 걸지도 모른다고 말하는 사람도 있지만 그들

은 미치광이처럼 떠난 것이 아니라 정말 조용히 침착하게 떠났어. 그렇지 않았으면 마을의 다른 사람들에게 발각이 되었겠지. 그들은 심야에 야생동물들처럼 묵묵히 대삼림을 넘어갔어. 만일 확실한 이유가 있다면 나는 그것을 알고 싶네. 이 촌(村)에 큰 재앙이 떨어져서 우리가 모두 멸망할 것이라는 예언이라도 있었다면 우리도 모두 도망가야 될 텐데!"

우리는 웃는 대신에 어쩐지 서로의 마음 밑바닥을 의혹에 차서 엿보는 듯한 우울한 시선으로 서로를 응시했다.

도쿄로 돌아와서도 나는 분지의 거대한 상실감이 주는 인상에 이따금씩 사로잡히곤 했다. 나와 내 친구 삼림감시원 사이에 가끔씩 편지가 오갔다. 그들 반나이 마을 사람들은 아직 돌아오지 않은 것은 물론이거니와 그들이 행방불명이 된 이유를 밝힐 실마리도 여전히 무엇 하나 발견되지 않았다. 점점, 친구의 편지는 음울해져 갔고 이윽고 그는 자신이 일종의 우울증에 사로잡힌 것 같다는 고백을 써 보내기도 했다. 그는 분지를 둘러싼 삼림지대를 매일 지프로 달리면서 고독한 감시를 계속하고 있어서 마을의 거대한 상실감이 내뿜는 독소에 항상 쏘이고 있는 것이다, 우울증도 어쩌면 당연한 것일지도 몰랐다.

내가 분지를 방문하고 반년이 지난, 겨울이 끝날 무렵이었다. 나는 지금 도쿄역에 막 도착했다는 삼림감시원의 전화를 받았다. 그때 그는 우울증은커녕 흥분으로 들뜬 생기 있는 목소리였다. 반나이 주민의 딸 한 명이 다른 마을 친구에게 편지를 보내 왔던 것이다. 물론 그 처녀는 봉투에 자기 주소는 적지 않았지만 순진하게도 그 봉투는 그녀가 일하는 공장에서 발행한 것이었다. 봉투에는 가시키구(葛飾區) ○○○도장공장이라고 찍혀 있었다. 그래서 삼림감시원이 그 봉투의 주소를 단서로 마을주민들을 마을로 돌아오도록 설득하는 역할을 떠맡고 상경했다는 것이다. 나는 친구와 약속시간을 정하고 전화를 끊었다. 친구를 흥분시켰던 바이러스균이 전화통의 검은 에보나이트를 통해 뛰쳐나와서 삽시간에 나마저도 감염시켜 버렸던 것이다. 나는 가엾은 고물차 르노로 속도를 80킬로나 내면서 친구가 있는 곳으로 달렸다. 이윽고 나와 삼림감시원은 천식걸린 젖먹이처럼 할딱대는 르노로 때로는 강을 건너기도 하면서(그 일대에는 아라가와〈荒川〉나 스미다가와〈隅田川〉를 비롯한 무수한 강과 운하가 있었는데 우리는 계속 다람쥐쳇바퀴 돌듯하고 있었던 셈이다) 목적지인 도장공장을 찾으러 나섰던 것이다. 잿빛으로 물든 겨울 하늘 아래서 강들은 백내장에 걸린 눈처럼 희뿌연 색을 띠고 있었다. 마침내 우리는 한 길목의 구석 전체를 차지하고 있는 도장공장을 찾아냈다. 삼림감시원은 깊은 숲속에서 도벌꾼을 막다른 골목에 몰아넣었을 때처럼 흥분과 긴장으로 창백해진 얼굴에 내사시 눈을 번뜩이며 차에서 내렸다. 그는 삼림감시원 일을 계속하는 동안에 그레이하운드[4]처럼 추적자의 본능을 말초신경까지 비대화시켜 버린 것 같았다. 그는 대삼림에서 벗어나 도쿄의 가시키구에 있으면서도 여전히 삼림조합 마크가 새겨진 카키색 외투 같은 제복을 차려입고 목구두를 신은 채 매우 긴장하고 있었다.

우리는 우선 공장장을 만났다. 초로의 왜소한 체구의 공장장은 친구인 감시원이 내민 명함을 봐도 별다른 반응을 나타내지 않았다. 그런데 내 명함을 보더니

"정박아의 취업상황을 취재하러 오신거군요?" 그는 심사숙고하듯이 물었다.

나와 삼림감시원은 그 오해가 어디서 생긴 것인지 몰랐다. 우리는 뜻하지 않은 말에 당황하면서 시코쿠에서 와서 일하고 있는 처녀를 만나고 싶은 뜻을 전했다. 우리는 완강하게 거부당할까 봐 두려웠다.

"아, 그 시코쿠 사람들 말입니까, 지금 안내해 드리죠." 공장장은 흔쾌히 대답했다. "우리 공장 사장님의 따님이 다운증후군(몽고증)이라서 말이죠. 같은 병을 앓는 정박아들이랑 같이 공장에서 일하도록 사장님이 배려하셨답니다. 그래서 우리 공장은 중소기업치고는 신문 같은 매스컴에 잘 알려져

있지요."

"그 시코쿠 사람들이라고 말씀하셨는데 한 동네에서 온 사람들이 여러 명 이곳에서 일하고 있습니까?" 삼림감시원은 다운증후군 어린이들 따위는 안중에도 없다는 듯이 추궁했다.

일순, 초로의 공장장은 내 친구를 물건이라도 감정하듯이 지그시 응시했다. 그는 정박아의 취업상황에 대해서 더 말하고 싶은 모양이었다. 그러나 그는 체구가 작은 남자답게 극기심을 발휘해서 정중한 어조로 삼림감시원의 성급한 질문에 답했다.

"예, 예, 부녀노동자들이 도장 부문에서 일하고 있는데 그곳만 해도 스무 명은 넘지요, 같은 동네 사람들입니다. 일을 열심히 하고 참을성이 있는 사람들이더군요, 그 사람들을 여기서 일하도록 한 것은 정말 잘한 겁니다. 여기 일은 매우 단조로운 일이라서 과묵하고 집중력이 있는 사람일수록 능률이 오르는 법이지요. 다운증후군 어린이들이 가장 우수하고 다음이 시코쿠의 그 사람들입니다. 일의 능률로는 일반노무자들이 가장 나쁩니다. 지금은 일반노무자들을 다른 부문으로 옮겨 버렸지만요."

우리는 공장장을 따라 남자노무자들이 일하는 제품반출창고로 들어가서 이층 공장으로 통하는 좁은 계단을 올라갔다.

지독한 도료냄새가 샤워 물줄기처럼 우리를 덮쳐서 현기증이 날 지경이었다. 이층 공장 안으로 들어가자 가장 앞쪽에서 긴 테이블을 둘러싸고 아이들이 일하고 있었다. 스무 개의 양철게가 전부 모아지면 그 철망은 바닥에 있는 이미 뒷손질이 끝난 철망탑 위에 쌓이고 아이들은 다시 다른 철망을 들고 와서 양철판을 늘어놓기 시작했다. 아이들은 우리에게는 시선도 주지 않은 채 조용히 일을 계속했다. 우리 쪽으로 등을 지고 있는 아이들의 목덜미는 짧고 뭉툭했다. 그리고 고개 숙인 아이들의 얼굴은 미간이 넓고 콧대가 거의 없는 것이 모두 비슷했다. 그들은 정말 작고 온순한 몽골인 같았다.

아이들 건너편에 마찬가지로 긴 테이블을 둘러싸고 여자들이 말없이 일하고 있었다. 그 여자들도 역시 우리의 존재를 완전히 무시한 채 일을 계속하고 있었다. 여자들의 나이는 다양한 것 같은데 한결같이 감색 윗도리와 모자를 쓰고 있었으며 이쪽 테이블의 아이들처럼 서로 닮지는 않았지만 역시 어떤 공통된 분위기 속에 있었다. 그것은 복장뿐만 아니라 피로감, 공포, 경계심 따위의 어떤 심리적인 것과 관련된 분위기였다.

나와 공장장이 다운증후군 아이들 옆에 서 있는 사이 삼림감시원은 곁눈도 팔지 않고 말없이 일하는 여자들한테 다가가서 말을 걸었다.

"나는 삼림조합에서 왔습니다. 여러분은 반나이 마을에서 왔죠?" 질문하면서 삼림감시원은 철망을 쌓아 올린 통로 전체에 다리를 벌리고 섰다. 그는 여자들이 갑자기 놀라 달아날 것을 대비해 도망갈 길을 막아두려는 빈틈없는 조심성을 보이고 있었다.

그러나 가장 어려 보이는 소녀들이 약간 호기심 서린 듯한 시선으로 힐끗 쳐다봤을 뿐이었다. 나이 먹은 여자와 중년여자 그리고 철든 나이의 처녀에 이르기까지 모두 조용히 일을 계속하면서 삼림감시원을 무시한 채 그의 말에는 전혀 관심을 나타내지 않았다. 소녀들도 자기들에게 발언할 자격이 없는 것을 아는지 극히 자연스럽게 침묵을 지키고 있었다. "이 사람들은 일할 때는 거의 말을 안합니다. 이쪽 테이블의 아이들도 그렇지만요. 덕분에 능률이 오른답니다. 그럼, 천천히 구경하십시오!" 체구가 작은 공장장은 우리에게 목례를 하고 갑자기 엎드리더니 양철판을 정연하게 실은 철망탑을 껴안고 안짱걸음으로 공장의 다른 동으로 이어지는 제품이 벽을 이루고 있는 사이로 사라졌다. 그쪽에 도료를 뿌려서 건조하는 장치가 있는 것 같았다.

삼림감시원은 모여 있는 여자들 모두에게 막연하게 말을 거는 것이 얼마나 형편없는 작전인지 깨달은 것 같았다. 그는 작은 체구의 중년여성 한 명을 골랐다. 그는 한 걸음 다가서

서 물었다

"당신은 쭉 여기서 일했나요?" 그는 여자의 굳은 거무스름한 옆얼굴을 가만히 들여다보면서 말했다. 그것은 마치 사랑하는 사람에게 속삭이는 것처럼 보였다.

그러자 결국 중년여자는 항복하고 말았다.

"예."

중년여자는 말했다.

"마을을 떠난 뒤 쭉 그랬습니까?"

"예."

"반나이 마을의 여자들은 모두 여기서 일합니까?"

"예."

"남자들은?"

"여기서 발송작업을 하거나, 도로공사에 나간 사람도 있습니다." 비로소 중년여자는 삼림조합감시원을 쳐다보며 말했다. 탱탱한 피부에 안구가 튀어나온 작은 얼굴이 마치 새 같은 인상의 여자였다.

"어디서들 살고 있습니까?"

"부부가 함께 여기서 일하는 사람들은 기숙사에서 지냅니다. 그렇지 않은 사람들과 노인들은 여관에 있지요."

삼림감시원은 노인 두 명의 이름을 대고 그들이 있는 곳을 물었다. 그들이 반나이 마을의 장로였다. 중년여자는 그 노인

244

둘이 살고 있는 간이여관 거리의 이름을 말하고 매일 아침 열 시까지 동네 중심에 있는 큰 식당에 나타나서 그곳에서 식사를 마치면 전차를 타고 하루 종일 온 도쿄 시내를 돈다는 이야기를 삼림감시원의 질문에 끌려 들어서 말해 주었다. 낮에도 여관에 남아 있으면 여관비가 비싸질까 봐 그러는 것이 분명했다. 그곳은 때때로 숙박인들의 폭동이 일어나는 동네였다. 분지를 탈출한 사람들도 폭동에 참가했을까?⋯

"당신들은 이제 마을로 돌아갈 생각은 없는 겁니까?" 삼림감시원이 물었다.

그때 양철판을 쥔 채 철망에 심고 있던 모든 여자들이 희미하게 몸을 떠는 것 같은 기색이었다. 그러나 중년여자는 침묵을 지키고 있었다.

"여러분은 당신들은 이제 마을로 안 돌아갈 작정입니까?" 친구는 되풀이해 물었다.

"노인들에게 물어 보십시오." 중년여자는 완강하게 거부하는 태도로 말했다.

"내일 아침, 그 식당에 갈 테니, 그렇게 전해 주십시오." 삼림감시원은 망설이며 말했다.

"예." 중년여자는 다시 유순한 자세로 돌아와서 말했다.

"죽은 사람이 있습니까?"

"아니요."

"병이 든 사람은?"

"한 명 있습니다. 마을에서 나올 때 이미 병에 걸렸지요."

"무슨 병입니까?"

"무서운 병이예요, 배가 부풀어 올라서…."

삼림감시원은 잽싸게 질문공세를 퍼부어 어떤 병인지 캐내려고 했다. 하지만 중년여자는 삼림감시원의 질문에는 거의 대답을 할 수 없었다. 결국, 그 환자가 입원한 병원 이름을 가르쳐 주는 데 그쳤다. 그 병원은 우리가 졸업한 대학의 의과대학 부속병원이었다.

"그 무서운 병이 마을에 퍼지기 시작해서 당신들은 도망쳐 나온 것 아닙니까?"

이 질문이야말로 중년여자를 철저한 거부로 무장시키는 결과를 가져왔다. 다른 여자들도 마찬가지였다. 삼림감시원은 집요하게 여러 가지 질문을 시도해 봤지만 여자들은 우리가 처음에 그녀들을 봤을 때처럼 완전히 폐쇄적인 노동이라는 울타리 안에 숨어 버리고 말았다. 그래도 계속 말을 걸려고 하자 여자들은 제각기 자기들 옆구리에 양철판의 철망탑을 끼고 아까 그 공장장처럼 안짱걸음으로 나르기 시작했다.

우리는 단념하는 수밖에 없었다. 우리가 계단으로 가려고 옆을 지나쳐도 다운증후군의 아이들은 우리한테 눈길 한 번도 주지 않은 채 양철게를 계속 철망에 싣고 있었다. 우리가 창고계단으로 내려가자 척 보기에 농부 같은 남자들 몇 명이 제품발송 작업열에서 떨어져 뒷문 쪽으로 사라졌다. 아까 그 여자들 중에 누군가가 우리가 왔다는 사실을 알려 준 것이겠지. 여기서도 우리는 단념하는 수밖에 없었다.

우리는 다시 르노를 타고 대학병원으로 향했다. 삼림감시원은 아직 흥분 상태이기는 하지만 동시에 우울증의 징후도 나타내기 시작했다. 정박아들이나 하는 저 따위 일에 매달리고 있다니! 라고 그는 반나이 마을의 여자들을 비난했다. 나는 그가 자기네 고장의 여자들 일로 나에 대해 수치심을 느끼고 있는 것을 알았다.

"그래도 분지에서 나와서 어쨌든 아무 탈 없이 계속 일하고 있으니까 다행이잖나." 나는 그를 위로했다.

"도장공장에서 양철판이나 진열하고 간이숙박소에서 사는게 뭐가 다행이란 말인가?" 친구는 반발했다. "도대체, 저 사람들은 무슨 생각을 하고 사는 건지. 저 사람들은 여행의 유혹을 따라 분지에서 탈출한 거야, 그러니 질서와 아름다움, 화려함과 정적과 쾌락 따위를 추구해도 되지 않았나 하는 생각이 드네. 그런데 도장공장에서 정박아들이나 하는 일을 하고 있다니."

그리고 왕년의 보들레르 연구가는 「여행의 유혹」의 루프랑에 비유해서 다음과 같은 시구를 지었다.

그곳에는 오직 무질서와 추함과 빈곤과 소음과 임포테.

여기서 쾌락이라는 말 대신에 임포테라는 말로 바꾼 것은 원시(原詩)의 볼류푸테와 운을 밟은 셈이다. 어쨌든 그의 졸업논문은 운율과 관련된 주제였기 때문이다.

우리는 대학 부속병원에 도착해서 인턴으로 근무하는 동급생을 불러냈다. 그가 우리를 위해 소년환자와의 면회를 주선해 주었다. 소년은 같은 또래의 환자가 열 명 정도 누워 있는 병실의 창가에 있었다. 처음에 소년은 우리에게 노골적으로 경계심을 나타냈는데 그것은 아마도 이제까지 그를 찾아온 면회손님이 거의 없었기 때문인 것 같았다.

소년은 삼림감시원이 자기네 고향에서 찾아왔다는 것과 삼림감시원이 대학생일 때 자기에게 야구를 가르쳐 준 적이 있다는 사실을 알고는 돌연 붓기가 있는 거므스름한 얼굴에 온순한 미소를 띠며 서슴지 않고 재잘대기 시작했다.

"모포 위로도 제 배가 부풀어오른 게 보이시죠? 친구들은 모두 애뱄다고 놀려요." 소년은 무릎을 세우고 누운 것도 아닌데 뚜렷하게 부풀어오른 하반신을 마치 개라도 가리키듯이 턱으로 가리키며 말했다.

"친구?"

"이 방에 있는 애들이요." 소년은 대답했다.

"마을에서 나올 때부터 네 배는 이렇게 부풀어 있었니?"

삼림감시원이 물었다.

"예, 뭐 굉장했죠. 반나이 마을 사람들은 모두 알고 있었어요. 그런데 의사한테 가도 어떤 병인지 몰랐거든요. 그런데 여기 와서 무슨 병인지 겨우 알게 됐어요."

"어떤 병이지?"

"에히노콕스래요. 족제비한테 아주 눈꼽만한 3밀리미터쯤 되는 촌충이 붙어 있대요. 그런데 그 유충이 사람 몸에 들어가면 이상한 자루 같은 포충이 되나 봐요. 성충은 눈꼽만한데 유충 자루는 맨날 커져서 갓난애기 머리 정도로 커진대요. 제 경우에는 유충이 간장에 기생해서 지금도 무럭무럭 자라고 있어요. 이게 너무 커져서 제가 죽게 되면 그 자루 같은 큰 벌레도 죽게 되고 제가 죽지 않는 한 뱃속의 벌레도 안 죽어요. 이 유충을 시골 의사들이 알 리가 없잖아요? 그래서, 모두 제 배가 자꾸 자꾸 부풀어 오르는 걸 보고 기겁들을 한 모양이예요." 말하면서 소년은 마치 남의 일처럼 작은 소리를 내며 웃었다. "그때 마을에서는 모두 그곳을 나가기로 결정했어요. 저는 운이 좋았지요. 모두 마을을 떠나 도쿄로 왔기 때문에 저도 여기 입원할 수 있었고 도쿄 구경도 잠시 했어요. 게다가 뱃속의 유충이 연구자료가 되기 때문에 저는 병원비를 내지 않아도 괜찮대요. 전 정말 운이 좋아요."

"너희는 어떤 다른 마을의 출구를 찾아서 숲속을 걸어갔지?"

"네, 오랫동안 걸었어요."

"너도 걸었니?"

"아니요, 저는 들것으로요. 다행이었어요. 그리고 사실 저한테 여행은 아주 위험했거든요. 유충 자루가 터지면 거기차 있는 액체의 독으로 마비가 일어났을 테니까요. 그런데저는 삼일이나 들것에 흔들리면서 숲길을 갔는데도 괜찮았으니까 운이 좋았던 거지요!"

소년은 점점 쾌활해지고 반면 우리는 점점 침울해졌다. 무엇보다 내 친구, 삼림감시원은 이 가출을 정말로 행운으로 여기는 인간을 적어도 한 명은 발견한 것이다.

다음날 아침, 우리는 르노를 타고 간이여관 거리로 가서그 중심에 있는 실내농구장같이 큰 대형식당에서 노인 두 명을 만났다. 삼림감시원은 그들을 본 적이 있었고 식당도 혼잡한 시간이 아니어서 금방 반나이 마을의 장로들을 찾아낼 수가 있었다.

노인들은 둘 다 왜소한 체구에 빼빼 말라 있었다. 한 명은백발에 피부가 검은 아메리카 인디언 추장같이 무뚝뚝하고딱딱한 표정을 짓고 있었다. 다른 한 명은 벗겨진 머리에 불그레한 피부였으며 조금 추잡한 느낌이 들었다. 어쨌든 두 사람 다 늙은 농부라는 인상 외에는 별다른 점은 없었지만 그들은 성격 차이가 있는 것 같았다. 그리고 백발노인이 이 둘 중 발언권이 더 센 것 같았다. 그는 빈틈없이 경계하는 태도로 최소한의 대답밖에 하지 않았으며 때로는 질문 자체를 무시하면서 혹 머리가 벗겨진 노인이 질문에 끌려들 것 같으면 노골적으로 얼굴을 찌푸려서 제지했다.

"여러분이 마을로 안 돌아오시면 촌도 삼림조합도 난처해집니다. 여러분께서는 다시는 안 돌아올 작정이십니까?" 삼림감시원은 설득에 나섰다.

"돌아갈거요." 백발노인이 말했다.

"언제 돌아오실 겁니까?"

"앞으로 반년만 있으면 돌아갈거요."

"왜 지금 돌아오지 않는 겁니까?"

백발노인은 입을 다물었다.

"반년이라고 하고는 다시 여기서 어디 다른 곳으로 자취를 감춰 버릴 작정 아닙니까?" 삼림감시원은 물었다.

"촌에서 나와 여기서 움직인 적은 없네." 백발노인 대신에 머리가 벗겨진 노인이 대답했다. "달리 있을 곳도 일거리도 찾을 수 없으니까 말이야."

"반년 있다가 돌아가겠다는 무슨 이유라도 있는 겁니까?"

백발 노인은 삼림감시원의 질문을 무시했지만 머리가 벗겨진 노인이 병에 걸린 아이가 앞으로 반년 이상은 못 버티겠지라는 뜻으로 말하다가 도중에 입을 다물었다.

"대학병원에 있는 그 아이의 병이 마을을 나온 이유입니까?" 삼림감시원은 노인의 암시적인 말투를 금방 물고늘어졌다.

"아이지." 백발노인은 미움에 차서 내뱉듯이 말했다.

머리가 벗겨진 노인은 얼굴을 붉히며 다시는 아무 말도 하지 않았다.

"여러분은 왜 촌을 떠난 겁니까?"

삼림조합감시원은 결연히 그에게 가장 긴급한 질문을 들이댔다.

두 노인은 잠자코 무시했다.

"여러분이 촌을 떠나 쭉 여기서 지내면서도 왜 편지나 다른 걸로 촌에 연락하지 않았습니까?"

두 노인은 얼마 동안 잠자코 있더니 백발노인이 아메리카 인디언 추장 같은 위엄 있는 얼굴에 뜻하지 않게 교활한 엷은 미소를 띠며 말했다.

"바람이 나빠서 편지고 뭐고!"

노인의 대답은 삼림감시원에게 확실한 일격을 가했다. 그는 기진맥진한 듯이 이 애매모호한 대답으로 묻는 사람을 맥 빠지게 하는 대화를 끝내고는 헛되게 위협조로 말했다.

"어쨌든 반년이 지나면 돌아오세요. 만일 더 이상 지체되면 역시 이 일을 공개하는 수밖에 없습니다. 의무교육을 받아야 되는 아이들이 있으니까요."

두 노인은 별다른 인사도 건네지 않고 천천히 일어나 우리를 남겨둔 채 식당에서 나갔다. 그들은 지금부터 전차로 도쿄 시내를 유랑하려는 것이다. 우리는 유리창 너머로 그들이 길에 나서서 무슨 일인지 말다툼을 하는 것을 지켜보았다. 이 왜소한 체구의 노인들은 말씨름을 하면서 걸어갔다. 우리는 그들이 사라지는 것을 지켜보고 있었다.

"'바람이 나빠서'라는 말은 '거북해서'라는 뜻이야, 정말 기가 막히는구먼."

삼림감시원은 중얼거리면서 벽 가득 빙 둘러 있는 메뉴표를 올려다보았다.

"소주하고 싼 술밖에 없나, 자 그럼 소주로 하세."

"응, 그러지." 마침내 나도 피로로 기진맥진해 있는 자신을 느끼며 동의했다.

"그들이 왜 분지를 떠났는지, 왜 다시 분지로 돌아오는지, 나는 이제 더 이상 신경 안 쓰겠네. 반년 있다가 돌아온다고 했겠다, 그 약속을 받아낸 것만으로도 나는 맡은 책임을 충분히 완수했으니까 말이야." 삼림감시원은 말했다.

나는 분지의 거대한 상실감과 그곳에서 50여 명의 전주민을 불시에 떠나게 만든 어떤 정체 모를 존재에 대해서 과연 그가 더 이상 신경을 안 쓸 수 있을런지 믿을 수 없었다. 그는 매일 검은 코뿔소처럼 지프를 달려서 저 분지를 둘러싼 대삼림의 터널을 질주하고 있을 테니까 말이다. 우리는 실내농구장 같은 식당에서 지금은 둘만이 침묵한 채 소주를 마셨다. 그리고 6개월 동안 우리는 서로 아무런 연락도 하지 않았다. 서로 분지에서 도망친 사람들에 대해 더 이상 생각하지 않으려고 애쓰고 있었던 것이다. 그러나 6개월이 지나자 나는 자제심을 잃고 말았다. 내가 그에게 사정을 묻는 편지를 보내자 즉각 그에게서 답장이 왔다. 요 며칠 동안 그들이 촌으로 돌아오고 있다는 내용이었다. 이 뉴스와 함께 친구는 삼림조합에서 나를 강연회에 초청하고 싶어한다고 전해 왔다. 나는 승낙한다는 전보를 쳤다. 나는 다시 한 번 분지와 그곳에 귀환한 사람들의 생활이 보고 싶었다.

일주일 후, 나는 시코쿠를 향해 출발했다. 풀이 우거진 비행장에서 바지에 도둑억새풀 열매가 수없이 달라붙은 채 나가자 삼림감시원은 언제나처럼 지프 운전대에 앉아서 귀찮다는 듯이 한 손가락을 까딱거려서 나한테 신호를 보냈다. 그는 우울증의 나락에 떨어져 있는 것 같았다. 나는 주춤하고 주저하면서 지프에 다가갔다.

"본 디어." 그는 말했다.

"포르투갈어인가?"

"그런데 브라질식 발음이지. '본 디어'는 '안녕'이라는 뜻이야. 코모 에스타?"

"하우 아 유."

"그래." 친구는 말했다. "오브리가드 민토 이 오 세뇰?은 무슨 뜻인지 모르겠지. '감사합니다, 저는 건강하게 잘 지내고 있습니다. 귀하께서는?'"

"오 세뇰 에스타 도엔테?" 삼림감시원은 계속했다. "이것은 귀하는 '병에 걸리셨습니까?'라는 뜻이야."

"고풍스런 번역이로군."

"조부가 보던 책을 찾아냈어. 조부는 브라질로 건너가려고 했나 봐. 그런데 조부는 내가 있는 다니마촌에서 아흔 살까지 사시다 돌아가셨어. 어쨌든 유쾌한 책이야, 나는 대학을 졸업한 뒤로 이만큼 외국어에 빠진 적이 없었거든. 자, 파르타모스! 출발하자,라는 뜻이야. 나는 지금부터 자네를 지프에 태우고 다섯 시간이나 이 구불텅이 산길을 돌아가야 해. 아마 피곤해서 죽을 맛일 걸. 어쨌든 타게나, 자, 파르타모스!"

"파르타모스."

우리는 출발했다. 이것은 정말로 힘든 여행이었다. 내 친구에게 지프운전 따위는 아무것도 아니었지만 이 길은 워낙 험준한 고갯길이라서 오랜 시간 동안 조심스럽게 달려야 했다. 너무 위험한 길이라 마음놓고 말할 여유조차 없을 정도였다.

친구는 우울한 듯이 눈썹을 찌푸리고 굳은 얼굴에 입술을 꼭 다물고 운전에 몰두했다. 그는 지방 출신의 인텔리답게 도가 지나치게 시니컬했지만 지방 출신의 보편적인 성격, 즉 진지하다는 장점도 겸비하고 있었다. 운전에 열중하고 있는 그의 모습이 너무 눈물겨워서 시선을 돌리고 싶을 정도였다.

이렇게 해서 다섯 시간이 넘는 강행군 동안 우리는 거의 침묵을 지켰지만 그래도 때때로 말을 건네기는 했다. 나는 마을로 돌아온 사람들이 지금 어떤 식으로 분지에서 다시 살기 시작했는지 알고 싶어서 죽을 지경이었다. 하지만 친구는 왠지 냉담한 어조로 그들이 이년 동안이나 버려 뒀던 논밭을 가꾸는 데 열심이라고 했다.

"그들이 다시 마을로 돌아와서 순조롭게 해 낼 수 있을까?"

"잘하겠지, 적어도 당분간은 말일세, 그 밖에 다른 수가 없으니까." 친구는 말했다. 에히노콕스병에 걸린 소년은 결국 죽었고 그 거대한 유충도 같이 죽었다고 한다. 그리고 소년의 시신은 불에 태웠지만 유충은 특별히 제작한 커다란 병에 알콜로 가득 채워져서 대학병원에서 계속 보존하기로 했다고 한다.

"어떤가, 허무하지 않은가? 나는 그 애가 생각날 때마다, 자신의 편하고 안락한 생활에 마치 축축하게 젖은 공기가 덮

쳐 누르는 것 같은 기분이 들어." 친구가 말했다. 하지만 지금
의 그를 보면 편하고 안락한 생활을 누리고 있다는 느낌은
들지 않았다.

"그럼 그 소년의 죽음이 속죄양처럼 마을의 대재앙을 면
하게 했다고 믿고 장로들이 마을로 귀환하기로 결정했다는
건가?"

"그런데, 반나이 마을에 가서 여러 사람들과 얘기해 보면
그런 논리적인 경위가 있어서 돌아온 것도 아닌 것 같아. 마
을을 떠난 것과 소년의 에히노콕스는 절대로 아무런 상관도
없다고 주장하는 남자도 있네. 왠지 모르게 출발했다가 정신
차리고 보니 어느새 돌아와 있었다는 식이야. 정말 뭐가 뭔지
도저히 이해할 수 없는 사람들이야. 요즘 그 사람들은 황폐해
진 마을을 재건하느라고 난리들이지."

"어떻게 된 거지?"

"모든 일이 항상 이해가 가능하다고는 할 수 없으니까 말
일세, 이 시코쿠산맥 주변은 칼테지안의 지방이 아니니까 말
일세. 그도 그럴 것이 도쿄도 칼테지안의 도시가 아니잖아?
브라질식의 포르투갈 문장을 하나 가르쳐 줄까. 리우 데 자네
이루도 칼테지안의 도시는 아닌 것 같네. 이렇게 말하는 거
야."

오 세놀 콤푸렌데? 당신은 이해합니까?

나운 세뇰 나운 콤푸렌도! 아니요, 저는 이해하지 못합니다.

다섯 시간 남짓한 지프여행 뒤에 나는 친구의 삼림조합 회의실에서 겨우 30분 쉰 뒤에 초등학교 강당으로 안내를 받아 그곳에서 한 시간 반 동안 강연했다. 그리고 정말 죽을 것같이 피곤해져서 무대 뒤로 돌아오자 삼림감시원이 시니컬한 표정으로 기다리고 섰다가,

"자네는 강단에서 연설할 때는 극히 희망적인 인간이 되는군, 머리 속에 장밋빛 피가 흐르고 있는 것 같았어. 그리고 자네는 말이 너무 빨라. 아마 우리 삼림조합원들은 깜짝 놀라서 하나도 알아듣지 못했을 거야. 오 세뇰 팔로우 무이토 데 푸렛사. 당신은 너무 빠르게 이야기했다"라고 말했다.

그는 이제는 사람을 놀리든 외국어 연습이든 간에 일단 시작하면 그칠 새 없이 계속하고 싶어하는 버릇이 몸에 붙은 것 같았다. 그의 말에 나는 참담한 기분이었다. 그는 그날 밤 삼림조합 간부가 주최한 파티에서 제일 먼저 취해서 보들레르를 외우고 포르투갈 말을 큰소리로 떠들어대기 시작했다. 그러더니 언젠가 대학 강의실에서 그가 연출해 보였던 죽창에 찔려 죽은 농민봉기의 지도자같이 원한에 사무쳐서 새파랗게 질린 얼굴로 고주망태가 되어 쓰러졌다. 이러한 그를 삼림조합 동료들이 극히 냉담한 태도로 방관하는 것을 보자 좀

258

전의 참담한 기분은 아랑곳없이 나는 그에 대한 자신의 우정이 계속되고 있음을 절감했다. 대관절 그가 열 다섯 명이나 되는 우락부락한 도벌꾼들을 잡았다는 이야기는 정말일까? 도벌꾼이라면 모두 무시무시한 커다란 도끼들을 갖고 있었을 텐데?

다음날, 나와 삼림조합감시원은 지프로 깊은 숲을 가로질러 달렸다. 이 계절에는 숲길은 전부 말라서 빨간 나방의 인분처럼 산화토에서 붉은 먼지가 일었다. 나무들도 모두 말라서 아무런 냄새도 풍기지 않았다. 이미 숲은 마을로 돌아온 사람들에게 다시 점령을 당해서 그 침식력을 무장해제당한 것 같았다. 나는 우리가 탄 지프가 이 깊은 숲의 모든 것에 당당하게 대항할 수 있는 존재라도 되는 것처럼 전혀 숲의 위압을 느끼지 않았다. 우리는 나무 터널을 울리며 질주했다.

우리가 탄 지프가 숲의 출구인 고지대에 올라선 순간, 시야에 전개되어야 할 분지의 풍경 대신에 우리가 본 것은 어두운 젖빛 안개였다. 안개는 광대하게 펼쳐진 숲으로 둘러싸인 분지를 장막처럼 뒤덮고 있었다. 내가 처음으로 이곳을 방문했을 때, 분지를 둘러싸고 있었던 것은 거대한 상실감과 정적의 장막이었는데 그 대신 지금은 어두운 젖빛 안개였다. 그러나 사람들이 그 안개 밑의 마을로 돌아와 있는 것은 분명했다. 분지에서는 아이들의 목소리, 개짖는 소리, 그리고 정체를 알 수 없는 여러 가지 소음들이 들끓고 있었다.

삼림감시원은 고지대에 지프를 세우고 사이드브레이크를
걸었다.

"난 이젠 장로들과 친해지기는 했지만 자네 같은 외부사
람과 함께고 더구나 오늘은 바쁜 것 같으니까 마을에 찾아가
는 건 그만두기로 하세." 삼림감시원은 말했다.

나는 이해했다. 이미 숲에 둘러싸인 분지의 마을은 이방인
을 거부하는 하나의 영역이었다. 짐승들에게도 그 영역이 있
듯이 이렇게 광대무변한 숲이라는 지표축 위의 한 점과 다름
없는 분지의 마을에 사는 인간들에게도 역시 그들만의 영역
이 있음에 틀림이 없다고 나는 억측했다. 더욱이 그들은 이년
간에 걸친 방랑의 여행길에서 막 귀환한 것이다.

"이 안개는 뭐야?" 나는 물었다. 무언가 예상치 못한 답을
듣게 되는 것은 아닐까 하고 막연한 불안을 느끼면서…이 안
개빛에는 사람을 불안하게 하는 어떤 것이 있었다.

"자네도 기억하고 있을 거야, 그때 거기 논밭이 어땠는지?
그걸 태우는 걸세. 썩어서 녹아 내린 농작물들이 개펄의 해초
처럼 완전히 땅에 철썩 말라 붙어 있어서. 게다가 이년 동안
잡초들이 수북하게 자라서 태우지 않으면 전혀 치울 도리가
없을 거야. 저 사람들은 벌써 며칠이나 저렇게 계속 태우고
있어. 저 일이 끝난 다음에는 굳은 땅을 개간하는 데 한차례

고생 꽤나 할 거야. 저 사람들이 부리던 소하고 말은 예전에 없어졌고 게다가 경작기계를 살 돈도 없으니 말이야. 더군다나 젊은 일손들이 몇 명이나 그대로 도쿄의 도로공사일을 계속하겠다고 남아 버려서 마을로 돌아오지 않은 게 제일 치명적이지. 그들이야말로 진짜 탈출에 성공한 셈이야. 그래도 저 사람들은 어떻게 해서든 극복해 낼 거야. 그리고 이번 사건이 일어나기 전에는 이 분지사람들은 다른 마을의 농부들처럼 별로 강한 결속을 보였던 것은 아닌데 이년 동안 마을을 떠나 생활을 한 탓인지 집단으로 일하는 시스템을 몸에 익힌 것 같아. 지금 온 마을의 남녀들이 마치 군대처럼 일사불란하게 일하고 있거든. 다음에 다시 그들이 마을을 떠나고 싶어지면 이번에야말로 정말 효율적으로 이 분지에서 사라지겠지."

나는 놀라서 친구를 바라보며

"다음에 다시라니 설마 그들이 또 마을을 떠날 것이라 생각하나?"라고 물었다.

"폴케? 왜?"

나는 잠자코 있었다. 폴케? 왜, 그들이 마을을 떠났었는지 끝내 그 이유가 밝혀지지 않은 이상, 왜 그들이 두 번 다시 마을을 안 떠날 것이라고 믿을 수 있을까? 폴케? 왜? 그러나 그들이 두 번 다시 마을을 안 떠날 것이라는 믿음으로 우리들 생활의 질서의식이 보장되는 것이다. 폴케? 대충 그런 거지

뭐,라고 나는 생각했다. 그러나 삼림감시원은 나와는 다른 견해를 고집하고 있었다.

"다음에 반나이 사람들이 이 분지를 떠나 어딘가로 사라져 버린다면 그때는 그들은 더욱 철저하게 먼 곳으로 가야만할 거야. 다시 한 번 도쿄로 간다면 삼림조합이 그들을 즉시데리고 돌아올 테니까. 무엇보다도 그들 자신이 저번과는 비교도 안 될 만큼 먼 곳으로 가지 않으면 정말로 마을을 떠났다는 안도감을 얻을 수 없을 거야."

"자네는 그들이 다시 떠나고 싶어질 것이며, 절대로 떠날것이라고 확신하고 있군, 그 확신이야말로 왜지, 폴케?" 나는안절부절못하며 물었다. 그도 그럴 것이 내 친구 삼림감시원의 어조는 까닭 모를 열정으로 가득 차 있었기 때문이다.

친구는 내게서 도전이라도 받은 것처럼 전투적인 표정으로 나를 되돌아봤다.

"왜냐고 할 것까지는 없지만." 이어서 그는 "전에 마을을떠난 것은 그 소년의 기묘한 병이 계기가 된 것은 확실한 것같아, 하지만 그건 정말 계기에 지나지 않았어. 그보다는 떠나고 싶다는 분위기가 분지 가득 넘치기 시작했던 것이 사건의 시작이었어. 장로부터 초등학교 아이들까지 모두 그들의도조신에게 초대받은 셈이지. 분지 가득 마을을 떠나라는 유혹의 속삭임이 울려 퍼졌던 거야. 그렇지 않으면 거의 다 보

262

수적인 마을사람들이 한꺼번에 분지를 떠나거나 하는 일은 없었을 거야, 단지 아이 하나가 병에 걸린 것 따위로는… 아이의 병이 영향을 끼쳤다고 해도 그건 계기에 지나지 않아. 그 아이의 병이 아니었으면 아마 다른 계기를 찾아내서 떠났을 거라고 나는 생각해. 어쩌면 아이의 병은 핑계에 지나지 않았을 거야. 무서운 장로들이 있으니까 말이야. 그렇지 않았으면 자기들이 수월하게 만들 수 있고 반드시 마을을 소란스럽게 할 수 있는 구실, 예를 들면 어떤 남녀의 근친상간 같은 구실 정도는 만들어 냈을지도 몰라. 다행히 그 아이의 병이 만사를 순조롭게 한 거야. 하지만 다시 이 분지에서 떠나고 싶다는 희망, 또는 이곳에 갇혀 있고 싶지 않다는 불안감이 팽배하면 무언가 가공할 일이 벌어져서 그들이 마을을 떠날 계기를 만들 거라고 생각하네. 그때는 그들은 도쿄보다 훨씬 철저하게 먼 곳으로 가야만 할 거야. 그곳은 어떤 땅, 어떤 나라일까? 나는 브라질이 안성맞춤이라고 생각하지만."

"요즘 자네가 혼자 공부하는 독특한 포르투갈어가 있다는 그 나라 브라질?"

"응, 그래, 브라질. 다시 그들이 마을을 떠나고 싶어서 만일 나한테 의논을 한다면 나는 브라질을 추천할 거야. 마을 전체가 통채로 브라질로 이주한다고 하면 정부에서도 원조를 하려고 들 거야. 반나이의 장로들은 나한테도 파르타모스! 라고 말을 건네겠지. 이제 떠나자라고 말이야. 그럼 나는 그들과 함께 떠나겠어. 자네도 같이 떠나지 않겠나?"

분지에는 밭에 있던 황폐한 농작물을 태우는 연기가 계속 자욱하게 피어올라서 어두운 젖빛 안개가 더욱 짙은 빛으로 물들었다. 갑자기 한 차례 세찬 바람이 몰아쳐서 안개의 장막이 찢기자 타오르는 불길과 그슬려서 검게 변한 밭이 드러났다. 사람들은 울긋불긋한 천으로 야단스럽게 머리를 싸매고 피부란 피부는 전부 감싼 채 갈고랑이가 붙어 있는 막대를 휘두르며 분주히 일하고 있었다. 그 광경은 다시금 나에게 '반나이' 라는 말의 의미를 상기시켜 주었다. 그것이 이 마을의 쥐불태우기 풍속에 지나지 않는다 해도 어쨌든 내게는 그들이 마치 도깨비 일족처럼 이상하게 느껴졌다.

침묵으로 일관하는 나에게 초조해진 삼림감시원은 타고난 성격인 내향적 성격을 발휘하기 시작했다. 나를 향해 도발적이면서도 자기 자신을 조소하는 듯한 열정적이고 가시투성이인 신랄한 어조로,

"사실은 저 농부들보다도 여기 있는 내 자신이 마을을 떠나고 싶어서 좀이 쑤시는 건지도 모르지만 말이야. 자네도 역시 어딘가 먼 곳으로 떠나고 싶지 않나? 우리는 우정이라기보다 그런 욕구불만으로 맺어져 있는 건지도 몰라" 라고 그는 말했다. 그리고 외쳤다. 당신은 이해합니까? 나도 브라질식

264

포르투갈어로 대답하려고 했지만 내가 할 수 있는 말은 그에게 배운 단 하나의 문장뿐이었다. 나는 망설였다. 그리고 자신의 속좁은 망설임을 도려내기라도 하듯이 역시 큰소리로 외쳤다.

"나운 세놀 나운 콘푸레엔도!"

삼림감시원은 모욕이라도 당한 것처럼 입을 굳게 다물고 나도 다시 침묵 속으로 빠져들었다. 나는 자신이 지금 자기 내부의 속삭임 그것은 여행 아니 어쩌면 도피를 권하는 유혹의 속삭임을 향해 외친 것이 아닐까 하는 의구심이 들었다.

나운 세놀 나운 콘푸레엔도, 아니요, 저는 이해하지 못합니다!

(1964년 2월)

![註](flower icon) ....

1) 시코쿠(四國) 산맥 : 시코쿠 지방을 동서로 가로지르는 산맥. 최고봉
   은 이시즈치야마(石鎚山). 오른쪽으로는 기이(紀伊) 산지, 서쪽으로
   는 규슈(九州) 산지로 이어진다.

2) 아와(阿波) : 아와는 남해6島 중의 하나로 시코쿠 지역에 속한다.

3) 오리구치 시노부(折口信夫) : 1887~1953. 국문학자이며 가인. 본명
   은 오리구치 노부오 『아라라기(あららぎ)』 『닛코(日光)』 동인. 『고대
   연구』 등 다수의 저서가 있다.

4) 그레이 하운드 : gray hound. 이집트가 원산인 개의 일종. 허리가 가늘
   며 사지와 목이 길다. 시력과 주력에 뛰어나 사냥개의 대명사처럼 불
   리었다.

작품 소개

이 작품은 『전후단편소설선』(戰後短篇小說選, 岩波書店編輯部, 2000. 3) 제3권에 실린 오에 겐자부로(大江健三郎, 1935~　)의 「ブ ラジル風のポルトガル語」(1964. 2)를 번역한 것이다.

오에 겐자부로는 노벨상 수상 작가이다. 중학교 2학년 때 아동농 업공동조합의 조합장으로 선출되었다. 1957년 도쿄대 재학시절에 『기묘한 일(奇妙な仕事)』이 마이니치(每日) 신문에 게재되어서 학 생작가로서 문단에 등단했다. 오에는 히로시마 핵문제를 테마로 창 작을 하는 등 사회적인 참여 의식이 매우 강한 작가이다. 2001년 3 월 16일에는 '새로운 역사교과서를 만드는 모임'의 검정 불합격을 추구하는 성명을 공동으로 발표하는 등 한국과의 인연도 깊은 작가 이다.

「브라질풍의 포르투갈어」는 1964년 29살 때의 작품이다. 이 작품 에서 주인공 나와 삼림감시원은 일상생활의 틀에서 우연히 해후를 한다. 그 계기는 주요 무대인 반나이 마을주민들의 실종사건이다. 당시에는 부의 상징이며 문명의 상징으로 작용하는 텔레비전을 모 두 놓아둔 채 아무런 이유도 없이 마을주민 전체가 홀연히 자취를 감춘다. 이 사건에 접한 주인공 '나'는 반나이 마을주민을 반나이라 는 이름에서 오리구치 시노부라는 민속학자의 논문에 나오는 이즈 모라는 신화 지역의 도깨비들로 규정한다. 하지만 이것을 들은 삼림 감시원은 한마디로 일축해 버린다. 이 대목은 두 사람의 현실을 수용하는 태도를 상징적으로 나타내고 있다. 텔레비전으로 상징되는 안락한 일상생활을 떨치고 떠나간 마을주민들을 삼림감시원은 마을을 떠나고 싶은 자기의 심정에 감정이입시킨다. 반면 주인공 '나'는 도저히 그들이 도깨비가 아니면 떠날 수가 없다고 받아들이고 있는데 이러한 주인공의 수용태도를 통해 작자는 사회의 일원으로서 개인은 현실을 떠나서는 살 수 없다는 것을 말하고 있다. 야생적인 생존능력이 퇴화되어 버린 고양이의 죽음, 그리고 다른 동급생들처럼 도쿄에서 취직을 하지 않고 시코쿠로 돌아갔지만 결국 삼림조합이라는 거대한 현실에 부딪혀서 실패하고 술고래가 된 삼림감시원 등등 이들은 한때 현실에서 탈피하고자 시도했던 존재들이다. 그러나 이들은 야생화된 개를 마치 '망령'처럼 받아들이는 '나'에게는 도저히 이해가 되지 않는 세계였던 것이다. "그리고 자네도 역시 어딘가 먼 곳으로 떠나고 싶지 않나?⋯당신은 이해합니까?"라는 친구 삼림감시원의 질문에 '나'는 외친다. "나운 세뇰 나운 콘푸레엔도, 아니요, 저는 이해하지 못합니다!" 하지만 이 대답이야말로 주인공의 "도피를 권하는 유혹의 속삭임" 즉 "자기 내부의 속삭임"을 강하게 의식한 주인공의 몸부림이기도 했던 것이다. 이 작품은 작자 오에의 현실과 이상의 괴리에서 방황하는 젊은 시절의 심리를 섬세하게 표현했다.

유, 그녀의 논리

이시카와 준(石川淳) 지음

이영아 옮김

유, 그녀의 논리

1

　도쿄(東京) 니혼바시(日本橋) 무로마치(室町)의 생선도매상 시라다케(白武), 즉 시라토리 다케베(白鳥武兵衛)가에서는 새 침모로 호슈(房州)[1] 출신의 유라는 여자를 고용했다. 1890년(메이지 23) 3월이었다. 후세에 유행하는 하녀라는 설익은 느낌의 조어는 이런 경우 썩 적합한 말은 아니다. 헌법이 발포된 다음해라고는 해도 침모나 청소부는 신분상으로 여전히 노비로서 차별대우를 받았다. 하지만 호슈 출신의 여자가 도쿄로 와서 건전한 일을 찾자면 우선 식모가에도 이래의 관례였다. 유가 처음으로 들어간 곳은 백작 마리

270

코지 미치후사(萬理小路通房)의 집이었다. 다음이 요코하마(橫浜) 마사가네(正金)은행의 총재 하라로쿠로(原六郞)의 다카와(高輪)의 집이고 그 다음이 시라다케가였다. 때는 바야흐로 유가 26살로 나이보다 두서너 살은 어려 보였다. 용모에 대해서 군이 말하자면 흰 피부에 포동포동하고 이목구비가 뚜렷해서 본바탕은 그다지 나쁘지는 않았다. 다만 말이 없고 애교가 없어서 여자다운 맛이라고는 거의 없었다. 그런 그녀를 보면 아직 미혼이라고 해도 아마 의심하는 사람은 없을 것이다. 하지만 유는 이미 시집을 간 적이 있다. 당사자가 신세타령을 별로 좋아하는 성격도 아니거니와 내력을 아는 사람도 적어서 군이 캐묻거나 하는 일은 없었다.

유, 성은 하타케야마(畠山), 아와(安和)[2] 나가사군(長狹郡) 요코스카촌(橫渚村 : 나중에 가모가와마을, 鴨川町) 출신이다. 그 밖의 신상에 대해서는 알려져 있지 않다. 양친 모두 평범한 농촌 출신으로 부친은 일찍 죽고 재취인 모친이 아이들을 키웠다. 형제는 게이오 원년(慶應元年, 1865)에 태어난 유와 네 살 어린 동생 후미지로(文次郞)가 있었다. 1874년(메이지 7), 유가 열 살 때 요코스카촌의 초등학교에 들어갔다. 이 학교는 교사 세 명에 동네 진언종의 절을 빌려서 지은 곳으로 서둘러 새로운 시대의 학제에 부응한 제도를 도입했다. 유는 별도로 스와진자(諏訪神社)[3]의 신관(神官)[4]에게도 공부를 배우러다녀서 사각글자(한문)도 조금은 읽을 수 있었다. 이윽고 초등학교 졸업. 성적은 좋았지만 당시에는 농민의 딸이 즉시 상급학교로 진학하는 일이 드물어서 유는 가사를 돕게 되었다. 집안이 가난했던 것은 아니다.

유는 밖에서 노는 것보다 안에 틀어박혀서 책 읽기를 좋아하는 성격이었다. 그렇긴 해도 가진 책이라고는 핫겐덴(八犬傳)⁵⁾ 정도였다. 직접 글을 끄적거린다고 해도 우타(歌)⁶⁾를 짓는 흉내를 내거나 일기 같은 걸 쓰는 데 그쳤다. 이 처녀는 지식을 추구하는 데는 몹시 성급해서 시대의 조류에 뒤처지지 않으려고 매우 극성이었다. 다만 애석하게도 글재주가 영 뒷받쳐 주지 않았다. 어른이 되어서도 때때로 31자를 늘어놔 보지만 마음만 급했지 쓸 만한 것이 못 되었다. 아등바등 발돋움을 하고 두 팔을 아무리 휘둘러도 표현력은 전혀 늘지 않았다. 아니, 무엇을 표현해야 하는지조차 본인도 막연했던 것 같다. 극성스럽게 발돋움하는 것만으로는 우타를 지을 수는 없었다. 유는 우타를 완상하는 자질과는 애당초 거리가 멀었던 것이다.

1881년(메이지 14), 유 17살 때 시집을 갔다. 상대는 같은 고장인 아사이군(朝夷郡)의 고바야시(小林)의 동생 요시노스케(吉之助)였다. 고바야시의 집은 농사 일과 장사를 겸업하는 집으로 꽤 번창했지만 구습에 따른 대가족제로 식구가 많았다. 남편인 요시노스케는 조만간 분가하겠다던 약속을 좀처럼 지키지 않았다. 그녀의 남편은 장사 수완은 좀 있는 편이었지만 우타나 핫켄덴은커녕 아마도 시대의 조류와는 전혀 무관하게 지낼 수 있는 벽창호 같은 사람이었다. 이때 이 처녀의 극성스러운 성격은 어떻게 자기를 표현했을까. 아니 아무것도 표현할 수가 없었다. 그곳은 전혀 다른 세계였다. 뭔가를 말하면 논쟁이 된다. 이미 세계가 다르기 때문에 논쟁은 무의미한 공론이 되어 버린다. 유에게 장사꾼의 아내가 되는 것은 애시당초 거리가 멀었다. 우타와는 거리가 멀게 태어난 것과는 비교가 안 될 정도로 그녀는 장사와는 동떨어진 천성이라는 사실을 깨달아야만 했다. 그러면 도대체 자신이 가야 할 길은 어디인가 하는 문제에 봉착하면 본인도 아직 갈피를 잡지 못했다. 그래서 이 젊은 아낙은 사이코쿠(西國) 순례여행[7]에 나섰다. 이 여행은 거의 가출이나 마찬가지였다. 또 어떤 때는 그림에 대한 재주가 조금 있었는지 흰 천으로 된 잠옷 소매자락에 붓꽃을 그리고 등에는 나무묘법연화경(南無妙法蓮華經)[8]이라는 일곱 자를 써 넣는 얼토당토 않은 짓도 했다. 한 지붕 아래 살면서 이렇게 하는 건 가출보다도 더 질 나쁜 행동거지였다. 그녀는 노골적으로 자기는 다른 세계에 살고 있다고 주장하는 것 같았다. 아무리 순례나 염불을 해도 진언(眞言)이나 법화(法華) 그 밖에 다른 어떤 신앙과도 관계가 없었다. 그녀가 염불을 외쳐 불러댄 곳은 이 시골 벽지가 아닌 저 건너편이었으며 건너편이기만 하면 어떤 부처라도 상관이 없었다. 저 건너편이라는 데가 어쩌면 끝까지 쫓아가 보니 의외로 먼 곳이 아닌 거대한 새 시대를 맞이한 무리들의 희망이 모인 도쿄였는지도 모른다. 남편 입장에서 보면 이런 부인에게 휘말려드는 것은 당치도 않은 재앙이었다. 이 등을 맞댄 남녀의 결합이 형식적이라도 7년이나 이어졌다는 것은 듣기만 해도 온몸에 진이 빠질 만큼 피곤한 이야기였다. 1887년(메이지 20), 유 스물 세 살 때 경사스럽게도 이혼. 그리고 친정으로 돌아갔다. 다행히 아이는 없었다. 덧붙이자면 이 이야기는 남편에게 더욱 행복한 결말이 기다리고 있었다. 요시노스케는 나중에 예정대로 분가해서 다른 고장에서 양복점을 열어 꽤 성업을 이루었다고 한다. 작은 키에 눈높이를 맞춘 행복이라면 밑천이 별로 안 드는 것 같다.

반면 유를 기다리고 있던 것은 어디 있는지도 모르는 별세계를 친정에 돌아와서 찾았다는 순탄한 결말이 아니었다. 유는 즉시 도쿄로 올라왔다. 우선 믿고 찾아온 곳이 당시 시타다니이케(下谷池)의 하시가야마치(端茅町)에 살고 있던 외삼촌 에모토 로쿠베(榎本六兵衛)였다. 그는 모친의 동생 즉 외삼촌이었다. 그녀는 외삼촌의 집을 발판삼아 도쿄 관광은커녕 즉각 생활이라는 현실의 바다로 뛰어들었다. 풍덩 하는 소리

274

는 나지 않았다. 겨우 티끌처럼 세간의 바람을 타고 이 집 저 집으로 식모살이를 전전. 대충 4년 동안에 한 집, 두 집, 세 번째 집인 무로마치의 시라다케가에서 이 신참 식모는 이런 말을 했다. "여학교에 진학하지 못한 것이 정말 억울합니다." 1890년(메이지 23) 3월에는 도쿄고등사범학교의 여자부를 분리해서 도쿄여자고등사범학교로 한다는 포고가 나올 정도였으니까 여학교는 모든 여자들에게 신선한 자극이기는 했지만 평범한 어물상의 식모가 내뱉는 넋두리로는 어울리지 않았다. 하기는 유의 일상은 평범하지가 않았다. 무엇을 배우고 싶냐고 하면 법률을 배우고 싶어했다. 이것은 후세의 약삭빠른 서생들이 입신출세를 위해 관직으로 이어지는 동앗줄에 매달리기 위해 육법전서를 그대로 씹어삼키는 것과는 사정이 달랐다. 바로 "무릇 만기공론(萬機公論)으로 결정해야만 할 것이다"[9]라는 공론사상의 발현이었다. 일월성신의 운행에 자연법칙이 작용하듯이 인간세계의 운행에도 일정한 법칙이 있어서 그 법칙을 다스리는 것이 바로 법률이라는 생각이었다. 법률은 국가적으로는 정치에, 개인적으로는 윤리에도 연관되는 것이다. 흡사, 형명참험(形名參驗)학[10]의 뼈대에 논어의 옷을 입힌 것 같은 터무니없는 이야기였다. 설령 아무리 외국에서 수입된 법치주의라고는 해도 이런 것이 메이지 초년의 법률에 대한 생각이었다. 아무리 처음 대하는 학문이었다고는 해도 법률이라는 하사(下司)의 논리학이 이 정도로 터무니없게 과대평가된 적은 여태껏 없었다. 그 과대평가의 여운이 메이지 20년(1887)이 지나서까지 큰 힘을 가지고 어물상 식모에게 여파를 던지고 있는 것이다. 이 식모는 입에서 내뱉는 말이 이런 것이니까 하는 일 또한 예사롭지가 않다. 니혼바시 한가운데 가장 활기찬 곳에 살고 있는데도 만담장이나 연극은커녕 엿보기만화경 가게에도 들른 적이 한 번도 없었으며 화려한 유행에는 곁눈도 주지 않았다. 곧잘 뭔가를 읽는 것 같아서 보면 신문이면 정치면, 책이면 정치소설 따위 등 오로지 정치일변도로 나가서 마치 다리 위에서 정치라는 깊은 강을 향해 투신자살이라도 할 것 같은 기세였다. 그녀는 정담연설회의 삐라라도 뿌리기에 안성맞춤이었으며 참신한 뭔가를 가진 것은 아니었다. 사교성이 없는 것은 아니지만 이래서는 친구들로부터 괴짜라고 경원시되는 것은 당연했다. 다만 이 괴짜는 매일의 의무를 소홀히 하는 일이 없었으며 주변정리를 깨끗하게 하여 쌀 한 톨 휴지 한 장이라도 헛되이 하는 일이 없었다. 또한 쓸데없는 말을 하기를 싫어해서 항상 말없이 두 손을 부지런히 놀리고 있었다. 옆에서 이러쿵저러쿵 트집 잡을 곳이란 전혀 없었다.

유는 26살의 소박데기, 즉 이미 사내를 아는 젊은 여자였다. 여자다운 애교라곤 없었지만 그렇다고 그렇게 매력이 없지는 않았다. 장소가 장소니만큼 혈기 왕성한 젊은 사내가 섣불리 달려들어서 슬쩍 건드려 보거나 한 번 살짝 꼬여낸다고 해도 별로 이상할 것은 없다. 그런데 이상하게도 그런 얼빠진 사내가 한 명도 없었다. 아니 살짝 건드려 보려고 손을 내밀었다가도 결국 손을 잘못 내밀었다는 것을 깨닫고는 끝나 버리는 것 같았다. 그것은 반드시 정치이야기에 미친 여자는 건드리기 어렵다는 이유만은 아니었다. 애시당초 유에게는 남자의 접근을 막는 어떤 것이 있었다. 그것이 체내에 잠재해 있는 어떤 정체 모를 작용 탓인지는 모르겠지만 본인 스스로 자각할 수 있는 성질의 것은 아니었다. 시집을 간 적은 있지만 그것은 어디까지나 관습에 따른 의례에 지나지 않았다. 본 오도리(盆踊)를 추는 대열에 손이 끌려 들어가듯이 대가족 중의 말단인 며느리라는 자리에 어영부영 끌려 앉혀졌던 것이다. 잠자리에 들면 옆에 남편도 자고 있다. 세간의 관습에 따라 그렇게 했을 뿐이다. 그렇게 지낸 생활도 사내를 안다고 말할 수 있는 것일까. 남편이라는 자극, 아니 무자극, 오히려 강간이라도 당하는 편이 여자로서 나았다. 사내를 안다는 것은 자신의 육체가 여자의 본성을 자각하는 것이기도 하다. 남편과의 교섭은 유에게 여자의 본성을 흔들어 깨우기는커녕, 반대로 처녀막보다 더 두껍고 견고한 껍질 속에 성을 봉쇄해 버린 것이나 같았다. 등에 7자의 염불을 써 넣은 흰 천의 잠옷 속에는 어떤 육체가 잠들어 있었던 것일까. 눈은 감고 있어도 육체는 저 먼 곳을 향해 날아오르려 가쁜 숨을 쉬고 있었을 것이다.

그러나 모처럼 찾아온 도쿄의 문명개화도 유의 갈망을 채워 주지는 못했다. 유는 원래 매일 매일 거울을 닦아서 자기 얼굴을 자기 눈으로 확인해야만 하는 습관이 있었다. 시라다케가에 와서도 거리의 흥청거림은 아랑곳하지 않고 햇볕도 잘 들지 않는 방에서 이 습관은 더욱 고조되어 연지를 바르는 것도 아닌데 거울을 마주 대하는 횟수가 늘어만 갔다. 옆에서 보면 이 괴짜 식모가 거울을 놓고 무슨 점이라도 치는 것처럼 보였을지도 모른다. 거울은 유리가 아닌 새 무늬가 있는 청동거울이었다. 정갈하게 닦인 거울면은 유의 몸과 마음이 편히 쉴 수 있는 장소였다. 하지만 거울에 비친 것이, 아니, 유가 본 것이 정말 그녀 자신의 얼굴이었는지…시내 한복판에 있으면서도 거리의 활기와는 담을 쌓고 있어서 꽃이나 애완동물은 물론 화려한 유행 같은 건 그림자도 드리우지 않았을 터이다. 어쩌면 신문의 정치기사면이 비쳤던 것은 아닌지.

유는 거울을 앞에 두고 멍하니 넋을 잃고 있었다. 거울 속의 자기 얼굴을 실은 본인은 보지 않고 있었음이 틀림없었다. 그 속에서 어떤 사람의 얼굴을 찾고 있는 것일까. 거울면은 한 치의 빈틈도 없이 공백으로 빛났다. 옆에는 거울집이 놓여

278

있다. 안감은 흰 비단. 그 비단천에는 작은 글자로 아마테라스 고다이진구(天照皇大神宮)[11], 아마테라스 고다이진구라고 가득히 씌어 있었다. 거울집은 본인이 만들었으며 글자도 본인이 쓴 것이다. 고향에서의 나무⋯라는 염불 7자가 이곳에서는 이세(伊勢)로 날아가서 다이진구(大神宮)로 화한 것일까. 아니, 법화도 신도(神道)도 아니었다. 신이든 부처든 믿고 매달릴 존재를 갈망하며 유는 도쿄까지 와서 신심의 '신(信)'자는 커녕 그 비슷한 것조차 발견하지 못한 채 다다른 곳이 거울의 공백이었던 것이다. 신이 내리지 않는 무녀. 그러나 눈에 보이는 형태는 아니더라도 유에게 믿음을 갈망하는 마음은 아직 사라지지 않았다. 그녀는 거울을 매일 정갈하게 닦아서 그 거울에서 광채로 빛날 어떤 존재를 기다리고 있었다. 그 어떤 곳에 몸을 의탁한다 해도 유는 거울에서 떠나지는 못했다. 그리고 어딘가로 거처를 옮긴다 해도 도쿄 외에 다른 곳이 있을까. 하지만 이 도시의 문명개화현상 일반 A 중에서 유의 마음은 아직 형태를 이루기에는 미흡한 왜소한 非A부분에 속해 있었다. 그리고 유의 육체 중 여자로서의 기관은 바로 이 왜소한 非A의 깊은 곳에 갇혀 있는 것 같다. 그녀를 유혹하려는 사내는 이렇듯 있는지 없는지도 모를 존재가 숨어 있는 급소를 향해 외쳐대야만 하는 것이었다. 너무 번거로운 일이었다. 단판승부를 노리는 바람둥이들은 누구든지 단

넘하고 말 것이다. 누구의 손도 닿지 않는 곳에서 유는 거울과 함께 외롭게 역시 있는지 없는지도 모를 거울 저편의 세계를 향해 외쳐대고 있는 꼴이었다. 이미 식모도 호슈 출신의 소박데기 딸도 아닌 그저 바라만보는, 머나먼 곳의 이름 모를 신에게 기도하는 한 동정녀(童貞女)가 그곳에 있었다.

이렇게 일년이 흘렀다.

2

1891년(메이지 24), 봄빛이 완연하고 벚꽃이 질 무렵에 눈에 띌 정도는 아니지만 유의 모습에 약간의 변화가 나타나기 시작했다. 예를 들면 엷게 분을 칠한 것처럼 미소 같은 것이 얼굴을 스치곤 했다. 자세히 보면 웃는 것이 아니었다. 여전히 뚱해 있었다. 그러던 것이 5월 초에는 진짜로 엷게 분을 바르게 된 것이다. 그리고 홀린 듯 거울을 보는 유의 얼굴은 연지를 찍은 것도 아닌데 발그레했으며 흐트러진 자세에 눈동자는 꿈을 꾸듯이 젖어 있었다. 유가 좀 이상하지 않아? 즉각 소문이 퍼졌다. 남자가 생긴 거 아니야? 농담하지 마. 그런 낌새라곤 눈꼽만치도 없다는 것은 모두 알고 있었다. 그러나 사실 유 자신은 거울 속에서 사내의 얼굴을 본 적이 없다고 잘라 말할 처지는 아니었다. 아니 봤다고 하는 편이 오히려 정확할 것이다. 유는 허리띠 속에 어떤 사내의 사진을 감추고 있었다. 사진이라고는 해도 신문인가 어딘가에서 잘라낸 얄팍한 종이짝에 불과했으나 휘황찬란한 차림의 한 젊은 남자였다. 금년 스물 일곱의 유와 거의 동갑내기로 보이는 그는 유가 가슴 깊이 감춰 둘 만큼이나 귀중한 존재였다. 그 남자의 얼굴이 거울에 안 비쳤을 리가 없다. 여태껏 거울은 귀빈을 기다리고 있었다. 환대 속에 등장한 귀빈이야말로 거울의 주인이었다. 헛되이 빛나던 거울은 이제서야 금빛 찬란한 주인을 얻어서 즉시 충만한 별세계의 상을 비추기 시작했다. 이것을 타인의 눈에 띄게 할 수는 없었다. 유가 화장을 곱게 하고 홀린 듯 멍하니 들여다보는 것도 무리는 아니었다. 염불이나 다이진구 따위와는 달라서 이 거울의 귀빈의 이름은 소리내어 불러서는 안 되었다. 그래도 유의 입술이 움직이는 것처럼 보였다면 거울을 향해 비밀스럽게 그 이름을 불러 보았음에 틀림이 없었다. 니콜라스님. 실재하는 인물이기는 하지만 분명히 이 나라 사람은 아니었다. 러시아제국의 황태자 니콜라스 알렉산드로비치라는 이름이었다.

러시아의 니콜라스가 일본에 온다는 소문은 연극 공연의 선전처럼 순식간에 항간에 퍼졌다. 그리고 니콜라스가 탄 함모 알리조바호가 다른 다섯 척의 군함을 거느리고 실제로 나가사키(長崎)에 도착한 것은 4월 27일이었다. 이 방문은 시베

리아철도 기공식에 참석하기 위해 블라디보스톡으로 가는 도중에 일본에 들른 것이다. 5월 초순, 니콜라스는 나가사키에서 가고시마(鹿兒島)를 돌아 바닷길로 고베(神戶)로 향했다. 9일에 고베 도착. 즉시 상륙해서 특별열차로 교토(京都)로 향하다. 숙소는 도키와(常磐)호텔. 이튿날인 10일에는 교토 관광, 그 다음 11일은 비와호(琵琶湖) 관광으로 이어지는 일정이었다. 일본 정부는 이 이국의 청년을 국빈으로 모시고 유세이가와노미야(有栖川宮) 다케히토(威仁)를 필두로 수많은 접대원을 붙여서 성대한 환영을 했다.

러시아를 가공할 강대국으로 여기는 것은 일찍이 에도의 난학자(蘭學者)[12] 이래로 일본 관민의 고정관념으로 자리잡았다. 이 고정관념이 틀렸다고는 할 수 없다. 다만 이 고정관념은 뿌리 깊은 강박관념에 가까웠다. 러시아 즉 '두려운 존재'라고 에도의 선각자들이 불어넣은 바람이 메이지시대에는 이미 폭풍처럼 격렬해져 있었다. 더욱이 메이지의 삿쵸(薩長) 정부[13]는 근본이 아시가루(足輕)[14] 출신이기 때문에 강한 외국에 대해서는 급작스럽게 움츠러들고 만다. 강자 앞에 약하고 약자 앞에 강하다는 훌륭하고 합리적인 외교방침이 뜻하지 않게 아시가루 근성에 꼭 들어맞았던 것이다. 러시아 즉 강대국. 러시아는 유럽과는 다르지만 당시로서는 이 나라를 서양문명의 대역량을 지닌 것으로 생각해도 그다지 어긋난 것은 아니었다. 그리고 역량과는 별도로 러시아를 두려워 할 역사적인 관계가 이쪽에 있었던 것이다. 니콜라스가 온다. 즉시 빈틈없이 준비해서 대환영. 정부가 이미 그랬으니 새시대를 반기는 니혼바시의 어물전 하녀는 단 일격에 나가떨어졌다. 단 일격이란 당시의 국가적인 순리에 따른 것이다. 그러나 유는 마음으로는 삿초 정부와 똑같지는 않았다. 출신으로 봐도 호슈는 합해 봐야 일만 석 남짓한 고반(小藩)[15]의 불면 날아갈 하루살이들로 더욱이 유는 그 지배하에 있는 촌의 출신이었다. 일거리라고는 구습에 따른 식모자리. 출세줄이라고는 눈을 씻고 찾아도 없어서 아시가루의 벼락출세 대열에는 줄조차 설 수 없다. 대신에 유는 때마침 유행하던 문명개화사상의 한가운데로 저돌적으로 풍덩 하고 뛰어들 수 있었다. 배부르게 하는 사상은 아니라도 그것밖에 매달릴 것이 없다면 믿는 수밖에 없었다. 사상도 신앙이 될 수 있었던 것이다. 이때, 유에게 교리는 법률이었다. 법률이든 문명개화든 그 근원은 서양이었다. 그 서양 중에서도 강대국 러시아라는 이름만으로도 찔끔 하고 전율을 느꼈다. 러시아를 두려워하지 않고는 배기지 못할 역사적 인연과 유와는 아무런 상관도 없었다. 더욱이 러시아에 대한 아무런 지식도 없었다. 차라리 몰라서 행복했으며 즉시 친해질 수도 있다. 그리운 러시아, 그리운 니콜라스님. 돌연 니콜라스는 격렬한 우뢰처럼 쏟아져 내려서 유의 심신과 영혼마저도 뒤흔들어서 그 믿음에 결정적인 형태를 제공했다. 순례의 여정 끝에 이제 진언도 법화도 다이진구도 필요없었다. 니콜라스, 구체적으로 말하자면 신문에서 오려낸 얄팍한 사진 한 장에 불과한 존재가 이제야말로 정갈하게 닦인 거울에 그 모습을 드러내야 할 때가 된 것이다. 그저 그림으로밖에 볼 수 없는 예수님, 마리아님에게도 사람들은 넋을 잃고 만다. 사진이기는 해도 그 주인은 엄연히 살아 있는 귀공자였다. 문명개화의 통로인 신문은 이 몽롱한 얼굴을 확실하게 뒷받침해 주었다. 또 사진이기는 해도 이것은 남자와 여자의 교섭이었다. 궁극적으로 유는 여자의 기관으로 느끼는 것 말고는 이 귀공자의 신격(神格)을 받아들일 방법이 없었다. 감춰져 있던 여자의 급소에 화살이 명중한 것 같았다. 유로서는 이따금 분단장을 하고 맞아들일 신앙상의 의무가 있었다. 신앙의 증거가 드물게는 요염한 몸짓으로 표현되기도 한다. 다만 시라다케가에서는 아무도 이 몸짓에 서려 있는 유의 요염함, 혹은 고뇌까지 꿰뚫어 본 사람은 없었다. 그건 어쩌면 당연한 것이다. 어시장의 젊은이는 성질이 급하다. 외통수 장기에서는 이러쿵 저러쿵 군말이 없기로 정해져 있다. 호슈 출신 식모의 영혼의 움직임 같은 걸 살피고 있다가는 좌판의 생선이 모두 썩어 버릴 것이다.

5월 11일, 니콜라스 일행은 아침 일찍 인력거 대열을 이루며 교토에서 비와호로 향했다. 니콜라스의 모습은 운두가 높은 회색 중절모에 줄무늬 양복을 입은 나무랄 데 없는 멋쟁이였다. 호반 관광 후, 오쓰(大津)의 시가(滋賀)현청(縣廳)에서 점심. 오후 1시 30분, 교토를 향해 귀로에 오르다. 행렬이 오쓰 거리로 접어들었을 때, 경호원으로 배치되었던 순사 쓰다 산조(津田三藏)[16]라는 자가 갑자기 칼을 뽑아서 차 위의 니콜라스를 찔렀다. 니콜라스 부상. 순사, 즉 범인은 현장에서 체포. 니콜라스는 후일 러시아황제가 된 니콜라스 2세로 이십 몇 년의 재위기간 동안 러일전쟁이라는 불운한 카드를 뽑더니 마침내 1917년 혁명의 와중에 총살당했다. 그 불운한 운세가 이미 이때 칼에 찔리는 사태로 나타난 것이다. 범인 산조의 신원을 조사해 보니 사족(士族)[17], 군조(軍曹)[18] 출신, 집안이 정신병이라고 하는데 이쯤 되면 순사가 되어서 "이 로스케(러시아) 놈" 하면서 칼로 찌르는 것쯤 식은 죽 먹기일 것이다. 칼에 찔릴 운수에 자객이라니 더할 나위 없는 절묘한 조화를 이루고 있다. 이 소동이 사방으로 퍼졌을 때 도쿄의 사족(士族)들, 즉 에도(江戶) 막부의 유신들은 삿초 정부가 허둥지둥 당황해 하는 모습에 눈살을 찌푸리면서도 한편으로는 한바탕 크게 웃어댔다. 하지만 정부에서는 웃고 있을 때가 아니었다. 산조를 처형해야 할지 말아야 할지 골머리를 썩었다. 그때 하코네(箱根)의 객사에서 식사중이던 추밀원[19] 의장 이토 히로부미(伊藤博文)[20]는 쥐고 있던 젓갈을 떨어뜨리며 부르르 몸을 떨었다. 내무대신 사이고 쓰구미치(西鄕從道)[21]는 러시아 함대가 도쿄만으로 쳐들어 오면 큰일이라면서 울부짖었다. 모두 법이고 뭐고 상관없이 산조를 죽이라고 이구동성으로 떠들어댔다. 이 사건이 산조를 처형하지 않고 수습이 된 것은 대심원장 고지마 이켄(兒島惟謙)[22]의 수훈담으로 훗날 법창야화에 전설로 전해지게 되었다. 미담이라고 할까. 그렇다고 해도 법가의 논리, 논객의 공론은 그치지 않았다. 그 중에 소에지마 아오우미(副島蒼海) 옹[23]은 법률이 산조의 처형을 허락하지 않는 이유를 깨닫고 다음과 같이 말했다. "법률이 산조를 처형하지 않는다면 다네오미(種臣)가 산조를 처형하겠다." 꽤 함축적인 말이었다. 여기서는 논리 따위가 등장할 여지가 없다. 평상시의 각오가 아니고서는 이런 말은 할 수 없는 것이다. 이때 무사로서 나라일을 걱정했던 것은 소에지마 옹 단 한 명뿐이었다. 그는 메이지의 제일가는 명필가로 후세에는 그를 따를 명필가가 없었다. 유별나게 글을 잘 쓰는 사람에게는 어쩔 수 없이 편을 들 수밖에 없다.

소에지마 옹의 이야기는 나중 이야기이고 때는 아직 1891년(메이지 24) 5월 11일 직후였다.

3

5월 12일, 천황이 도쿄를 떠나 교토에 도착해서 이튿날인
13일 니콜라스가 묵고 있는 도키와 호텔로 병문안을 갔다. 니
콜라스는 이미 귀국할 결심을 굳히고 일본인 의사조차 곁에
다가오지 못하게 했다. 그리고 모든 만류를 뿌리친 채 서둘러
고베로 향했다. 천황은 이들을 배웅하기 위해 고베 부두에 이
르렀다. 니콜라스는 정박중인 군함으로 옮겨타고 잠시 서 있
었다. 니콜라스의 일정 중지, 귀국 이유가 신문에 보도된 것
은 5월 17일이었다.

5월 17일, 이날 시라다케가에서는 돌연 유가 그만두겠다고
말을 꺼냈다. 이유는 말하지 않았다. 때는 온 나라 안이 발칵
뒤집혀서 진자와 절간에서는 니콜라스를 위해 무사평안을
기원하고 요릿집이나 찻집에서도 기생들의 가무음곡을 금하
는 등 모두 제정신이 아니었다. 시라다케가에서도 '오쓰의
사건'은 알고 있었지만 설마 그 일과 유가 그만두겠다는 것
이 상관이 있다고는 꿈에도 알지 못했다. 아닌 밤중에 홍두깨
라고 이렇게 갑자기 그만두겠다고 하면 곤란했다. 하지만 유
도 니콜라스처럼 굳은 결의에 차 있어서 아무리 만류해도 소
용이 없었다. 이튿날인 18일, 유는 재차 그만두겠다는 말을
꺼냈다. 급한 일 때문이라고 했다. 무슨 급한 일인지는 몰라

도 유가 일단 말을 꺼낸 이상은 절대로 물러서지 않을 것이라는 점은 평소의 그녀를 보고 대충 짐작이 갔다. 끈기싸움이었다. 시라다케도 마침내 백기를 들었다.

"나가거라."

"예."

유는 손에 쥘 수 있는 짐만 대충 꾸려서 시라다케가를 나왔다. 밤이었다. 오늘 밤은 우선 시타다니이케 하시가야마치에 있는 숙부 에모토 로쿠베의 집으로 가는 수밖에 없었다.

이 로쿠베라는 사람은 전에 말했듯이 유의 외삼촌으로 고카 원년(弘化元年 : 1844) 출생이며 원래 이름은 쓰네키치(常吉)였다. 쓰네키치는 에도로 나와서 다이코쿠야(大黑屋) 에모토 로쿠베의 가게에서 일하면서 뛰어난 상술을 발휘하여 요코하마 지점을 맡게 되었다. 다이코쿠야는 전당포 겸 비단옷가게로 본점은 니혼바시 이즈미초(和泉町)로 한때는 다이진(大盡 : 백만장자) 다이로쿠로 일컬어질 정도로 번창했다고 한다. 쓰네키치는 다이로쿠의 눈에 들어서 그의 사위가 되었고 이윽고 에모토로쿠베라는 이름까지 물려받아서 그대로 다이코쿠야의 가업을 잇게 된 것이다. 쓰네키치 즉 로쿠베는 그때부터 막말의 어수선한 시류를 타고 상당한 수완을 발휘했다. 자세한 이야기는 생략하기로 한다. 이렇게 메이지에 걸쳐서 배포 크게 여러 가지 사업을 벌려서 간혹 빗나간 적은 있지만 전성기 때는 후카가와(深川)에 거창한 저택까지 꾸미는 등 평생에 한 번 있을까 말까 한 큰 영화를 자랑했다. 그러나 1872년(메이지 5), 홋카이도(北海道)의 개척사 총재라는 역할을 떠맡게 된 것이 불운의 시작으로 그때부터는 계속 내리막길이었다. 연이어 터지는 막대한 실패 끝에 마침내 땡전 한푼 없는 알몸신세로까지 떨어졌다. 이케노 하시가마치의 집은 옛날 다이진의 꿈을 꾼 대가로 막대한 빚을 짊어지게 된 로쿠베가 만년에 기거하는 곳이었다.

니혼바시 무로마치에서 우에노(上野)의 이케노하시까지 거마비 5전. 유는 외삼촌을 찾아와 비로소 의중을 털어놓았다. "제가 가미가타(上方 : 교토, 오사카 지방)로 가서 니콜라스 님에게 귀국을 늦추시도록 간청을 드리겠습니다. 예, 제가 니콜라스님을 우리나라에 계시도록 붙들겠습니다." 마치 몸을 던져서 국난을 짊어지고자 하는 여장부 같은 기개로 들리는 점도 없지 않았지만 그 국난이라는 이유 하나만으로 유가 용케 거기까지 결심을 한 것인지 어쩐지는 잘 모르겠다. '대(大)' 자가 붙는 일에는 여간해서는 꿈쩍도 않는 로쿠베도 이 소리에는 어처구니가 없었다. 암탉이 울면 집안이 시끄럽다, 그래서는 못 쓴다, 안 돼. 온갖 말로 설득을 해도 외곬으로 맺힌 일념은 심상치가 않아서 유의 눈빛은 미묘한 빛을 발하며 반짝였다. 얘가 아무래도 여우한테 홀렸구먼. 미치광이들만

득실거리는 세상이라서 이런 일도 생기는 거야. 생각해 보면 로쿠베 본인도 여태껏 여우는커녕 생쥐한테도 홀린 적이 없다고 자신 있게 말할 입장은 아니었다. 자신도 오르락 내리락 파란만장한 생애를 보냈다. 입에 침이 마르게 설득해도 소용 없다고 생각한 외삼촌은 팔짱을 긴 채 입을 다물게 되었다. 밤이 깊어서 외삼촌 집에서 하룻밤을 보낸 뒤, 유는 살그머니 유서 3통을 써서 책상에 두었다. 다음날인 19일, 유는 아침 일찍 서둘러 외삼촌의 집을 나섰다. 나가는 길에 놓여 있던 전당포 쪽지 한 장을 집어들었다. 이런 것이 집에 있는 것을 보면 당시 다이로쿠도 어지간히 영락한 것 같다.

이케노하시에서 아사쿠사마도(淺草馬道)까지 거마비 5전. 마도는 전당포 사노야(佐野屋)가 있는 동네였다. 그곳으로 가던 도중 유는 시타다니의 미용실에 들러서 면도날을 갈았다. 칼을 가는 데 1전 5리. 면도날이 잘 섰는지 확인해 둘 필요가 있었다. 전당포 사노야에서 갖고 온 짐을 펼쳐서 지리멘(ちりめん), 메이센(銘仙), 니지(二字) 같은 비단옷 몇 벌을 허리띠까지 넣고 조금 억지를 부려서 10엔에 맡겼다. 마도에서 다시 인력거를 달려서 신바시(新橋)역까지 거마비 20전. 서둘러 도착하니 큰 시계 바늘이 막 9시를 가리키고 있었고 첫열차는 이미 출발한 뒤였다. 역 앞의 쓰루야(つる屋)에서 쉬었다. 찻값이 5전. 소지품을 사는 데 58전. 이윽고, 다음 열차를 타고

교토로 향하다. 교토까지는 꽤 긴 시간이라서 차 안에서 밤을 새우게 되었다. 차 안에서 다시 유서 세 통을 썼다. 기차표값이 신바시에서 시즈오카(靜岡)까지 1엔 2전. 시즈오카에서 교토까지 2엔 9전. 교토에 도착한 것은 이미 날이 밝은 다음날 5월 20일 오전 5시경이었다.

그런데 니콜라스는 기다려 주지 않았다. 전날, 5월 19일, 천황은 니콜라스를 위해 송별연을 개최할 작정이었는데 형편이 여의치 않아서 오히려 니콜라스의 오찬에 초대되었다. 오찬석은 고베항에 정박중인 아리조봐호 선상이었다. 상륙한 러시아병이 거리에서 만행을 부렸던 것이다. 그런데 걱정한 것과는 달리 선상의 연회는 무사히 끝났다. 천황이 오찬에서 교토의 황궁으로 돌아온 것은 오후 5시가 지나서였다. 그보다 일찍 오후 4시 40분에 러시아함대가 고베에서 출발했다. 니콜라스는 영원히 떠났다.

4

노(能)[24]에서 시테(주인공 역)는 광녀다. 광녀란 반드시 미치광이는 아니다. 다만 보통사람과 다를 뿐이다. 보통사람이 가진 것을 갖지 않고 보통사람에게 없는 것을 갖고 있을 뿐이다. 무엇을 갖고 있을까? 광녀에게 표식을 붙인다면 조릿대

(작은 대나무의 총칭)라도 들고 있게 할 수밖에 없을 것이다. 바람부는 대로 흔들리는 가벼운 것. 광녀의 발닿는 곳은 조릿대가 흔들리는 대로 정처없다. 유는 눈에 보이지 않는 조릿대를 품고 교토의 땅을 밟았다. 5월 20일 아침, 기차에서 내렸다.

니콜라스는 없다. 온 거리가 그 사실을 알고 있었다. 러시아함대는 먼 바다로 아득히 사라졌다. 그러나 함대는 사라져도 니콜라스는 유의 마음속에 있었다. 이젠 거울을 보는 일은 없었다. 시라다케가에 남겨 두고 온 짐 속에 거울을 넣어 두고 왔던 것이다. 유의 마음은 이미 니콜라스가 있는 거울의 세계였다. 이 거울의 세계를 마음에 품고 그녀는 이제 어디로 가는 것일까. 최후의 종착지는 조릿대만이 알고 있었다. 그때까지의 시간은 공백이다. 유는 인력거를 탄 채 이 시간의 공백 속을 한가하게 보내고 있었다. 교토 시내를 인력거를 타고 절을 돌아보았다. 돌이켜보면 도쿄에서는 명소관광은 한 번도 한 적이 없었다. 지금 이 한가한 시간은 필사적인 것이었다. 광녀의 여정 중 한 단계였다. 유는 둥글게 틀어올린 머리에 산호구슬 비녀를 찔렀는데 나중에 관청의 공문에 적힌 "천박하지 않은 자태"라는 묘사 그대로였다. 양산에 작은 짐보따리, 인력거에 흔들리며 신록의 거리를 가는 자태는 누구의 눈에도 젊은 부인의 관광유람으로밖에 보이지 않았다. 짐

292

속에 날카롭게 간 면도날이 있으리라고는 인력거꾼조차 눈치채지 못했다. 인력거에 타기 전에 유는 도쿄의 숙부 에모토 로쿠베와 동생 후미지로 앞으로 쓴 유서를 우편으로 부쳤다. 우표값 6전.

인력거로 먼저 니시혼간지(西本願寺)[25], 도지(東寺)[26], 산주산켄도(三十三間堂)[27], 다이부쓰(大佛)[28]를 둘러보고 기요미즈데라(淸水寺)[29]에 왔을 때는 정오 무렵이었다. 불당에서 잠시 쉬다. 여기서 쓴 14전. 오후에는 신쿄콧쿠(新京極), 시조고다비마치(四條御旅町)를 지나 위로 올라갈 때 우연히 고묘(孝明) 천황릉으로 가는 천황의 행차와 맞닥뜨렸다. 이때는 인력거에서 내릴 수밖에 없다. 이윽고, 도지샤(同志社) 여학교 앞. 밖에서 건물을 들여다보았는데 이제 입학하고 싶은 마음의 여유조차 없었다. 이어서 니조(二條)성. 그곳에서 다시 산조(三條), 아와다구치(粟田口)를 거쳐 지온인(知恩院)[30]으로 향하다. 도중에 햇살이 뜨거워서 인력거꾼에게 밀짚모자를 사 주었다. 모자값 12전 5리.

지온인으로 와서 근처 찻집에서 쉬다. 여기서 인력거꾼에게 해가 저물 무렵에 마중 나올 것을 부탁하고 우선 돌려보냈다. 혼자 본당에 올랐다. 설법중이었다. 유는 오른쪽 문옆에서 설법을 들었다. 설법이 끝나자 사람들은 모두 흩어졌지만 그녀는 그곳에서 떠나지 않았다. 해도 저무는데 꼼짝도 않고 앉아 있다. 절을 관리하는 사람이 다가와서 말을 걸었다. 어디 편찮으십니까? 아니요. 유는 서툴지만 우타 한 수를 연필로 종이에 적어 보였다.

　　오늘 들른 인연도 깊은 지온인 뛰어난 경치에 근심걱
　정을 잊노라

이런 우타였는데 유의 작품치고는 그럭저럭 괜찮은 편이었다. 후세에 사람들이 몰려드는 것과는 달리 지온인은 특별히 전망이 좋은 곳은 아니다. 하지만 여기에 '경치'라는 말을 쓴 것은 의외로 길을 떠난 여수를 잘 표현하고 있었다. '청련원에서 와서 고즈넉한 산사의 문을 올려다보니 아 뛰어난 주위의 경치'라는 뜻이다. 단 한순간 유는 그럭저럭 '근심걱정'을 잊은 것 같다. 여기서 흥이 깨져서는 안 될 것이다. 운좋게 아까의 절을 관리하는 사람이 유를 안내해 주더니 내전 참배를 허락해 주었다. 어느새 해가 저물어 7시가 가까워 오자 약속대로 인력거가 마중을 나왔다.

인력거가 최후로 도착한 곳은 교토부청의 문앞이었다. 유는 무슨 글을 적어서 문지기에게 건네주며 전해달라고 부탁했다. 깨끗이 거절당했다. 광녀의 언어는 보통 사람들의 세계에서는 통하지 않았다. 하는 수 없이 돌다리 근처에 서서 궁리를 했다. 이제 인력거는 필요없었다. 삯을 치르고 돌려보냈다. 그리고 막걸리값 대신 양산과 여자용 지갑을 인력거꾼에게 주었다. 지갑은 텅 비어 있었다. 좀 전에 유는 나머지 5엔을 챙겨서 품속에 간직했다. 오늘 하루 동안 적어 둔 유서가 다시 네 통. 용돈지출장도 꼼꼼하게 적었다. 그렇지만 거마비까지는 적지 않았다.

이미 날이 어둑어둑해져서 문 앞에는 사람들의 왕래가 끊어졌다. 유는 준비해 온 흰 천을 땅에 깔고 털썩 주저앉았다. 먼저 유서를 꺼냈다. 전에 발송한 것을 합치면 모두 열 통. 그중에 일본 정부 앞으로 두 통, 러시아 관리 앞으로 한 통, 국내외 일반 시민에게 한 통, 모친 앞으로 한 통, 에모토 로쿠베 앞으로 한 통, 동생 후미지로 앞으로 세 통, 친척인 아무개 씨 앞으로 한 통.

유서의 문장은 치졸했다. 문장은 정돈되지 않았으며 좀처럼 이해하기 어려운 구절도 있었다. 그러나 저 '오쓰사건'에 대해서 어떤 까닭으로 멀리 떨어져 있는 도쿄의 일개 아녀자가 그와 같은 행동을 하기에 이르렀는지, 생각에 생각을 거듭한 본인의 골똘한 집념이 흐트러지지 않고 강하게 표출되어 있었다. 대의는 대충 다음과 같다. 흉수가 있다. 국빈을 찔렀다. 모든 일본인은 싫어도 이 사건에 연루된다. 어쩌면 일본인은 모두 흉수 편에 서 있거나 또는 같은 마음을 품고 있는 것처럼 보일지도 모른다. 그러나 그렇지 않다. 그 흉수는 단지 사천만 중의 한 개인에 지나지 않는다. 다른 모든 일본인은 이와는 반대다. 국빈을 향해 그 증거를 보여 주지 않으면 안 된다. 무엇을 증거로 삼아야 하나. 흉수에 대신해서 몸을 던져야 한다. 스스로 자진해서 피를 흘리지 않으면 안 된다. 그 피로써 국빈에 대한 죄를 빌어야 한다. 러시아를 위해서 모든 것을 바치는 것은 즉 일본을 위해서 모든 것을 바치는 것이다. 누가 피를 흘릴 것인가. 일본인 중의 한 명이어야 한다. 그 한 명이란 누구를 가리키는가. 비록 내가 일개 아녀자의 몸이지만 그 사건에 부딪혀 보자. 결의가 서면 즉시 실행. 유의 마음은 이러한 외곬로 달렸다. 유처럼 생각하지 않더라도 그녀가 생각하는 대강의 뜻은 다른 사람들도 이해할 수는 있었다. 아니 유의 생각이란 생각이 없는 것이나 똑같을 수도 있다. 실은 생각한다는 말은 이런 경우에는 타당하지 않았다. 생각하기에 따라서는 사람은 피를 흘리지 않고도 일을 해결할 수도 있는 것이다. 유의 마음에는 피를 흘리는 것에 강한 신념이 있었다. 무엇이든 생각하기 전에 우선 신념. 따라서 자연히 피를 흘릴 수밖에 없는 것이다. 그런 점에서 유의 유서에는 비탄조의 말투가 있기는 해도 망설임이나 주저는 추호도 찾아볼 수 없었다.

유서 중에 가장 짧은 것은 '노국(러시아의 옛 명칭) 관리님'

앞으로 보낸 것이다. 얼마나 짧은지는 다음에 인용한 것을 보면 알 것이다. 이것은 그 18일 밤 이케노 하시가야마치의 에모토 로쿠베의 집에서 하루를 묵었을 때 쓴 것이다. 유의 서명은 호적에 있는 '유'가 아닌 '유코(勇子)'로 되어 있다. 한자를 사용한 것은 본인의 취향에 따른 것 같다.

노국 황태자 전하 추호라도 불편을 안겨 드려서 죄송합니다. 이제부터 귀국하셔서 부디 안정을 취하시도록 소녀는 같은 나라의 국민으로서 진정으로 비옵니다. 부디 안녕히 계십시오. 1891년(메이지 24) 5월 18일 지바(千葉)현 나가사군 마에바라(前原) 가모가와마치 하타케야마 후미지로의 누이 유코 드림.

이 심정을 나라 안팎으로 알리기 위해서는 면도날로 가슴을 열어 보이지 않으면 안 된다. 유는 허리띠를 풀고 최후의 준비를 갖추기 위해 양무릎을 꽉 묶었다.[31]

5

서양의 교단에는 믿음이 독실하고 이적을 행하는 뛰어난 자에게 성자 칭호를 수여하는 제도가 있다. 이를테면 그 방면에서의 기예의 전수인 것이다 이것은 사후의 일이니까 돈을 뜯길 염려는 없다. 또 남녀의 차별도 문제가 안 된다. 다만 그 행실을 기록해서 책으로 만들었을 때 어떠한 효과를 가져다 주는 것을 좋은 것으로 할지가 문제될 뿐이다. 성자에 이르는 과정이 너무 쉬워서 "뭐야 겨우 이거야 까짓거 누구라도 할 수 있어"라고 얕보여서는 물론 곤란하다. 교단의 위신에 관련된 문제인 것이다. 또 성자로의 길에 혹독한 가시밭길이 등장한다 해도 눈깜짝할 새에 극복하고 나중에는 한가롭게 손을 놓고 평생 유유자적하는 것도 재미가 없다. 이러한 이야기를 선망하는 자가 나타나서 성자가 되는 것도 그다지 나쁘지는 않군, 쓴 약은 눈을 감고 단숨에 삼켜 버리면 그 뒤에는 달콤한 사탕이 주어진다는 것을 알고 생전에 벌써 성자의 기예를 전수받으려고 지원자가 줄줄이 나타나는 지경이 되어 신앙의 값어치가 떨어질 것이다. 말할 것도 없이 낙원은 신의 영역이다. 성자의 칭호는 사람으로 하여금 손에 넣을 수 없는 것이 있다는 사실을 깨우치고 절망시키기 위해서 있는 것이다. 성스러울 정도의 자비라면 고통은 평생이고 대체 기쁨은 언제 찾아오는 것일까? 선혈을 총탄으로 삼아 잔인하게 연발로 쏴대서 갖은 고초를 겪고 숨이 끊어져서 이미 손쓰기에는 때를 놓쳤을 때 비로소 후광이 비칠까 말까 하는 비참한 상황을 보여 준다. 보기 좋은 구경거리는 순식간에 감동을 불러

일으키고 도저히 흉내조차 낼 수 없는 아니 흉내내라고 하면 견디지 못할 거라고 내심 진저리를 치면서 그래도 조금은 오싹한 만큼 어딘가 압도당할 것이다. 그 어딘가 압도당하게 하는 것이 신앙의 골자임에 틀림없다. 이렇게 읽기만 해도 눈물을 자아내는 갖가지 성자전은 이미 옛날부터 책으로 전해지고 있다. 그리고 성자전의 편자는 성자 중에 소수의 여자 성자, 즉 성녀를 섞어 넣는 것도 잊지 않았다.

여자의 몸으로 성자가 된 사람은 대체적으로 그 발단과 과정이 정해져 있다. 거의가 모두 어릴 때부터 명문, 부귀, 미모라는 장점투성이로 무엇 하나 남부러울 것 없이 자랐는데도 불구하고 굳이 어려움을 추구한다. 스스로 명예와 부귀를 버리고 미모의 여성이라면 그 미모마저 버리고 용케 악마의 유혹을 물리치고 이단의 박해를 견딘다는 순서이다. 곰곰이 생각건대 그 부귀를 버리면 주 예수그리스도의 빈궁에 의해서 더 부자가 된다고 한다. 또 그 명예를 버리면, 즉 만인 중에 가장 뛰어난 사람이 되기 위해 만인 중에 가장 초라한 사람이 된다고 한다.

서양에서는 예로부터 여자의 '사성(捨聖)'이 유행한 듯하다. 이들 성스러운 미녀들의 궁극적인 소원은 한마디로 주님의 마음에 드는 것이다. 그리고 아마도 주님은 마냥 흡족해 하셨을 것이다. 미녀가 나락으로 떨어져 간 어두운 언덕길은,

즉 가장 높은 곳으로 올라가기 위한 광명에 찬 계단이 되어 영광의 하늘에서 휘황찬란하게 빛난다. 경사스럽고도 경사스러운 일이다. 대충 살펴보면 이 미녀들은 태어날 때부터 배꼽과 함께 성녀가 되기 위한 증표를 몸에 붙이고 이 세상에 나온 것 같다. 먼 훗날 느지막이 충의를 바치니 뭐니 하면서 이들에게 성녀의 칭호를 수여하는 것은 쓸데없는 간섭이다.

성녀가 죄를 범하는 경우는 거의 없다. 하지만 그중에 때로는 죄를 범한 성녀가 아주 없었던 것은 아니다. 예를 들면 성테오도르가 있다. 테논 황제의 치세 때 테오도르는 알렉산드리아의 귀한 집에 태어난 미모의 처녀였다. 그녀는 부자에게 시집가서 부부가 함께 신을 두려워하며 공경했다. 하지만 악마는 정숙한 여자의 경건함이 달갑지 않아서 다른 남자로 하여금 그녀를 사모하게 만들었다. 물론 정숙한 그녀는 호락호락 넘어가지 않았다. 마녀가 마술로 테오도르를 속여서 그녀는 다른 남자와 동침하는 잘못을 범했다. 즉시 자기의 죄를 뉘우치며 탄식에 잠겼다. 우여곡절 끝에 테오도르는 가출을 결심하고 남편이 집을 비운 사이에 남편의 옷을 입고 머리를 짧게 자르고 남장을 한 채 남자 수도원으로 향했다. 테오도르는 그때부터 수도사가 되어서 속죄를 위해 스스로 고행에 나섰다. 때마침 방탕한 처녀가 테오도르를 남자인 줄 알고 동침하고자 유혹했다. 테오도르가 이를 거부하자 처녀는 다른

300

남자와 동침했다. 그 후 처녀는 임신을 해서 아이를 낳자 이를 테오도르의 아이라고 거짓말을 하고 수도원으로 보내 버렸다. 남장 수도사인 테오도르는 그녀의 거짓말을 굳이 부인하지 않았다. 마침내 테오도르는 아이를 업고 수도원에서 쫓겨나기에 이르렀다. 설상가상, 이때부터 타인의 죄의 몫까지 짊어진 채 갖은 고난을 겪게 되며 마침내 주사위의 결말은 그녀의 행적이 주님을 기쁘게 해드렸다는 것으로 끝이 난다. 화제를 돌려 보기로 하자.

유는 어떨까. 태어날 때부터 귀하고 아름다웠다고는 말할 수 없다. 또 부잣집도 아니다. 남편이 있었던 적은 있으나 다른 남자와 통한 적은 없는 것 같고 그 후 둘째 남편을 맞은 적도 없으니까 유감이지만 간음죄를 범했다고 뽐내면서 말할 여지는 없다. 교태로 말하자면 우타를 읊는 것보다 더 서툴렀다. 그리고 버려야 할 부귀도 없고 또 고행으로 속죄해야 할 죄도 없어서 예수는커녕 신란(親鸞)[32]의 마음에 들려고 해도 테오도르와 비교해서 상당히 자격이 떨어졌다. 그러나 자청해서 타인의 죄의 대가를 대신 지려는 점에 대해서는 테오도르의 어깨에 짊어졌던 아이의 무게와 유의 짐은 어느쪽이 더 무거울까. 처음부터 두사람의 자세는 달랐다. 테오도르는 자신이 짊어진 짐에 대해서 무저항이었는 데 비해 유는 스스로 자초하여 짊어졌다. 애당초 사건이 국가적인 사태라는 막연하고도 넓은 차원에서 일어났기 때문이다. 유의 생각에 따르면 쓰다 산조는 사천만 명 중 단지 일개인에 불과하지만 이 계산은 통계적으로 맞지 않았다. 흉수는 사천만 명 중 쓰다 한 명만은 아니라고 생각하는 편이 좀더 통계적으로 정확한 계산일 것이다. 흉수라고는 해도 순사 산조의 구두가 밟고 서 있던 곳은 아마도 당시 일본인이 러시아를 보는 극히 유형적인 '대(對) 러시아관(觀)'이었음에 틀림없다. 산조와 같은 러시아관에 의해서 "이 러시아 놈"이라고 욕설을 퍼부으며 니콜라스를 노린 사람 수는 도대체 몇 명이나 되었을까? 산조의 구두가 밟고 섰던 곳과 똑같은 곳을 밟고 서 있던 구두는 전 일본인의 사천만 켤레 중 과연 어느 정도의 비율이었을까? 국난의 의미는 바로 이 구두 수의 비율에 있었다. 흉수의 긴 칼이 니콜라스의 차에서 번뜩였을 때 피바람에 젖은 것은 동류의 구두만이 아니었으며 그 핏방울은 사천만 켤레 전부에 튀었던 것이다. 이때, 유가 스스로 어깨에 짊어지겠다고 생각한 짐의 무게는 흉수 한 개인의 구두만이 아니라 사천만 켤레의 구두 무게였던 것이다. 아무리 넓은 곳에 서 있었기 때문이라고는 해도 일개 아녀자의 어깨로 짊어지기에는 지나치게 무거웠다. 말하자면 너무 오만했다. 만일 유에게 죄를 묻는다면 이 오만이 바로 죄였다. 그러나 성녀의 필수조건인 속죄라는 점에서 보면 관록이 하나 더 붙은 결과가 된 것인지도 모른다.

사천만 명의 이름으로 홍수 산조의 죄를 속죄하는 것은 산조 본인 및 그 동류로부터는 용서받는 것이 아니다. 산조에게 할 수 없는 것 그리고 그 동류들도 할 수 없는 것이기 때문에 쓰다 산조는 '나밖에는…' 이라고 자신하면서 용케 그 임무를 맡을 수가 있다. 유도 스스로 속죄대로 올라가 직접 자신의 몸으로써 타인 산조의 죄를 단죄했다. 아마도 그녀 자신의 오만한 죄도 함께 단죄받은 것이겠지. 피는 이미 흘렀다. 그때 유가 얻은 구원은 무엇이었을까? 옛날 성녀 아가다는 시실리아의 집정관의 박해를 받아 양쪽 젖가슴이 도려진 채 감옥에 갇혔다. 그날 밤 옥중에서 기적이 일어나 양쪽 젖가슴이 본래대로 다시 제자리에 붙었다고 한다. 만일 유의 고행이 어디 있는지도 모를 신의 기분을 흡족하게 했다면 그리고 그녀의 신의 힘이 성 아가다의 신처럼 강하다면 저 5월 20일 저녁, 교토부청 문 앞에서 어떠한 형태로든 기적을 보여 줘도 나쁘지는 않았을 터이다. 그런데 진언 법화 다이진구에 이르기까지 유가 스쳐 왔던 일본의 신불(神佛)들은 이 최후의 현장에서도 아무런 재주를 보여 주지 않았다. 유의 신들이야말로 인정이라곤 조금도 없었다. 아니 유에게도 전혀 실수가 없는 것은 아니었다. 유에게는 이미 일본의 신불은 거들떠보지도 않고 따로 기뻐해 줬으면 하고 몰래 마음속으로 바라는 상대가 있었다. 이방인 니콜라스였다. 니콜라스가 썼던 운두 높은 회색 모자는 유의 눈에는 그야말로 후광이 비친 듯이 보였다. 그러나 니콜라스는 유의 거울 속의 주인일 수는 있어도 고작 순사의 칼에 찔릴 정도로 약한 존재라서 절박한 상황에서는 아무런 의지도 되지 않았다. 더욱이 제일 곤란했던 것은 니콜라스는 서둘러 함정을 타고 바다 저편으로 도망가 버려서 유의 고행이 마음에 들었는지 아닌지조차 전혀 판단할 길이 없었던 것이다.

일본에는 옛날 메이지 때부터 민간유지(民間有志)라는 성가신 무리들이 있어서 이 유라는 좋은 요릿감을 그냥 놔둘 리가 없었다. 자기들 나름대로 확실하게 무엇인가 비법을 전수해 보여야 한다고 생각했다. 그렇긴 해도 성녀 칭호의 수여라는 거대한 불꽃을 피울 재주는 없었다. 임시방편으로 열녀로 삼는 재주를 보였다. 이 따위 칭호로는 정녀(貞女)든 열녀(烈女)든 와글와글 경솔하게 소문거리나 제공한 데 지나지 않았다. 이래서는 본인이 모처럼 면도날로 속죄했을 '오만죄'를 미덕으로 떠받드는 결과가 되어 버리는 것이다. 에도의 선인들은 이미 하녀였던 오타케(お竹)[33]를 대일여래(大日如來)[34]로 만드는 세련된 환각술의 모범을 남기고 있는데 메이지의 문명개화는 아직도 문명의 비법을 전수하기에는 역부족으로 어물전의 하녀 한 명 깔끔하게 처리할 마술도 보여 주지 못했다. 그러나 이러한 것들은 유가 알 바 아니었다. 유의 마음이 염원하던 곳으로 이르지는 못했어도 그것은 유의 마음속의 세계가 사라진 것은 아니었다. 먼 곳을 응시하고 있던 유의 눈은 여전히 먼 곳을 응시하고 있었다. 그 먼 곳의 얼굴이 실재의 러시아인 아무개의 얼굴이든 아니든 그다지 대수로운 문제는 아니었다. 사실은 그 얼굴의 이름이 무엇인지는 모른다. 유는 단지 그곳에서 하나의 얼굴을 보았을 뿐이다. 유는 필사적으로 그 얼굴을 믿는 수밖에 없었다.

유의 상처는 관에서 발행한 공문에는 "복부의 심장 아래 부분, 위의 윗부분에 6센치의 옆으로 난 표피 절단 상처 한 군데, 그리고 인후부에 구경 8센치 깊이로 기관에까지 이른 상처 한 군데"라고 적혀 있었다. 그날 황혼녘에 그 땅에서 유가 면도날 위에 엎어졌을 때 와글와글 모여든 사람들은 모두 유가 정신이 돈 것 같다고들 말했다. 유는 머리를 저으면서 손을 높이 들어올렸다. 손은 멀리 한쪽 하늘을 가리키고 있었다. 옛날, 로마의 성녀 바울라는 부귀영화와 자식들마저 버리고 고향을 떠나 바다로 나가서 성지 팔레스티나로 향했다. 자식들과 친척들이 그녀를 좇아 바닷가에 이르러 거듭 배를 향해서 돌아오기를 청했다. 하지만 이미 배는 물결을 따라 돌아올 줄 몰랐다. 바닷가에 있던 사람들은 소리를 지르며 비탄에 잠겼다. 그때 성녀 바울라는 한치도 흐트러짐 없이 눈물은커

넝 바싹 말라붙은 두 눈을 들어 먼 하늘만을 응시했다고 한
다. 유가 손으로 가리킨 하늘 저편이 어느 곳인지는 애시당초
몰랐다. 그러고 보면 5월 20일 아침부터 저녁까지 인력거로
흔들흔들 훈풍에 날리며 교토의 신록 사이를 돌아다니는 동
안 유의 눈이 바싹 말랐는지 어쨌는지는 기록이 전혀 없다.

(1963년 8월)

1) 호슈(房州) : 아와(安房 또는 安和라고 함). 동해도 15國 중의 하나.

2) 아와(安和) : 주 1)과 동일지명.

3) 스와진자(諏訪神社) : 나가사키시에 있는 진자. 제신은 다케미나가 타노미코노(建御名方命)와 야사카도메노미코토(八坂刀賣命)를 받들고 있다. 1624년 松森에 신전을 지은 이후로 나가사키의 조상신으로 받들어지고 있다.

4) 신관(神官) : 진자에 소속되어서 신에 대한 제사를 받들며 여러 가지 신사(神事)에 관련된 일을 담당하는 역할.

5) 핫켄덴(八犬傳) : 난소우사토미핫켄덴(南總里見八犬傳). 요미혼(讀本) 작가 교쿠테이 바킨(曲亭馬琴)의 대표 작품. 1841년. 전체의 구상을 『수호전』을 본떠서 里見가의 흥망을 다룬 장편전기소설이다.

6) 우타(歌) : 단가(短歌)를 말함. 5 · 7 · 5 · 7 · 7의 31음으로 이루어지는 일본 전통 시가인 와카(和歌)를 말한다.

7) 사이코쿠(西國) 순례여행 : 긴키(近畿)지방에서 기후현(岐阜縣)에 걸쳐 산재하는 사이코쿠 33개소의 관음순례영장을 예배하는 순례. 헤이안시대에 시작되어 에도시대에 33개소의 영장(靈場)의 장소와 순위가 정해졌다. 특히 종파적으로는 진언종(眞言宗)의 영향이 강하다.

8) 나무묘법연화경(南無妙法蓮華經) : 법화경은 원래 천태종이 중요시하는 경전이다. 특히 "나무묘법연화경"이고 외우는 것은 천태교

학을 습득하고 독자적인 법화경해석에 의한 불교체계를 수립한 것은 아와(安房) 출신의 日蓮(1222~1282)이 있다.

9) "무릇 만기공론(萬機公論)으로 결정해야만 할 것이다" : 메이지 원년(1868)에 발포된 5개조 서문(五カ條御誓文) 중의 제1조에 적혀 있는 내용으로 '천하의 정치는 무릇 여론에 따라 결정하도록 할 것'이라는 뜻이다.

10) 형명참험(形名參驗)학 : 참험이란 여러 가지 사실을 참조로 하여 음미한다는 뜻이다.

11) 아마테라스 고다이진구(天照皇大神宮) : 아마테라스오미카미(天照大神)는 다카마가하라(高天が原)의 主神으로 이세고다이진구(伊勢皇大神宮)에 모셔져 일본 황실의 조상신(祖神)으로 받들어졌다.

12) 난학자(蘭學者) : 난학을 배우는 사람 또는 난학을 연구하는 사람을 말한다. 난학이란 근세 에도 중기 이후 오란다(네덜란드) 말을 가지고 서양의 선진 문화와 학술을 연구했던 학문이다. 연구 분야는 천문, 역법, 지리, 박물, 물리, 화학, 병법 등 각 분야에 걸쳐 서구의 사정을 소개하면서 일본의 근대화에 지대한 공헌을 했다.

13) 삿초(薩長) 정부 : 삿초란 사쓰마노구니(薩摩國 : 지금의 가고시마현〈鹿兒島縣〉)과 나가토노구니(長門國 : 지금의 야마구치현〈山口縣〉)를 말함. 근세 말 사쓰마노구니 출신의 사이고 다카모리(西鄕隆盛)를 중심으로 막부를 타도하고 천황에게 권력을 되돌리고자 하는 대정봉환의 실질적인 주역들이 삿초를 중심으로 활약했으며 이들이 메이지 유신의 실질적인 주역들이었다.

14) 아시가루(足輕) : 보병, 또는 졸병. 에도시대에는 각 번의 졸병을 가리켰는데 메이지 5년에 졸병이 폐지되어 사족(士族) 또는 평민(平民)으로 편입되었다.

15) 고반(小藩) : 한(藩)이란 에도시대 다이묘가 지배하는 영토 또는 지배기구를 총칭하는 명칭이었는데 메이지 유신(1868) 때 구 막부령에 부현제를 도입하려고 할 때의 구 다이묘령의 명칭이다. 한은 제후의 자치에 일임했다. 1869(메이지 2년) 때 부현제가 본격적으로 실시되면서 폐지되었다.

16) 쓰다 산조(津田三藏) : 1854～1891. 무사시노구니(武藏國) 출생. 1891년 5월 11일 오쓰에서 니콜라스 황태자를 칼로 찌르다. 일명 '오쓰사건(大津事件)'이라고 한다. 1891년 홋카이도에서 폐렴으로 병사하다.

17) 사족(士族) : 메이지 유신(1868년) 후 구 무사계급을 지칭한다. 화족 밑이며 평민 위에 해당하는 계급. 현재는 폐지되었다.

18) 군조(軍曹) : 육군 하사관 계급의 하나다. 조장(曹長) 밑에 해당하는 계급이다.

19) 메이지 헌법하에서 천황의 최고자문기관. 1947년 일본국 헌법시행으로 폐지되었다.

20) 이토 히로부미(伊藤博文) : 1841～1909. 정치가. 추밀원 설치, 대일본제국헌법 황실전범제정 등 천황제 확립을 위해서 노력했다. 러일전쟁 후 조선총독부의 초대 총감이 되어 한일합방을 강행했다. 1909년 만주시찰과 러일 관계 조정을 위해서 만주 시찰시 하얼빈 역에서 안중근 의사에게 저격당했다.

21) 사이고 쓰구미치(西鄕從道) : 1843～1902. 일본 근대화의 중심 인물인 사이고 다카모리의 동생. 사쓰마노구니 출신. 1869년 유럽을 순방하고 귀국해서 병제를 개편했다.

22) 고지마 이켄(兒島惟謙) : 1837～1908. 오쓰사건 당시 대심원장 말하자면 대법원장에 해당하는 직책이었다. 당시 니콜라스 황태자의

암살을 기도한 쓰다 산조에 대해 러시아와의 관계 악화를 두려워한 일본 정부의 처형 압력에도 불구하고 죄형법정주의를 적용해서 처형하지 않았다. 사법권의 독립권을 확립한 인물로 일컬어지고 있다.

23) 소에지마 아오우미(副島蒼海) 옹 : 소에지마 다네오미(1828~1905). 아오우미는 호. 정치가로 국학자인 아버지의 영향으로 존황양이운동에 참가했다. 메이지 유신 후 정체서를 기초하고 이어 외무경(外務卿)이 되었으나 정한론 논쟁에 져서 사이고 다카모리와 함께 하야했다. 1892년 내무대신 역임. 후에 재차 추밀고문관 역임.

24) 노(能) : 일본 중세 시대인 무로마치 때 발달된 가면을 쓰고 동작이 작고 극도로 양식화된 전통 극예술. 제아미(世阿彌)에 의해 집대성되었다.

25) 니시혼간지(西本願寺) : 교토시에 있는 조도신슈(淨土眞宗) 혼간지(本願寺)파의 총본산. 1272년 신란(親鸞)의 딸인 가쿠신니(覺信尼)에 의해 설립. 1591년 도요토미 히데요시가 사지(寺地)를 기증해서 현재 있는 곳으로 옮겨졌다. 대서원을 비롯해 모모야마 건축의 대표작이 많이 남아 있다.

26) 도지(東寺) : 정확하게는 금광명사천왕교왕호국사(金光明四天王教王護國寺)로 도지란 명칭은 통칭이다. 교토시에 있으며 진언종(眞言宗) 도지파의 총본산이다. 796년 창건되어 823년 구카이(空海)가 하사받은 이래 진언밀교의 근본도량이 되었다. 수많은 고문서와 국보급 유물이 많이 남아 있다.

27) 산주산켄도(三十三間堂) : 교토시에 있으며 천태종 사원이다. 고시라가와(後白河) 법황의 발원에 의해 1164년에 창건되었다. 본존인 천수관음좌상을 비롯해 가마쿠라시대의 걸작이 많이 남아 있다.

310

28) 다이부쓰(大佛) : 동대사의 본존인 비로자나불을 가리킴. 752년 4
월 9일에 개안 공양회를 가졌다.

29) 기요미즈데라(淸水寺) : 교토시에 있는 법상종의 사찰. 사이코쿠 산
주산카쇼 중 제16번째에 해당한다. 798년 사카가미 다무라마로(坂
上田村麻呂)가 창건했다고 전해진다. 본존인 11면관음상은 중요 문
화재이다.

30) 지온인(知恩院) : 교토시에 있는 정토종 총본산 사찰. 호넨(法然)이
히에이잔에서 내려와 암자를 짓고 염불도량으로 삼은 게 시초다. 그
후 도쿠가와 이에야스가 모친의 명복을 빌기 위해 대가람을 조성해
서 정토종의 제일 사찰로 삼았다. 헤이안시대와 가마쿠라시대의 귀
중한 유물이 남아 있다.

31) 유는…꽉 묶었다. : 사건이 일어났던 당시의 1891년 5월 24일자 東
京日日新聞의 기사에 의하면 사후에 꼴불견 같은 모습을 보이지 않
으려고 양다리를 수건으로 꽉 묶었다고 한다.

32) 신란(親鸞) : 1173～1262, 가마쿠라 초기의 승려, 淨土眞宗의 개조.

33) 오타케(お竹) : 오다케란 에도시대에 하녀의 대명사처럼 소설 등에
서 사용되었던 이름이다. 그 후 오다케는 하녀를 가리키는 속어로
쓰였다.

34) 대일여래(大日如來) : 마하비로자나불로 진언밀교의 교주이며 우주
를 비추는 태양이며 만물의 자모(慈母)로 설명되고 있다. 일본에서
는 구카이가 받들기 시작했다.

작품 소개

이 작품은 『전후단편소설선』(戰後短篇小說選, 岩波書店編輯部, 2000. 3) 제3권에 실린 이시카와 준(石川淳, 1899~1987)의 「ゆう女 始末」(1963. 8)을 번역한 것이다.

이시카와 준은 앙드레 지드의 영향을 받아 상징주의 문학에 심취했던 작가이다. 일본은 물론이고 한적과 서양의 고전문학을 섭렵했다. 일본의 특징인 종래의 사소설적 문학전통과 절연하고 "정신운동의 지속이 소설의 전·현실태를 구성한다"고 하는 문학관과 방법의식을 확립했다. 주로 동서양의 고전과 역사적인 사건에서 소재를 취했다.

「유, 그녀의 논리」도 1891년 5월 11일에 일어났던 '오쓰사건' 훗날 '러일전쟁'의 발단이 되는 러시아 황태자 니콜라스 암살미수사건을 소재로 취한 것이다. 주인공 유는 '오쓰사건'이 일어난 뒤 그 책임을 지기 위해서 5월 20일 교토부청 앞에서 자살을 한 하타케야마 유코이다. 이시카와 준은 유를 통해서 당시의 일본의 세태를 풍자하고 있다. 이시카와의 작품에 등장하는 여주인공들은 아름답고 연약한 주인공이 아닌 생명력의 발로 그 자체로 묘사되어 있다. 유역시 평범한 결혼생활을 박차고 신문명의 도시 도쿄로 나와서 오쓰사건이 터지자 구국의 일념으로 자해에 이르는 정열적이고도 생명력이 넘치는 여주인공으로 그려지고 있다.

한편 작품에서 내무대신 사이고 쓰구미치를 비롯해 당시의 정치

가들은 나약하고 우스꽝스런 존재로 묘사되고 있는 반면 자기의 목
숨을 대가로 바친 유라는 한 여자를 통해서 작자는 진정한 우국이
란 무엇인가를 묻고 있는 것이다. 그리고 그 유의 죽음에 반응하는
세태에 대한 풍자도 작자는 빠뜨리지 않고 나타냈다. 이시카와 특
유의 풍자적인 문체의 묘미가 살아 있는 작품이다.

문이 있는 집

시나 린조(椎名麟三) 지음

이영아 옮김

문이 있는 집

문이 있는 집

1

청명한 6월의 오후였다. 사카가미(坂上)
유치원이라고 쓴 삼륜차가 아마다쓰가와(天龍川)를 따라 국
도를 달리고 있었다. 운전석에도 짐칸에도 덮개가 씌워진 채
아래 위로 덜커덩거리며 맹렬하게 달려가는 모습이 멀리서
보면 작은 포장마차 같았다.

이 삼륜차는 유치원 원아를 실어나르기 위한 차로 뒤에 있
는 짐칸도 그런 용도로 되어 있었다. 즉 양쪽에 좁은 시트를
깔고 철봉 같은 손잡이가 한가운데 걸쳐져 있었다. 그런데 지
금 이곳에 타고 있는 것은 어린 원생들뿐만이 아니라 수염이

316

난 남자 한 명을 포함해서 모두 다섯 명의 어른이 함께 타고 있었다. 수염이 난 사람은 유치원 원장이었고 다른 네 명은 중학교 교사 부부와 늙은 농부와 농협의 서기였다. 그런데 이 다섯 명 외에도 또 한 명의 남자가 운전수 옆 조수석에 타고 있었다. 조수석은 겨우 엉덩이를 걸칠 정도의 좁은 자리였지만 스프링이 제대로 붙어 있어서 짐칸 자리와 비교하면 훨씬 상석이었다. 남자는 양손으로 짐을 껴안은 채 두 시간 만에 겨우 버스가 지나가는 이 국도를 조금 전까지 터벅터벅 걷고 있었다. 그러다가 이 삼륜차를 만나 타게 된 것이다.

남자는 오타니 마사오(大谷正夫)라고 이름을 밝혔다. 다섯 명 중에 아무도 이 사람이 누군지 몰랐다. 그러자 이 서른 대 여섯 정도의 양복 차림을 한 남자는 서글픈 미소를 지으며 말했다.

"쑥찹쌀떡이 목에 걸려서 죽은 의사의 아들입니다."

그 말을 듣자 비로소 모두 남자의 정체를 알게 되었다. 그 사건 이후로 벌써 20년이 지났지만 그 사건은 먹보노인들에게는 큰 교훈이 되었던 것이다. 그때 이후로 사람들은 아직까지 사건을 기억하고서 노인들이 굳은 쑥찹쌀떡을 먹지 않도록 주의를 주기 때문이다. 늙은 농부가 말했다.

"성묘하러 고향에 온 게유?"

그러자 마사오는 묘하게 힘없는 웃음을 지으며 답했다.

"예."

그는 쓸데없는 말까지 덧붙였다.

"15년 만입니다. 15년 만에 도쿄에서 돌아왔습니다."

마사오는 도쿄라는 훌륭한 곳에서 돌아왔다고 해서 특별히 특등석을 제공받은 것이었다. 그런데 이 의사의 아들은 금세라도 차에서 떨어질 것 같아서 위태롭게도 조수석의 보호대를 왼쪽 겨드랑이로 꽉 끼고 죽어라 매달려 있었다.

마사오는 이 차에 타는 순간 뜻하지 않게 강한 충격을 받았다. 운전수가 젊은 처녀였기 때문이다. 그녀는 딱 붙는 바지를 입고 핸들을 크게 벌려서 양손으로 쥐고 자신있는 태도로 차를 달리고 있었다. 원장의 딸인 그녀는 매일 아침 여러 마을에서 원생을 태웠다가 저녁에 집으로 귀가시켰다. 그녀는 때때로 통행인들과 목례를 나누기도 했다. 그녀는 건강미 그 자체로 그늘이라곤 없었다. 마사오는 처녀 쪽을 보고 있기도 계면쩍어 완만한 기복이 있는 구릉 쪽으로 시선을 던지며 마음속으로 중얼거리고 있었다.

"이제 끝났어, 완전히 끝난 거야. 나는 이젠 케케묵은 구닥다리야."

마사오는 자기가 아직 35살밖에 안 됐다는 사실을 떠올렸다. 그러나 그 사실도 아무런 위안이 되지는 못했다. 바람이 휘─잉 하고 불었다. 순간 왼발 밑에서 개구리가 튀어나왔다. 왼발이 놓인 곳이 지면을 스칠 듯 말 듯했기 때문이다. 물론 차는 뒤돌아볼 틈도 없이 빠르게 개구리를 지나쳐 갔다. 그는 처녀에게 외쳤다.

"개구리가 있었어요!"

조수석은 운전석에서 한 척도 채 안 떨어져 있는데도 불구하고 그의 말소리는 제대로 전달되지 못했다. 엔진의 소음이 굉장했기 때문이다. 그래도 그녀는 그를 향해 힐끗 고개를 돌렸다. 그녀는 둥근 얼굴이었으며 나이는 스무 살쯤으로 꾸밈없이 수수하고 밝아 보이는 인상이었다. 할 수 없이 그는 다시 소리를 질렀다.

"개구리가 나왔군요."

그러자 처녀는 주의깊게 눈을 앞으로 돌리면서 깊게 두 번 끄덕였다. 그는 그녀의 모습에 기가 꺾여서 다시 맞은편으로 시선을 향했다. 언덕으로 접어들고 있었다. 처녀는 왼손을 자신의 엉덩이 쪽으로 돌렸다. 물론 그는 처녀 쪽으로 고개를 돌리지는 않았다. 그러자 그곳에 기어핸들이라도 있는지 차는 급히 더 요란한 폭음을 내며 기세를 올려 언덕을 오르기 시작했다. 그는 완전히 자신이 노인네가 된 것 같은 기분이 되어 마음속으로 되새겼다.

"나도 벌써 35살이야."

마사오는 그 처녀의 모습에서 아직 눈에 보이지는 않지만 이제 새로운 시대가 시작되고 있음을 절감했다.

　마사오는 도쿄의 작은 하청공장의 노무계로 지냈던 생활이 떠올랐다. 그는 복직한 뒤부터 그 공장에 근무하고 있었는데 4, 5년 전 특수경기로 공장이 크게 확충되었을 때 그때까지 없었던 노동조합도 생겼다. 그때부터 공장에서의 그의 입장은 묘한 상태가 되어 버렸다. 그의 급료는 고작 일만 오천 엔으로 여지껏 결혼을 못하는 것도 쥐꼬리만한 급료 때문인데도 불구하고 조합사람들은 어째서인지 걸핏하면 그를 적대시하곤 했다. 그는 소심한 성격이라서 상사의 압박에도 견디지 못했다. 그래서 그는 쭈그러진 붕어빵의 앙금처럼 공장에서는 완전히 이방인이 된 것 같은 느낌으로 지냈다. 현장 노동자들은 그에게로 와서 투덜투덜 불평을 쏟아 놓는데다가 위에서는 노동자들의 노동관리에 대해서 엄중한 명령이 내려와서 그는 어찌 해야 할지 진퇴양난이었던 것이다. 정말 당시에는 저녁에 공장문을 나설 때마다 왜 살아야 하는지 그냥 죽고만 싶은 기분이었다. 그는 죽지도 못하고 대신에 소주를 마시기 시작했다. 매일 70엔 하는 소주 두 잔을 자살하는 심정으로 마셨다.

　그런데 삼개월 전에 뜻하지 않게 향수를 자극하는 편지가 마사오가 태어난 고향에서 날아왔다. 중학교를 졸업하고 얼마 되지 않았을 때의 첫사랑 여자에게서였다. 이시다 다미에

(石田民枝)라는 그 여자는 편지에 의하면 고향에서 가까운 동네의 철공소로 시집을 갔다고 한다. 그런데 그 동네 가까이에는 비행장이 있어서 전쟁중에 철공소도 폭격으로 타 버려서 고향의 친정으로 돌아와 있었다. 패전 다음해 남편이 병으로 죽고 지금은 과부가 되어 친정 엄마와 둘이서 조용히 살고 있다는 것이었다. 즉각 편지를 주고받기 시작했다. 마사오는 소주 마시기를 잊고 편지쓰기를 시작했다. 즉 "그때 당신은 마치 달의 요정처럼 빛나고 있었습니다"라고 써 보내자 그와 동갑내기로 분명히 35살이 되었을 여자로부터는 "저를 만나기 위해 저수지 둑 위를 달려오시던 학생복 차림의 당신 모습을 잊지 않고 있습니다"라고 답장이 왔다. 그리고 그런 편지가 몇 통이나 오가더니 마침내 그는 고향으로 돌아가고 싶어서 견딜 수가 없게 된 것이다. 친척이라곤 한 명도 없는 소년시절의 고향이다. 그의 부친은 하마마쓰(浜松)의 병원을 정년퇴직하고 이 마을로 왔기 때문에 친척이라곤 눈을 씻고 찾아도 없었다.

삼륜차는 진짜 옛날 길 같은 소나무 가로수가 서 있는 길로 들어갔다. 이어지는 길도 울퉁불퉁해서 차도 덜컹거리며 흔들리더니 이제는 높이 튀어오르기도 했다. 마사오는 다미에의 얼굴을 떠올리려고 했지만 여느 때처럼 전혀 아무 생각도 떠오르지 않았다. 그러나 그런 것은 아무래도 좋았다. 다

만 그의 불안은 다미에에게는 언젠가 만나보고 싶다고 말은
해 두었지만 오늘 만나러 간다고는 말하지 않았던 것이다. 말
하자면 오늘 아침 갑자기 주체할 수가 없어서 뛰쳐나온 것이
다. 동시에 다미에는 오히려 이 불시의 방문을 기뻐하지 않을
까 하는 생각도 들었다.

"어쨌든 살아 있으니 만나게 되는군"이라고 마사오는 신
기한 듯이 중얼거렸다.

그런데 마을 입구에서 삼륜차에서 내렸을 때 역시 그는 초
조해지기 시작했다. 다미에를 만나는 것을 그만두고 차라리
그 운전수 처녀에게 구혼을 해 버릴까 하는 당치도 않은 기
분조차 들 정도였다. 하지만 처녀는 그가 내리자 다섯 명의
어른들을 태운 채 옆 마을을 향해 차를 달려가 버렸다.

2

마사오는 언덕을 올라갔다. 모내기철이라 그런지 마을은
쥐죽은 듯이 조용해서 길에는 사람 그림자조차 보이지 않았
다. 새끼 소 한 마리가 마당에 묶여서 무슨 영문인지 말처럼
두세 번 날뛰더니 묶여 있던 말뚝에 코를 박은 채 먼 곳의 소
리라도 듣는 것처럼 가만히 멈춰섰다. 그러다 다시 무슨 생각
이라도 난 듯이 말처럼 날뛰기 시작했다.

다미에의 집은 언덕을 다 올라가서 수호신을 모신 진자와 중턱에 절이 있는 산 언저리 사이에 외롭게 서 있는 외딴집이었다. 육중한 흰 벽과 울타리에 둘러싸인 이층 기와집으로 이층도 흰 벽이라서 뒷산의 소나무를 배경으로 작은 성의 모형 같은 느낌이 들었다. 다만 유감스럽게도 가까이 다가가서 보니 그 울타리의 흰 벽과 집 벽은 군데군데 누런 색으로 크게 벗겨져서 영락없이 몰락한 구가라는 것을 증명하는 듯했다. 대문도 당당한 가부키(歌舞伎)문이었지만 그 벽에는 십삼 더하기 구는 이십삼(13+9=23)이라는 수식이 무참하게 긁힌 듯이 크게 새겨져 있었다.

"22인데, 답은." 마사오는 무척 신경이 쓰였다. "어떻게 이 집 사람들은 이런 틀린 계산이 벽에 씌어 있는데도 태평하게 있는 거지."

마사오는 정정해 주고 싶은 충동에 휩싸였다. 그러나 별로 점잖치 못한 행동이라는 생각이 들어 모처럼의 충동을 억눌렀지만 어쩐지 갈피를 잡지 못하고 쭈뼛쭈뼛 문안으로 들어갔다. 예상한 대로 집안은 매우 황폐해 있었다. 문에서 바로 이어지는 벽 안쪽은 닭장이었고 뜰에는 잡초만 무성했다. 그리고 산 쪽에서는 덩굴풀 같은 줄기풀이 큰 파도처럼 덮쳐와서 그쪽으로 난 벽을 완전히 집어삼켜 버렸으며 그중 굵은 줄기 하나가 머리를 치켜들고 큰 백일홍 나무에 엉켜붙어서 나무를 완전히 뒤덮어 버렸다.

　마사오는 불안과 긴장이 섞인 기대감으로 입구의 육중한 격자문 앞에 서자 마치 도둑처럼 그 문을 살며시 열더니 갑자기 큰 목소리로 안녕하십니까 하고 인사를 했다. 아무 대답도 없었다. 들여다보니 어둡고 넓은 토방에는 여자 자전거가 번쩍이고 있었다. 그는 다시 큰 목소리로 말했다.

　"안녕하십니까."

　머리 위에서 휭 하고 바람 소리가 났다. 소나무랑 잡목 사이의 가지에 이는 바람이었다. 불현듯 돌아가고 싶었다. 하지만 그는 다시 커다란 목소리로 말했다.

　"안녕하십니까."

　역시 대답이 없었다. 아무도 없나 하는 생각이 들었다. 아무도 없다면 온종일 찾아온 것도 헛수고였다. 자고 가려고 해도 이 마을에는 여관이 없었다. 그러자 안쪽의 광이 있는 장지문 건너편에서 어떤 그림자가 움직였다. 이윽고 마흔 살 정도의 매우 가냘퍼 보이는 유카타(浴衣 : 목욕 후나 여름에 입는 무명으로 홑겹 옷―역자주)에 다테마키(伊達卷 : 폭이 좁은 부인용 허리띠―역자주) 차림의 여자가 토방에서 나와서 문을 열었다. 낮잠이라도 잤는지 눈이 게슴츠레했다. 마사오는 그 얼굴이 생전 처음 보는 얼굴처럼 낯설었지만 다미에가 틀림없었다. 그래서 그는 씩씩하게 말했다.

324

"저는 오타니 마사오입니다."

순간 여자는 너무 당황해 했다. 머리매무새를 다듬거나 옷깃을 여미기도 했지만 벌써 때는 늦었다. 그녀는 토방에서 응접실로 뛰어갔지만 역시 때는 늦었다. 그녀는 정신없이 현관마루에 서서 하반신을 감추듯이 장지문을 안은 채 잠꼬대처럼 겨우 말했다.

"어머, 어머…어머…어머…."

이것이 젊은 시절 첫사랑이었던 남녀의 10년 만의 극적인 재회였던 것이다. 다미에는 완전히 흥분상태였다. 그녀는 마사오에게 안으로 들어오라는 말도 없이 토방에 세워둔 채 안방으로 들어갔다. 마치 수술대처럼 기묘하게 높은 침대가 놓여 있는 것이 얼핏 보였다. 그녀는 결국 체념한 듯이 금방 나오더니 현관마루 귀퉁이에 털썩 주저앉아서 말했다.

"정말로, 참."

마사오는 어쩐지 기대감이 빗나간 것을 느꼈다. 다미에는 앉으라는 말도 방석도 권하지 않았기 때문이다. 하는 수 없이 그는 먼지투성이 발치에 앉으며 말했다.

"닭을 키우는군요."

그러자 35살의 여자는 역력히 흥분으로 가슴이 떨리는 목소리로 말했다.

"과부잖아요, 먹고 살려면. 지압도 하는 걸요."

목소리가 떨려서 더 이상 말을 이을 수가 없었다. 그녀는 겨우 다음과 같이 말했다.

"정말, 참!"

하는 수 없이 그는 감개무량한 듯이 맞장구를 치며 말했다.

"14년하고도 3개월 만이지요."

그러자 그녀는 질리지도 않는지 똑같은 말만 되풀이했다.

"정말, 참!"

두 사람 사이에 갑자기 말이 끊겼다. 그러자 그녀는 차라도 대접해야겠다는 생각이 들었는지 서둘러 일어서더니 광 쪽으로 들어갔다. 마사오는 허둥대는 그녀의 뒷모습을 지켜보며 단순히 지나다 들른 손님으로 취급받을 것 같은 위험을 느꼈다. 왜냐하면 마사오는 언젠가 그녀의 편지대로 이삼일간 묵을 작정으로 찾아왔기 때문이다.

마사오는 급히 도쿄에서 사온 선물을 장지문 뒤에 꺼내 놓았다. 미역깡통과 쌀과자 그리고 에이타로(榮太郎)사탕과 이즈미야(泉屋)의 쿠키도 있었다. 마사오는 갑자기 휙 뒤돌아봤다. 다미에가 토방에서 나와서 우두커니 서 있었기 때문이었다. 그는 당황해서 말했다.

"변변치 못한 거지만."

그녀는 현관마루에 털썩 주저앉나 싶더니 흥분한 나머지

마침내 울음을 터뜨렸다. 그는 자기도 모르게 다가가서 말했다.

"무슨 일이요?"

그러자 그녀는 튀어나가듯 물러났다. 그리고 눈물로 얼룩진 흉한 얼굴에 긴 손가락의 야윈 두 손을 꼭 쥔 채 외쳤다.

"돌아가 주세요! 당신도 제가 푼돈이지만 돈이 있다는 걸 알고 이런 곳까지 찾아오신 거죠!"

그는 깜짝 놀라서 자기도 모르게 웃었다.

"무슨 그런 소릴."

"아니요, 틀림없어요!"

그녀는 가정교육을 잘 받은 말투로 흥분으로 떨리는 소리로 외쳤다. "역시 당신도 다른 사람들하고 똑같아요."

"그런 바보 같은! 오해요."

"아니요, 이만 돌아가 주세요!" 그녀는 한층 더 전신을 쥐어짜듯이 외쳤다. "그리고 저는 과부예요, 이런 걸 다른 사람이 보면 어떻게 생각하겠어요. 그렇지 않아도 사람들이 이러쿵저러쿵 말들을 하는데. 왜 하필이면 어머니가 안 계실 때를 노려서 오신 거예요!"

마사오는 어쩐지 그녀가 애처로운 생각이 들면서도 매우화가 났다. 그는 선물을 담았던 커다란 보스턴백의 지퍼를 소리내서 잠그며 말했다.

"그저 편지를 보고 생각이 나서 찾아왔을 뿐이오."

그녀는 흥분해서 자기 말만 계속했다.

"저는 편지만 주고받는 걸로 생각해서 답장을 드린 거예요. 그런데 이렇게 되면 죽은 남편한테 너무 미안하잖아요."

"이렇게 되면이라니." 그도 자기도 모르게 외쳤다. "도대체 내가 뭘 어쨌다는 거요. 토방에 이렇게 말뚝처럼 우두커니 서 있기만 하잖습니까."

그러자 그녀는 어쩔 바를 모르겠다는 듯이 현관마루에 걸터앉더니 다시 비통한 목소리로 흐느끼기 시작했다.

"용서해 주세요. 정말 저는 나쁜 여자예요. 제가 드린 편지는 없었던 걸로 해 주세요! 저는 근처 미망인회의 간사까지 하고 있답니다!"

마사오는 보스턴백을 쥐고 밖으로 나왔다. 닭장에서 새하얀 깃털에 벼슬이 새빨간 닭이 대여섯 마리 모이를 쪼고 있었다. 그는 할 일 없이 닭장 안을 들여다보았다. 도대체 영문을 몰랐지만 어쩐지 소중한 것을 놔두고 온 것 같은 느낌이 들었기 때문이다. 하지만 그런 것이 있을 리 없었다. 그는 비로소 마음속 깊은 곳에서부터 화를 냈던 것 같은 생각이 들어 서둘러 문을 나섰다.

아직 다섯 시지만 벌써 마을로 나가는 버스는 끊어졌다. 그는 잠옷과 갈아입을 속옷까지 넣은 무거운 보스턴백을 들고 마을까지 2리길을 터벅터벅 걷기 시작했다. 하필이면 마사오는 닷새 동안 결근하겠다고 공장에 전화까지 하고 왔다.

겨우 역에 도착했지만 이번에는 이 간이역에서는 내일 아침이래야 도쿄행으로 갈아탈 기차가 있다는 것이다. 그는 한 곳밖에 없는 마을 여관에서 묵었다. 여관 방은 천정이 낮고 거무스름하게 그을려서 정말로 떠돌이 장돌뱅이들이나 묵는 여관 같았다. 마사오는 목욕 후에 저녁을 먹고 이부자리에 누워서야 비로소 그날 일을 곰곰이 되씹으며 중얼거렸다.

"푼돈이라는 게 대체 얼마나 되는지 모르겠지만 그 여자 정말 열받네." 하지만 그는 아쉽다는 듯이 한마디 덧붙였다. "쓸 만한 점도 있기는 한데."

그러자 품고 있는 적은 돈을 의지하면서 살아가는 미망인의 모습이 그의 눈앞에 떠올랐다. 그 미망인은 자기가 가진 것 때문에 정신까지 황폐해져 버린 게 틀림없었다.

"대체 그 여자는 정말 나를 아무렇지도 않게 생각했을까." 그는 궁금했다. "그 많은 편지는 정말 거짓인가."

벌써 9시였지만 마사오는 일어나 다시 마을로 갔다. 최근에 잊고 있었던 소주를 다시 마시고 싶어졌기 때문이다. 그런데 놀랍게도 역 앞에 가도 마을에는 술집이라곤 한 군데도 없었다. 그는 할 수 없이 광장 구석에 멍하니 서서 장난감 같은 역을 바라보고 있었다. 마지막 하행 열차가 도착했는지

칠팔 명쯤 되는 사람들이 역에서 나왔다. 그는 할 수 없이 여관으로 돌아갔다. 그는 회사와 노조의 중간에서 사면초가인 자기의 고통과 다미에를 떠올리고 세상에 풀기 어려운 모순이 있는 것은 세상 어딘가가 뒤틀려 있기 때문이라는 생각이 들었다.

3

이튿날이 되자 마사오는 마음을 단단히 먹고 어렵지만 다미에를 다시 찾아갈 생각을 했다. 물론 그러기 위해서 그는 여러 가지 구실을 찾기 위해 아침에 한 시간 동안 궁리해 냈다. 모처럼 고향에 돌아왔으니까 아버님 묘에 성묘를 하고 싶다든가 초등학교 때 친구를 찾아가 보려고 한다든가 지금은 기도사가 산다는 어릴 때의 생가가 어떻게 되었는지 보고 싶다든가 요컨대 얼토당토않은 구실뿐이었다.

하지만 마사오는 정작 마을로 가는 버스정류장에서 버스를 기다리는 동안 자신이 참 한심하다는 생각이 들었다. 버스정류장 앞은 대형 목재소가 있어서 날카롭지만 힘찬 소리를 내며 목재를 켜고 있었다. 회전하고 있는 둥글고 큰 기계톱에 굵은 재목을 갖다대자 보기 좋게 반쪽으로 갈라졌다. 그때마다 톱밥이 사방으로 튀어서 주변에 감도는 나무향을 한층 더

진하게 했다.

그때, 갑자기 마사오 뒤에서 어린아이들의 환성이 들려왔
다. 뒤돌아보자 어제 그를 태워 줬던 삼륜차가 제재소 앞을
지나는 중이었다. 순간 차를 운전하고 있는 구김살이라곤 없
던 운전수 처녀의 모습이 보였다. 그는 당황해서 머리를 숙여
인사하려다 말았다. 벌써 늦었기 때문이다. 그러나 작은 포장
마차 같은 삼륜차가 다리를 건너 우회전해서 숲덤불 너머로
사라졌을 때 그는 묘한 감동을 느끼기 시작했다. 새로운 시대
는 분명히 저 처녀들의 것이라는 생각이 들었다. 그녀에게는
그늘이라곤 없는 건강미가 느껴졌기 때문이다. 그는 어제처
럼 노인네가 된 것 같은 느낌이 들어서 벌써 팔순노인처럼
중얼거렸다.

"이제 나 같은 놈은 슬슬 죽어도 좋을 땐지도 몰라."

버스가 왔다. 버스에 오르자 안은 좁은 데다 시트는 다 찢
어져서 형편이 없었다. 승객도 두세 명밖에 없었다. 할 수 없
이 마사오는 얌전하게 자리에 걸터앉았다. 그는 이상하게도
도살장에 끌려가는 소 같은 느낌이 들었다. 그 느낌은 버스를
내려 저 언덕을 올라갈 때도 마찬가지였다.

문틈으로 엿보자 다미에의 집은 어제처럼 쥐죽은 듯 조용
했다. 마사오는 역시 망설여졌지만 이윽고 세상에서 자기처
럼 비참한 남자는 없을 거라고 생각하면서 문안으로 들어갔

다. 생목에 침을 꿀꺽 삼키며 떨리는 목소리로 말했다.

"안녕하십니까!"

대답이 없었다. 순간, 마사오는 이제 글렀구나 생각했다. 정말 글렀다고 생각했다. 그는 도망치듯 입구의 두껍게 그을은 격자문을 나섰다. 갑자기 그는 오싹해져서 발을 멈췄다. 닭장은 텅 비고 철망 위에 흰 닭 다섯 마리가 도살당해서 머리를 아래로 축 늘어뜨리고 걸쳐져 있었기 때문이다. 그는 얼어맞은 듯이 멍한 기분으로 뜰에서 나온 노파에게 인사하는 것도 잊어버리고 물었다.

"이 닭들은 도대체 어떻게 된 겁니까?"

그러자 노파는 안경을 쓴 주름진 얼굴에 계면쩍은 미소를 띠며 대답했다.

"그게 말이죠, 댁은." 그리고 노파는 예의바르게 머리를 숙이며 말했다.

"댁이 혹시 오타니 마사오 씨 아닙니까?"

그는 닭에 정신이 팔린 채 그렇다고 대답했다. 그러자 노파는 장황하게 어제 두고 간 선물에 대해 인사를 하면서 말했다.

"자 어서 들어오셔서 차라도 드세요."

마사오는 뭐가 뭔지 이해할 수 없는 기분으로 노파 뒤를 따라 응접실로 들어가서 커다란 책상 앞에 자리를 잡았다. 그러나 그는 여전히 별 수가 없다는 생각이 들었다. 왜냐하면 정작 다미에의 모습이 보이지 않았기 때문이다. 노파는 차를 내오더니 기운이라곤 없는 겸연쩍은 미소를 지으며 말했다.

"다미에는 어젯밤부터 앓아누웠어요. 댁이 돌아가고부터 인 것 같은데 무슨 생각을 했는지 미치광이같이 저렇게 닭들을 전부 죽여 버렸어요. 그리고 머리가 아프다고 일어나지도 않는군요."

노파는 한숨을 섞으며 말했다.

"참말 무슨 일인지 몰라도 저렇게 아무 죄도 없는 닭들을 전부 죽여 버리다니. 혼담이 오가거나 남자가 놀러오는 사이가 되면 반드시 무슨 짓을 저지르니까 정말 큰일이예요. 모두 딸 애의 돈을 노리고 오는 것 같아서 화가 치미는지는 모르겠지만."

마사오는 언짢은 기분이 되어 말했다.

"저는…저는…그런 사람이 아닙니다."

"그럼, 그럼, 그렇지요"라고 노파는 너무 가볍게 수긍했다.

그때 먼 안방에서 엄마! 하고 날카롭게 외치는 소리가 났다. 다미에의 목소리가 틀림없었다. 노파는 황급히 일어나서 소리나는 쪽으로 갔다가 금방 복도로 해서 돌아왔다. 노파는 미안한 듯이 말했다.

"딸 애가 돌아가시라고 하는데요. 미안하지만."

마사오는 겉잡을 수 없는 울분에 휩싸여서 서둘러 자리에서 일어났다. 노파가 그의 뒤를 따라 나오면서 변명하듯이 말했다.

"딸 애는 죽은 남편의 유산을 물려받아서 이 집도 자기 것이고 이 근방에서는 제일 부자라서 응석받이가 됐는지 금방 히스테리를 일으킨답니다."

어쨌든 마사오는 정중하게 인사를 한 뒤 다미에의 집을 나왔다. 문을 나설 때 살해당해서 축 늘어진 닭들에게로 시선이 쏠리는 것을 아무래도 막을 수가 없었다. 그는 그러한 자신을 겨우 추스리듯이 문을 뛰쳐나왔다. 순간, 그는 그 닭들에게서 분명히 "살려주세요!"라고 절규하는 다미에의 목소리를 들은 것 같았다. 하지만 그 절규는 그에게 어쩔 수 없는 외침이었다. 왜냐하면 그녀가 지닌 것을 버리라고 하는 것은 실현 불가능한 요구에 가깝기 때문이다.

그러나 그가 들은 다미에의 구원을 청하는 절규는 우스울 정도로 그를 불안하게 했고 안정을 잃게 했다. 왜냐하면 마을에서 돌아온 그는 흡사 방향을 잃어버린 남자처럼 휘청휘청 좁은 동네를 이리저리 돌아다녔기 때문이다. 그는 마음속에서 들은 그녀의 절규가 마치 자신의 목소리인 것처럼 부조리 속에서 살아갈 기력조차 사라진 자신의 생활이 떠올랐다.

그날의 마사오는 정말 이상했다. 그는 도쿄의 공장으로 돌아갈 기력조차 상실했다. 그는 마침내 스스로도 자기가 이상해졌다고 인정할 수밖에 없었다. 그는 우연히 이상한 사건을 겪고서야 비로소 그런 사실을 깨달았다.

그때 마사오는 그래도 기차를 탈 생각이 들었는지 개천의 작은 다리를 지나 신용금고와 운송점 등이 늘어서 있는 거리를 역 쪽으로 빠져 나가고 있었다. 그는 다른 사람 눈에 수상하게 비쳤던지 맞은편에서 걸어오던 젊은 엄마가 그 때까지 아장아장 걸리고 오던 두 살 정도의 아이를 안아 올려서 그를 지나치려고 했다. 그 젊은 엄마는 동네 유지의 며느리라도 되는지 화려하고 아름답게 양장을 차려입었으며 아이는 6월인데도 하얀 털옷에 싸여 있었다. 아이는 안아 올리려는 젊은 엄마의 손을 완강하게 거부하고 울음을 터뜨리기 시작했다. 젊은 엄마는 할 수 없다는 듯이 손을 놓았다. 그러자 아이는 뒤뚱뒤뚱 뛰다가 멈춰서더니 말짱하게 아무 일도 없었다는 듯이 손을 입에다 대고 말했다.

"아바바바……."

그것은 행복에 넘친 엄마와 아이의 풍경이었다. 마사오는 그 옆을 재빨리 지나쳤다. 자기가 젊은 엄마에게서 경원당하고 있다는 것을 눈치챘기 때문이다. 그러나 잠시 후 멀리 뒤쪽에서 좀 전의 아이가 크게 우는 소리가 갑자기 들려왔다. 돌아보자 아이가 뒤뚱뒤뚱 뛰다가 기세 좋게 넘어지면서 길

가에 있던 신용금고의 쓰레기통 같은 데 머리가 부딪힌 것
같았다. 젊은 엄마는 놀래서 아이를 안아 일으켰다. 다행히
크게 다친 데는 없는 것 같았다. 그녀는 아이의 머리에 침을
발라서 어루만지며 어르기 시작했다.

그러나 아이는 매우 성이 난 것 같았다. 아이는 점점 더 크
게 울어대며 엄마가 안으려 해도 거세게 몸부림을 치며 엄마
의 요구를 완강히 거부했다. 상냥한 젊은 엄마는 너무 당황해
서 잠시 멍하니 있다가 무슨 생각을 했는지 별로 깨끗해 보
이지 않는 검은 칠을 한 쓰레기통을 주먹으로 톡톡 쳐 보이
면서 작은 소리로 외쳤던 것이다.

"너 우리 가즈를 맴매했지!" 그리고 젊은 엄마는 아이한테
갔다. "자, 이제 됐지, 가즈야 이제 그만 뚝."

하지만 아이는 전혀 울음을 그치지 않았다. 할 수 없이 젊
은 엄마는 다시 쓰레기통을 두들기면서 외쳤다.

"이런 이런 왜 우리 가즈를 맴매한 거야, 이 나쁜 애 같으
니라구!"

그때 마사오의 마음속에 묘한 감정이 일었다. 그는 가만히
있는 쓰레기통이 안쓰러워 견딜 수 없었다. 마사오는 불현듯
마음속으로 중얼거리고 있었다.

"아파, 아프단 말예요!"

그러자 이상하게도 그 젊은 엄마는 마사오의 마음속의 중

얼거림을 듣기라도 한 듯이 아이에게로 갔던 것이다.

"자, 우리 착한 애기, 저 통이 아야 아야 하는 소리 들었지. 이제 그만 용서해 주자 응."

아이는 일순 의아한 듯이 울음을 그쳤다가 금방 거짓말이라고 여겼는지 다시 울음을 터뜨렸다. 엄마는 할 수 없이 다시 쓰레기통을 주먹으로 두들기면서 말했다.

"우리 가즈를 울리다니, 나쁜 애구나 너는!"

나중에는 너무 세게 두들겨서 쓰레기통이 흔들하더니 꽈당하고 소리를 내고 쓰러졌다. 마사오는 이 세상에 저항이라도 하듯이 부탁하지도 않은 쓰레기통의 대리역할을 하면서 마음속으로 말했다.

"미안합니다."

"자 봐, 이렇게 잘못했다고 하잖니." 아이 엄마는 그의 마음속 소리를 듣기라도 한 듯이 말했다. "자 이제 용서해 주자."

그러나 아이는 용서하지 않았다. 엄마는 다시 쓰레기통을 두들겼다. 마사오는 견딜 수가 없어서 말했다.

"이제 그만 용서해 줘요."

"자 봐, 이제 그만 용서해 달라지 않니." 젊은 엄마는 말했다. "자 이제 그쳐야지."

그러더니 젊은 엄마는 이번에는 수월하게 아이를 안아올

리고 서둘러 자리를 떴다. 마사오는 처음 맛보는 기묘한 기분이 되어 두 사람의 모습을 지켜보고 있었다. 그리고 제정신이들자 엄숙한 기분이 되어서 역으로 가지 않고 버스정거장 쪽으로 걷기 시작했다. 세 번째로 문이 있는 그 집을 방문하기위해서였다. 그는 이번에는 다미에에게 살해당한 닭들을 대신해서 다미에에게 말을 건넬 작정이었다.

(1956년 8월)

338

작품 소개

이 작품은 『전후단편소설선』(戰後短篇小說選, 岩波書店編輯部, 2000. 2) 제2권에 실린 시나 린조(椎名麟三, 1911~1973)의 「門のある家」(1956. 8)를 번역한 것이다.

시나 린조(本名 大坪昇)는 천황제(天皇制)하의 일본제국이라는 숨막히는 분위기 속에서도 일본공산당에 입당했으며 전후에는 일본기독교단에 입단해서 세례를 받기도 했다. 그가 믿었던 기독교는 일본의 현실에 밀착된 것으로 호평을 받은 「얼치기의 반항(半端者の反抗)」에서는 관념적인 신의 문제가 아닌 일본인들의 일상생활의 문제의식을 접근한 것으로 평가받고 있다. 이렇게 평생 진정한 자유를 추구하며 현세적인 것을 절대시하는 것에 단호히 거부해 온 그의 작품성향은 「문이 있는 집」에서도 잘 드러나 있다. 주인공 오타니 마사오는 별로 잘난 것이 없는 공장 상사와 노무자들 사이에 끼어서 늘 고민하는 약한 샐러리맨이다. 현실의 고통을 70엔의 소주를 마시며 잊고자 하는 그는 소시민적 인물의 전형이라 할 수 있다. 늘 자살하는 심정으로 살아가던 마사오가 어릴 적 연인 다미에의 편지를 받고 그녀를 만나러 간다. 다미에는 죽은 남편이 유산으로 물려준 돈만을 의지하며 그 돈으로 인해 자아까지 상실되어 가는 여성으로 그려지고 있다. 다미에를 만나러 '문이 있는 집'으로 들어서던 마사오는 지금은 퇴락했지만 한때 훌륭한 자태를 자랑했을 가부키문에 씌어진 틀린 계산답이 영 마음에 걸려서 그 답을 고처 쓰고 싶은 충동을 느낀다. 틀린 계산답이 적힌 '문'으로 상징되는 현실의 모순과 사회의 인습으로 인한 다미에의 자아상실, 그리고 바른 답을 써주고 싶은 마사오의 충동, 하지만 결국 그는 그 바른 답을 다미에에게 제시하지 못하고 그녀의 벽에 부딪혀 포기하고 돌아선다. 도쿄로 돌아가던 그가 마주친 광경은 그에게 소시민적인 나약함을 버리게 하는 계기를 제공한다. 아무런 잘못도 없는데 어린 아이의 독재(정확하게는 어린아이의 이기적인 고집)로 인해 계속 얻어맞아야만 하는 '쓰레기통' 그리고 다미에에게 살해당한 흰 닭들 그리고 다미에의 고통. 이러한 나약한 존재들이 독재로 인해 피해를 입는 사회의 부조리와 모순을 마사오는 자기의 현실에 비추어 보게 된다. 마사오는 '문이 있는 집'으로 표현되는 현실의 모순을 깨뜨리고 고통받고 있는 다미에를 구하기 위해 '문이 있는 집'으로 다시 돌아가는 것으로 작품은 끝난다. 현실의 모순에 저항하며 자유를 추구해 온 시나의 작가의식이 마사오라는 소시민의 자아의식의 깨우침을 통해서 잘 표현된 작품이다.

역자 약력

오 경

덕성여자대학교 국어국문학과 졸업
이화여자대학교 대학원 문학석사, 일본 쓰쿠바대학교 대학원 국제학석사
고려대학교 대학원 문학박사(한일비교문학 전공)
현재 덕성여자대학교 일어일문학과 교수
저서 : 혼고 데루오 공저,『(한국인의 언어 습관에 따른) 일본어 회화』
역서 : 다야마 가타이(田山花袋),『이불』
논문 : 「日韓の近代文學における死生觀の比較硏究」,「『門』の象徵性」,
　　　「『こゝろ』再考―〈親子關係〉を中心として」,「漱石文學における〈夫
　　　婦關係〉―『門』の場合(I)(II)―」,「漱石文學의 家族關係 硏究」

유숙자

계명대학교 일어일문학과 및 동대학원 졸업
일본 도쿄대학교 대학원 인문사회계 연구과(일어일문학 전공) 연구과
　정 수학.
고려대학교 대학원 국어국문학과(비교문학 전공) 박사학위 취득
현재 고려대, 서울여대 강사
저서 :『在日한국인 문학 연구』
역서 : 다자이 오사무(太宰治),『만년(晩年)』, 사토 하루오(佐藤春夫),
　　　『전원의 우울』, 나쓰메 소세키(夏日漱石),『행인(行人)』

이영아

덕성여자대학교 일어일문학과 졸업
한국외국어대학교 대학원 일본어과 석사과정 수료
일본 고베대학교 대학원 국문학과 석 · 박사학위 취득
현재 덕성여자대학교 일어일문학과 전공 · 교양과목 담당, 서울 보건대
　학 겸임교수
논문 :「日本文學に現れた彌勒信仰(일본문학에 나타난 미륵신앙)」
　　　「『入唐求法巡禮行記』考 — 在唐 新羅人들과의 교류를 중심으
　　　로—」
　　　「良辯上人說話에 관한 一考察 — 渡來系的 要素의 受容을 中
　　　心으로—」
　　　「弘法大師說話에 관한 고찰— '入定說話' 를 중심으로—」

한림신서 일본현대문학대표작선을 발간하면서

한림대학교 한림과학원 일본학연구소에서는 1995년에 광복 50년, 한일국교 정상화 30년을 기념하면서 일본학총서를 출간하기 시작했다. 그 성과에 대해서 한일 양국의 뜻있는 분들이 높이 평가해 주신 데 깊은 사의를 표한다.

본 연구소는 한국이 일본을 더욱 잘 알게 되고, 한일간의 문화교류가 활발해진다는 것이 한일 양국을 위하는 것일 뿐 아니라 21세기를 향한 동북아시아의 평화와 새로운 질서를 수립하는 데 크게 이바지한다고 생각한다. 그런 뜻에서 일본학총서도 발간해 왔던 것이다. 앞으로도 그 사업을 계속할 것이며 연륜을 더해감에 따라 큰 발자취를 남기게 될 것을 의심하지 않는다.

그런 확신을 가지고 지금까지 일본학총서 발간에 보내 주신 한일 양국 여러분의 성원에 보답하는 의미에서 여기에 새로이 한림신서 일본현대문학대표작선을 발간하기로 했다. 일본 문학은 이미 세계 문학사에서 확고한 자리를 차지하고 있다.

일본은 전통적으로 문학 속에 사상을 담아 왔기 때문에 일본 사회를 알기 위해서는 일본 문학을 알아야 한다고들 흔히 말한다. 그럼에도 불구하고 지금까지 상업성을 위주로 하는 일반적인 출판사업에서는 일본 문학의 전모를 알리기에는 어려운 사정이 많았던 것이 사실이다. 그러므로 본 연구소는 일본을 바로 이해하기 위하여, 한일간의 문화교류를 더욱 촉진하기 위하여 여기에 일본현대문학대표작선을 간행하기로 했다.

이러한 노력이 우리 문화발전에도 크게 이바지할 수 있기를 바라면서 일본에서도 한국 문화를 일본에 알리기 위한 노력이 일어나서 한일간에 새로운 세기를 좀더 밝게 전망할 수 있게 되기를 바란다.

여러분들의 계속적인 성원을 기대해 마지 않는다.

1997년 11월
한림대학교 한림과학원 일본학연구소